En nombre del amor

En nombre del amor

Nicholas Sparks

Traducción de Iolanda Rabascall

Rocaeditorial

Título original: *The Choice*

Primera edición: octubre de 2010

Marquès de la Argentera, 17, Pral.
08003 Barcelona
info@rocaeditorial.com
www.rocaeditorial.com

Impreso por Brosmac, S.L.
Carretera de Villaviciosa - Móstoles, km 1
Villaviciosa de Odón (Madrid)

ISBN: 978-84-9918-194-3
Depósito legal: M. 38.108-2010

A la familia Lewis:
Bob, Debbie, Cody y Cole.
Mi familia

Prólogo

Febrero de 2007

Cada historia es tan singular como cada persona que la cuenta y las mejores historias son aquellas con un final inesperado. Por lo menos, eso es lo que Travis Parker recordaba que su padre le decía de niño. Se acordaba de que su padre se sentaba en la cama, a su lado, y que fruncía los labios en una sonrisa cuando Travis le suplicaba que le contara una historia.

—¿Qué clase de historia quieres? —le preguntaba.

—¡La mejor de todas! —contestaba Travis.

A menudo, su padre permanecía sentado en silencio durante unos breves momentos, hasta que se le iluminaban los ojos. Entonces, rodeaba a Travis con un brazo y en un tono de voz suave y armonioso empezaba a hilvanar un relato que frecuentemente mantenía al niño despierto hasta mucho rato después de que su padre hubiera apagado las luces. Los ingredientes solían ser siempre los mismos: aventura, peligro, emoción y viajes que tenían por escenario el pequeño pueblo costero de Beaufort, en Carolina del Norte, el lugar que había visto crecer a Travis Parker y al que él seguía denominando «hogar». Aunque pareciera extraño, en la mayoría de esas historias solían aparecer osos. Osos grises, pardos, osos Kodiak de Alaska... Su padre no era muy fiel a la realidad cuando se trataba de describir el hábitat natural de los osos. Más bien se centraba en las espeluznantes escenas de persecución a lo largo de arenosos parajes desolados, que después le provocaban a Travis unas pesadillas recurrentes que lo aterrorizaron hasta bien entrados los once años, y en las que siempre veía a unos feroces osos polares que corrían por las tranquilas playas de Shackleford Banks. Sin embargo, por más aterradoras que fueran las historias que su padre se inventaba, no podía evitar preguntarle: «¿Y después qué pasó?».

Para Travis, aquellos días le parecían vestigios inocentes de otra era. Ahora tenía cuarenta y tres años, y mientras aparcaba el coche en la zona de estacionamiento del Hospital General Carteret, donde su esposa había trabajado los últimos diez años, pensó nuevamente en aquellas palabras que le decía su padre.

Salió del automóvil y cogió el ramo de flores que llevaba. La última vez que había hablado con su esposa, se habían peleado, y lo que más deseaba era retractarse y poder reparar el daño causado. No esperaba que las flores ayudaran a mejorar las cosas entre ellos, pero no se le ocurría qué más podía hacer. Asumía toda la responsabilidad de lo que había sucedido, pero sus amigos casados le habían asegurado que el sentimiento de culpa era la piedra angular de cualquier matrimonio sano. Significaba que la conciencia no descansaba, que los valores se mantenían en alta estima, y, por consiguiente, era mejor evitar los sentimientos de culpa. A veces sus amigos admitían sus propios fallos en sus relaciones conyugales, y Travis suponía que el mismo cuento se podría aplicar a cualquier pareja en el mundo. Tenía la impresión de que sus amigos se lo decían para consolarlo, para recordarle que nadie era perfecto, que no debería ser tan duro consigo mismo. «Todos cometemos errores», le decían, y a pesar de que él asentía con la cabeza como si realmente los creyera, sabía que ellos jamás comprenderían el calvario que estaba viviendo. No, no podían. Después de todo, sus esposas seguían compartiendo el lecho con ellos cada noche; ninguno de sus amigos había estado separado tres meses de su mujer, ninguno de ellos se preguntaba si su matrimonio volvería a ser lo que un día fue.

Mientras cruzaba el aparcamiento, pensó en sus dos hijas, su trabajo, su esposa. En aquel momento, ninguno de esos pensamientos le reconfortaba. Se sentía como si estuviera fracasando en cada faceta de su vida. Últimamente, la felicidad parecía un estado tan distante e inalcanzable como un viaje espacial. No siempre se había sentido así. Recordó que, durante un largo periodo de su vida, se había sentido muy feliz. Pero las cosas cambian. La gente cambia. El cambio es una de las inevitables leyes de la naturaleza, que pasa factura a cada persona, sin excepción. Uno comete errores, empieza a sentir remordimientos, y lo único que queda son las repercusiones que provocan que algo tan simple como levantarse de la cama cada mañana parezca casi laborioso.

Travis sacudió la cabeza y enfiló hacia la puerta del hospital, imaginándose a sí mismo como el niño que había sido, atento a las historias de su padre. Sonrió sorprendido al pensar que su propia vida había sido la mejor historia de todas, la clase de historia que merecería concluir con un final feliz. Mientras se acercaba a la puerta, notó el embate familiar de los recuerdos y del remordimiento.

Sólo más tarde, después de dejar que los recuerdos se apoderasen nuevamente de él, se preguntó qué pasaría después.

PRIMERA PARTE

1

Mayo de 1996

—Dime otra vez cómo es posible que haya accedido a echarte una mano con esto.

Matt, con la cara sofocada y sin dejar de refunfuñar, continuaba empujando el *jacuzzi* hacia el enorme hoyo rectangular recién excavado en la otra punta de la terraza. Le patinaban los pies; podía notar que le resbalaban las gotas de sudor por la frente hasta encarrilarse por las comisuras de los ojos, y que le provocaban un intenso escozor. Hacía calor, un calor espantoso, aunque fuera a principios de mayo. Un excesivo y horroroso calor, para estar allí realizando aquel trabajo, de eso no le cabía la menor duda. Incluso *Moby*, el perro de Travis, había buscado cobijo a la sombra y no dejaba de jadear, con un palmo de lengua fuera.

Travis Parker, que empujaba la gigantesca caja junto a él, se encogió de hombros como pudo.

—Porque pensaste que sería divertido —apuntó. Bajó el hombro y propinó otro empujón; el *jacuzzi* (que debía de pesar unos ciento ochenta kilos) apenas se movió unos centímetros. A ese paso, estaría colocado en su sitio algún día de la semana siguiente.

—Esto es ridículo —protestó Matt, sumando su peso al de la caja; pensó que lo que realmente necesitaban ahora era un par de mulas.

El dolor en la espalda era insoportable. Por un momento, visualizó sus orejas explotando a ambos lados de la cabeza a causa de la gran tensión, y después saliendo disparadas como cohetes de botella, esos petardos que él y Travis solían lanzar cuando eran niños.

—Eso ya lo habías dicho antes.

—Y no es divertido —gruñó Matt.

—Eso también lo habías dicho.

—Y no será nada fácil instalar este trasto.

—¡Qué va, hombre! —lo animó Travis. Se detuvo y señaló el texto impreso en la caja—. ¿Lo ves? Aquí dice: «Fácil de instalar».

Desde su lugar privilegiado a la sombra del árbol, *Moby* —un bóxer de pura raza— ladró como si pretendiera mostrar su conformidad, y Travis sonrió abiertamente, visiblemente henchido de satisfacción.

Matt esbozó una mueca de fastidio al tiempo que intentaba recuperar el aliento. Detestaba ese gesto engreído de su amigo. Bueno, no siempre. A decir verdad, casi siempre le encantaba el entusiasmo desinhibido de Travis. Pero en esos momentos no. Definitivamente no.

Matt sacó el enorme pañuelo que guardaba en el bolsillo de la parte de atrás del pantalón. La tela, empapada de sudor, le había dejado una enorme mancha en los pantalones. Se secó la cara y retorció el pañuelo con un rápido movimiento. Mil gotas de sudor se estrellaron contra su zapato, como caídas de un grifo mal cerrado. Él contempló la visión, ensimismado, antes de notar que las gotas se filtraban por la fina malla de su calzado. Acto seguido, sintió una agradable sensación pegajosa en los dedos del pie. Genial. No se podía pedir más.

—Si no recuerdo mal, dijiste que Joe y Laird vendrían a ayudarnos con tu «pequeño proyecto», y que Megan y Allison prepararían unas hamburguesas, y que también habría cerveza. ¡Ah! ¡Y que, como máximo, sólo tardaríamos un par de horas en instalar este cacharro!

—Están a punto de llegar —apuntó Travis.

—Eso mismo dijiste hace cuatro horas.

—Se están retrasando un poco, eso es todo.

—O quizás es que ni siquiera los has llamado.

—Claro que los he llamado. Y traerán a los niños, también. Te lo prometo.

—¿Cuándo?

—Muy pronto.

—¡Ja! —espetó Matt. Embutió el enorme pañuelo arrugado nuevamente en el bolsillo—. Y por cierto, suponiendo que no lleguen pronto, dime: ¿cómo diantre esperas que nosotros dos solos metamos este trasto en el agujero?

Travis mostró su despreocupación con un leve movimiento de la mano, y acto seguido se giró hacia la caja.

—Ya veremos. De momento, piensa en lo bien que lo estamos haciendo. Ya casi estamos a mitad del camino.

Matt volvió a torcer el gesto. Era sábado. ¡Sábado! Su día de descanso, su oportunidad para escapar al yugo de las obligaciones semanales, la merecida tregua que se había «ganado» después de cinco días trabajando en el banco, la clase de día que «necesitaba». ¡Era cajero, por el amor de Dios! Se suponía que tenía que ensuciarse las manos con papeles, ¡y no con una maldita bañera para hidromasaje! ¡Podría haberse pasado el día repanchigado, viendo un partido de béisbol de los Braves contra los Dodgers! ¡Podría haber ido a jugar al golf! ¡Podría haber ido a la playa! Podría haberse quedado haciendo el remolón en la cama con Liz, antes de ir a casa de los padres de ella, como solían hacer cada sábado, en vez de levantarse al alba para realizar un tremendo esfuerzo físico durante ocho horas seguidas bajo aquel sol abrasador…

Se quedó un momento pensativo. ¿A quién pretendía engañar? De no estar allí, seguramente habría pasado el día con los padres de Liz, lo cual era, sin lugar a dudas, el motivo principal por el que había aceptado la petición de Travis. Pero ésa no era la cuestión. La cuestión era que no le encontraba sentido a lo que estaba haciendo. Ni loco.

—¡Mira, me niego a seguir! —dijo, visiblemente exasperado—. ¡De verdad, paso!

Travis reaccionó como si no lo hubiera oído. Emplazó las manos nuevamente en la caja y se colocó en posición para empujar.

—¿Estás listo?

Matt bajó el hombro, enojado. Le temblaban las piernas. ¡Sí, le temblaban! En esos momentos ya sabía que a la mañana siguiente tendría que recurrir a una doble dosis de antiinflamatorio para aliviar el espantoso dolor muscular. A diferencia de Travis, no se ejercitaba en el gimnasio cuatro días por semana, ni jugaba al pádel, ni salía a correr un rato cada día, ni se escapaba a Aruba a practicar submarinismo, ni a Bali a hacer surf, ni a Vail a esquiar, ni ninguna actividad similar a las que su amigo solía dedicarse.

—No es divertido, ¿sabes?

Travis le guiñó el ojo.

—Eso ya lo habías dicho antes, ¿recuerdas?

—¡Ahí va! —exclamó Joe, enarcando una ceja mientras daba una vuelta lentamente alrededor de la bañera para hidromasaje.

Por entonces, el sol ya había iniciado su lento descenso, y los rayos dorados se reflejaban en la bahía. A lo lejos, una garza alzó el vuelo entre los árboles y sobrevoló la superficie con elegancia, dispersando la luz. Joe y Megan habían llegado unos minutos antes con Laird y Allison, y con los niños a rastras, y Travis les estaba mostrando su nueva adquisición.

—¡Es fantástico! ¿Y habéis hecho todo este trabajo hoy?

Travis asintió, con una cerveza en la mano.

—¡Bah! ¡Tampoco ha sido para tanto! —dijo—. Incluso diría que Matt se lo ha pasado bien.

Joe echó un vistazo a Matt. El pobre estaba derrumbado en una tumbona en un extremo de la terraza, con la cabeza cubierta con un paño frío. Incluso su vientre —Matt siempre había sido bastante rollizo— parecía hundido.

—Ya veo.

—¿Pesaba mucho?

—¡Como un sarcófago egipcio! —masculló Matt—. ¡Uno de esos de oro macizo que sólo se pueden mover con una grúa!

Joe se puso a reír.

—¿Se pueden meter los niños?

—Todavía no. Acabo de llenarlo, y hay que esperar un rato hasta que el agua se caliente. El sol ayudará a caldearla.

—¡Este sol abrasador la calentará en sólo unos minutos! —gimoteó Matt—. ¡Mejor dicho, en segundos!

Joe sonrió burlonamente. Laird y los otros tres se conocían desde el jardín de infancia.

—Un día duro, ¿eh, Matt?

Matt se apartó el paño de la frente y miró a Joe con cara de pocos amigos.

—Ni te lo puedes llegar a imaginar. ¡Ah! Por cierto, gracias por venir a la hora convenida.

—Travis me dijo que viniéramos a las cinco. Si hubiera sabido que necesitabais ayuda, habría venido antes.

Matt desvió su mirada furibunda hacia Travis. Realmente, a veces odiaba a su amigo.

—¿Cómo está Tina? —preguntó Travis, cambiando de tema—. ¿Megan ya puede dormir por la noche?

Megan estaba charlando animadamente con Allison en la mesa que había en el otro extermo de la terraza, y Joe la observó unos instantes antes de contestar:

—Más o menos. Tina ya no tose y vuelve a dormir toda la noche de un tirón, pero a veces creo que es Megan la que tiene problemas para conciliar el sueño. Al menos desde que nació Tina. A veces se levanta incluso cuando la niña no ha dicho ni pío. Es como si el silencio la despertara.

—Es una buena mamá —aseveró Travis—. Siempre lo ha sido.

Joe se giró hacia Matt y le preguntó:

—¿Y Liz?

—Estará al caer —contestó su amigo, con una voz de ultratumba—. Ha pasado el día con sus padres.

—Qué bien —comentó Joe.

—Vamos, no te pases; son buenas personas.

—Si no recuerdo mal, hace poco me dijiste que si tenías que sentarte otra vez a escuchar las batallitas de tu suegro sobre su cáncer de próstata o a tu suegra lamentándose de que, por favor, no echaran a Henry otra vez del trabajo (aunque la culpa no fuera de él) meterías la cabeza en el horno.

Matt hizo un esfuerzo por incorporarse.

—¡Yo nunca dije eso!

—Sí que lo hiciste. —Joe le guiñó el ojo, al tiempo que Liz, la esposa de Matt, aparecía por la esquina con el pequeño Ben delante de ella, bamboleándose con los pasos inseguros propios de un bebé—. Pero no te preocupes. No diré ni una sola palabra.

Los ojos de Matt se desplazaron nerviosamente de Liz a Joe, y de nuevo a Liz para constatar si ella los había oído.

—¡Hola a todos! —exclamó Liz, saludando con el brazo, distendidamente, guiando al pequeño Ben con la otra mano. Se abrió paso directamente hacia Megan y Allison. Ben se zafó de su mano y, bamboleándose, se dirigió hacia los otros niños que jugaban en la terraza.

Joe vio que Matt suspiraba aliviado. Esbozó una sonrisita y bajó la voz.

—Así que... los suegros de Matt, ¿eh? ¿Es así como lo convenciste para que te echara una mano?

—Es posible que comentara algo al respecto. —Travis sonrió socarronamente.

Joe se echó a reír.

—¡Eh, vosotros dos! ¿Se puede saber de qué estáis hablando? —los exhortó Matt, con recelo.

—Nada —respondieron al mismo tiempo.

Más tarde, con el sol ya muy bajo y la cena acabada, *Moby* se acurrucó a los pies de Travis. Mientras escuchaba a los niños chapotear en el *jacuzzi*, Travis se sintió plenamente satisfecho. Era su clase de atardecer favorito, en que el tiempo transcurría perezosamente entre el sonido de risas compartidas y de bromas inofensivas. Allison podía estar hablando relajadamente con Joe, y al cabo de unos minutos estar charlando con Liz, y después con Laird o con Matt; y el resto de sus amigos se mostraban igual de relajados, sentados alrededor de la mesa en la terraza. Sin apariencias forzadas, sin fanfarronerías, sin burlas para ridiculizarse los unos a los otros. A veces pensaba que su vida se asemejaba a la de un anuncio de cerveza y, en general, se sentía complacido simplemente dejándose llevar por la corriente de buenos sentimientos.

De vez en cuando, una de las mujeres se levantaba para ir a ver cómo estaban los niños. Laird, Joe y Matt, por otro lado, se limitaban a ejercer sus deberes paternos en tales ocasiones alzando a veces la voz con el deseo de apaciguar a los niños o evitar peleas o accidentes fortuitos. Lo más habitual era que uno de los pequeños pillara alguna rabieta, pero la mayoría de los problemas se resolvían con un rápido beso sobre el rasguño de la rodilla o un abrazo que era tan tierno de presenciar a distancia como lo debía de ser para el niño que lo recibía.

Travis contempló a sus compañeros, encantado de que sus amigos de infancia no sólo se hubieran convertido en unos buenos esposos y padres, sino que además siguieran formando parte de su vida. No siempre sucedía así. A los treinta y dos años, sabía que la vida a veces podía ser como una tómbola, y él había sobrevivido a un excesivo número de accidentes y de tropiezos, incluso a algunos que deberían haberle dejado más secuelas de lo que en realidad habían hecho. Pero no se trataba únicamente de eso. La vida era impredecible. Algunas de las personas que había conocido a lo largo de su vida habían fallecido en accidentes de tráfico, se habían casado y divorciado, se habían vuelto adictos a las drogas o al alcohol, o simplemente se habían marchado de aquella pequeña localidad, por lo que sus caras empezaban a desdibujarse en su mente. ¿Cuáles eran las probabilidades de que ellos cuatro —que se conocían desde la más tierna infancia— continuaran a los treinta y pocos años compartiendo los fines de semana? «Escasas», pensó. Pero, de algún modo, después de haber pasado juntos el acné de la pubertad, los primeros desencantos amorosos y la presión de sus padres en la adolescencia, para después separarse e ir a estudiar a diferentes universidades con distintos objetivos para sus vidas, al final, uno a uno, habían regresado a Beaufort. Más que un grupo de amigos, parecían una familia bien avenida, hasta el punto de compartir unos guiños y unas experiencias que cualquier persona ajena al grupo sería incapaz de comprender por completo.

Y portentosamente, las esposas también se llevaban bien. Provenían de diferentes ámbitos y lugares del estado, pero el matrimonio, la maternidad y el típico cotilleo inmanente en las pequeñas localidades eran motivos de suficiente peso para que se llamaran a menudo por teléfono y para estrechar los lazos entre ellas. Laird había sido el primero en casarse —él y Allison habían pasado por la vicaría el verano después de licenciarse en la Universidad de Wake Forest—. Joe y Megan recorrieron el camino hacia el altar un año después, tras enamorarse durante el último curso en la Universidad de Carolina del Norte. Matt, que había estudiado en la Universidad de Duke, conoció a Liz en Beaufort, y un año después ya estaban casados. Travis había sido el padrino en las tres bodas.

Algunas cosas habían cambiado en los últimos años, por supuesto, básicamente a causa de los nuevos miembros de las familias. Laird ya no estaba siempre disponible a cualquier hora para salir con la bici de montaña; Joe tampoco podía irse a esquiar con Travis a Colorado improvisadamente, como antes solía hacer; y al final Matt había desistido de intentar seguir el ritmo de su amigo en prácticamente todas las actividades. Pero no se quejaba. Sus amigos aún le dedicaban un poco de su tiempo, y entre los tres —y con suficiente planificación— todavía era capaz de sacar el máximo partido a los fines de semana.

Perdido en sus pensamientos, Travis no se había dado cuenta de que todos se habían quedado callados.

—¿Me he perdido algo?

—Te he preguntado si has hablado con Monica últimamente —dijo Megan, con un tono de voz que dejaba entrever que Travis estaba en apuros.

Travis pensó que sus seis amigos mostraban un interés excesivo en su vida amorosa. Lo malo de la gente casada era que creía que todo el mundo al que conocían debería casarse. Por consiguiente, cada mujer con la que Travis salía era irremediablemente sometida a una sutil evaluación, si bien inflexible, sobre todo por parte de Megan. Normalmente ella se erigía en la cabecilla del grupo, siempre dispuesta a descubrir qué era lo que a Travis le atraía de las mujeres. Y Travis, por supuesto, disfrutaba de lo lindo provocándola.

—No, últimamente no —contestó él.

—¿Por qué no? Si es muy simpática.

«Sí, y está desquiciada del todo», pensó Travis, pero ésa era otra cuestión.

—Rompió conmigo, ¿recuerdas?

—¿Y qué? Eso no significa que no quiera que la llames.

—Pensé que «eso» era ni más ni menos lo que significaba.

Megan, Allison y Liz lo observaron fijamente, como si fuera un pobre pazguato. Sus tres amigos, como de costumbre, parecían estarlo pasando en grande. Su vida sentimental se había convertido en un tema recurrente en aquellas veladas.

—Pero os peleasteis, ¿no?

—¿Y qué?

—¿No se te ha ocurrido pensar que igual ella sólo rompió contigo porque estaba enfadada?

—Yo también estaba enfadado.

—¿Por qué?

—Porque quería convencerme para que fuera a ver a un terapeuta.

—Y... A ver si lo adivino... Tú le contestaste que no necesitabas ningún terapeuta.

—Mira, el día que aparezca con faldita de volantes y un gorrito con puntillas, entonces sí que necesitaré la ayuda de un terapeuta.

Joe y Laird se rieron a mandíbula batiente, pero Megan esbozó una mueca de fastidio. Megan, como todos sabían, no se perdía ni un solo programa de Oprah Winfrey, la inefable reina de las entrevistas televisivas.

—¿Me estás diciendo que no crees que los hombres puedan necesitar la ayuda de un terapeuta?

—Sé que yo no la necesito.

—Pero en general...

—No soy un general..., así que no sé qué contestarte.

Megan se recostó en la silla.

—Pues yo creo que Monica reaccionó así por algún motivo. Si quieres conocer mi opinión, creo que tienes miedo a comprometerte formalmente con una chica.

—No te preocupes; no quiero tu opinión.

Megan se inclinó hacia delante.

—Veamos, ¿cuándo ha sido la vez que más has durado con una chica? ¿Dos meses? ¿Cuatro meses?

Travis ponderó la pregunta.

—Salí con Olivia casi un año.

—No creo que Megan se esté refiriendo a los años en el instituto —intervino Laird. A veces era obvio que a sus amigos les gustaba echar leña al fuego.

—Muchas gracias, Laird —le recriminó Travis.

—¿Para qué están los amigos?

—No cambies de tema —lo reprendió Megan.

Travis empezó a darse unos golpecitos rítmicos con los dedos en la pierna.

—Supongo que no me queda más remedio que aceptar que..., no me acuerdo.

—En otras palabras, no lo bastante como para recordarlo, ¿eh?

—¿Y qué quieres que te diga? Todavía no he encontrado a una mujer que esté a la altura de una de vosotras.

A pesar de la creciente oscuridad, Travis adivinó que a Megan le había complacido su comentario. Hacía mucho tiempo que había aprendido que las palabras lisonjeras eran la mejor defensa en momentos como aquél, especialmente cuando éstas eran sinceras. Megan, Liz y Allison eran fantásticas. Unas mujeres de gran corazón, leales y con un ponderable sentido común.

—Pues para que te enteres, a mí me gusta —espetó ella.

—Ya, pero es que a ti te gustan todas las mujeres con las que salgo.

—Eso no es verdad. No me gustó Leslie.

A ninguna de ellas les había gustado Leslie. A Matt, Laird y Joe, por otro lado, no les había importado en absoluto su compañía, especialmente cuando iba en biquini. Realmente era muy guapa, y a pesar de que no fuera la clase de chica con la que soñaba casarse, lo habían pasado muy bien mientras duró su historia de amor.

—Sólo digo que creo que deberías llamarla —insistió ella.

—Vale, lo pensaré —contestó Travis, aunque sabía que no lo haría. Se levantó de la mesa, buscando una vía de escape—. ¿A quién le apetece otra cerveza?

Joe y Laird alzaron sus botellas al mismo tiempo; los otros sacudieron la cabeza. Travis se encaminó hacia la nevera portátil sin vacilar; estaba situada al lado de la puerta corredera de cristal, por la que se accedía al comedor. La atravesó rápidamente y cambió el CD; acto seguido, escuchó unos instantes cómo las notas de la nueva canción se filtraban por la puerta y se expandían por la terraza mientras regresaba a la mesa con las cervezas. Por entonces, Megan, Allison y Liz estaban enzarzadas en una conversación sobre Gwen, su peluquera. Gwen siempre estaba al tanto de los chismes más interesantes, la mayoría de ellos sobre las inclinaciones ilícitas de los habitantes de la localidad.

Travis estrujó la botella de cerveza en silencio, con la mirada fija en el agua.

—¿En qué piensas? —se interesó Laird.

—Oh, en nada importante.

—Vamos, dime, ¿de qué se trata?

Travis se giró hacia él.

—¿Te has fijado en que algunos colores se usan como apellidos y en cambio otros no?

—¿De qué estás hablando?

—White y Black. Como el señor White, el dueño del garaje de coches. Y el señor Black, nuestro profesor en primaria. O incluso el señor Green, en el juego del Cluedo. Pero en cambio jamás habrás oído a nadie que se llame señor Orange o señor Yellow. Es como si algunos colores quedasen bien, y en cambio otros sonaran mal como apellidos. ¿Entiendes lo que te quiero decir?

—La verdad es que nunca había pensado en esa cuestión.

—Yo tampoco. Hasta hace un minuto, quiero decir. Pero es un poco extraño, ¿no te parece?

—Sí —convino finalmente Laird.

Los dos amigos permanecieron unos instantes en silencio.

—Ya te dije que no era nada importante.

—Ya.

—¿Y acaso no tenía razón?

—Sí.

Cuando la pequeña Josie pilló su segundo berrinche en un intervalo inferior a quince minutos —eran ya casi las nueve de la noche—, Allison la arropó entre sus brazos y miró a Laird con «esa mirada» que indicaba que había llegado la hora de marcharse para meter a los niños en la cama. Laird no opuso resistencia, así que cuando se levantó de la mesa, Megan miró a Joe, Liz asintió al tiempo que miraba a Matt, y Travis supo que la velada tocaba a su fin. Siempre pasaba lo mismo: los padres creían que eran ellos los que mandaban, pero al final eran los niños los que imponían las reglas.

Travis supuso que tal vez podría haber insistido para que uno de sus amigos se quedara, y quizás alguno de ellos habría accedido, pero ya hacía mucho tiempo que se había dado cuenta de que las vidas de sus amigos discurrían con unos horarios diferentes a los suyos. Además, tenía la corazonada de que Stephanie, su hermana menor, pasaría a verlo un poco más tarde. Venía de Chapel Hill, donde estaba estudiando un posgrado en Bioquímica. A pesar de que siempre se quedaba en casa de sus padres, normalmente llegaba exhausta después de conducir tantas horas y con ganas de hablar un rato, y a esas horas sus padres ya estaban normalmente en la cama. Megan, Joe y Liz se levantaron y empezaron a recoger la mesa, pero Travis no los dejó continuar.

—Ya lo haré yo dentro de un rato. No os preocupéis.

Transcurridos unos minutos, los niños ya se encontraban en los todoterrenos y un monovolumen. Travis permaneció de pie en el porche de la entrada y se despidió con la mano mientras sus amigos ponían los coches en marcha.

Cuando los hubo perdido de vista, enfiló nuevamente hacia el equipo de música, rebuscó entre la pila de los CD otra vez y eligió *Tattoo You*, de los Rolling Stones; acto seguido, subió el volumen. Sacó otra cerveza de camino hacia su silla en la terraza, apoyó los pies sobre la mesa y se recostó cómodamente. *Moby* se sentó a su lado.

—Solos tú y yo, por un rato —suspiró—. ¿A qué hora crees que llegará Stephanie?

Moby le dio la espalda. A menos que Travis pronunciara las palabras mágicas «paseo» o «pelota» o «ve a por el hueso», el perro no se mostraba entusiasmado con nada de lo que él le decía.

—¿Crees que debería llamarla para confirmar si ya está de camino?

Moby continuó impasible.

—Ya, eso mismo pensaba yo. Cuando llegue, llegará.

Permaneció sentado, bebiendo cerveza y con la vista fija en el agua. A su espalda, el perro resopló.

—¡Anda! ¡Ve a buscar la pelota! —dijo finalmente.

Moby se incorporó tan deprisa que casi derribó la silla.

Ella pensó que era la música lo que había colmado el vaso de lo que había sido una de las semanas más horribles de su vida. Una música estridente. De acuerdo, tampoco se podía decir que a las nueve de la noche de un sábado eso fuera totalmente inaceptable, especialmente dado que era obvio que él tenía compañía, y a las diez de la noche tampoco era tan grave. Pero ¿a las once de la noche? ¿Cuándo estaba solo y jugando con su perro?

Desde la terraza trasera de su casa, podía verlo sentado tranquilamente, con los mismos pantalones cortos que había llevado todo el día, con los pies apoyados sobre la mesa, lanzando la pelota y contemplando el río. ¿En qué diantre debía de estar pensando?

Quizá no tendría que ser tan dura con él; simplemente debería ignorarlo y punto. Después de todo, él estaba en su casa, ¿no? Era dueño y señor de su casa, así que podía hacer lo que le viniera en gana. Pero ése no era el problema. El problema era que él tenía vecinos, incluida ella, y ella también era la dueña y señora de su casa, y se suponía que los vecinos debían mostrar consideración entre ellos. Y era innegable que él se había pasado de la raya. No sólo por la música. En realidad le gustaba la música que estaba escuchando, y normalmente no le importaba que el volumen estuviera demasiado alto o que se pasara muchas horas con la música. El problema era su perro, *Nobby*, o como se llamara ese chucho. Más específicamente, lo que su perro le había hecho a su perra.

Sin lugar a dudas, *Molly* estaba preñada.

Molly, su bonita y dulce collie de pura raza, con pedigrí de campeones —el primer regalo que se hizo a sí misma tras concluir sus primeras guardias rotativas como asistente médica en la Universidad de Medicina de Virginia Oriental, y la clase de perrita que siempre había anhelado tener— se había puesto considerablemente más gordita durante las dos últimas semanas. Y lo más alarmante era que Gabby se había fijado en que los pezones de *Molly* parecían estar aumentando de tamaño. Podía palparlos cada vez que la perra se ponía panza arriba para que le rascara la barriga. Además, se movía más despacio. Todos esos indicios sumados apuntaban hacia una clara conclusión: indudablemente, *Molly* iba a alumbrar unos cachorros que nadie querría adoptar. ¿Un bóxer y una collie? Inconscientemente, torció el gesto mientras intentaba imaginar qué apariencia tendrían los cachorros antes de que consiguiera borrar la desagradable imagen de su mente.

Tenía que ser el chucho de ese individuo. Seguro. Cuando *Molly* estaba en celo, ese perro había puesto su casa bajo vigilancia, como un detective privado, y era el único perro que había visto merodear por el vecindario durante semanas. Pero ¿accedería su vecino a vallar su jardín? ¿O a tener al perro encerrado en casa o en un espacio cercado? No. Por supuesto que no. Su lema parecía ser: «¡Mi perro ha de ser libre!». No le sorprendía en absoluto. Él parecía vivir su propia vida fiel al mismo principio irresponsable. De camino al trabajo, siempre lo veía haciendo aerobismo, y cuando regresaba, él estaba por ahí con su bicicleta o en kayak o con patines o jugando al baloncesto en plena calle con un grupo de chiquillos del vecindario. Un mes antes, había botado su barca en el agua, y ahora también practicaba esa variante del esquí náutico de moda que llamaban «*wakeboard*». ¡Como si no estuviera ya lo bastante activo! Seguro que no hacía ni un minuto extra en su empresa, y sabía que no trabajaba los viernes. Además, ¿qué clase de trabajo podía realizar, que le permitiera salir de casa cada día vestido con unos pantalones vaqueros y una camiseta? No tenía ni idea, pero sospechaba —con una especie de satisfacción contenida— que debía de ser un trabajo que requería un delantal y una chapa identificativa con su nombre.

De acuerdo, quizá no estaba siendo demasiado justa. Probablemente era un chico encantador. Sus amigos —con pinta de ser gente normal y corriente, y además con hijos— parecían disfrutar de su compañía y pasaban a visitarlo muy a menudo. Pensó que incluso le parecía haber visto a un par de ellos en la consulta, con sus hijos, a causa de algún catarro o una otitis. Pero ¿y *Molly*? Su perra estaba ahora sentada cerca de la puerta, dando coletazos contra el suelo, y Gabby se puso nerviosa al pensar en el futuro. A *Molly* no le pasaría nada, pero ¿y los cachorros? ¿Qué pasaría con ellos? ¿Y si nadie quería adoptarlos? No podía imaginar la idea de llevarlos a la perrera municipal o a la protectora de animales. Simplemente no podía hacerlo. No lo haría. No iba a permitir que los sacrificaran con una de esas inyecciones letales.

Pero, entonces, ¿qué iba a hacer con los cachorros?

Y todo por culpa de ese individuo, que estaba sentado tan pancho en su terraza, con los pies sobre la mesa y con una actitud como si el mundo le importara un comino.

Ése no había sido su sueño cuando vio aquella casa por primera vez un año antes. Aunque no estaba en Morehead City, donde vivía Kevin, su novio, se encontraba a un tiro de piedra al otro lado del puente. Era una casita edificada medio siglo antes, y necesitaba una buena rehabilitación, según las tendencias en Beaufort, pero la panorámica del río era espectacular, el jardín lo bastante amplio como para que *Molly* pudiera correr, y lo mejor de todo, podía pagarla. A duras penas, sí, con tantos préstamos como había solicitado para costearse los estudios universitarios, pero los bancos demostraban ser bastante comprensivos cuando se trataba de conceder préstamos a gente como ella. Gente profesional y con estudios.

No como «Don mi-perro-ha-de-ser-libre y yo-no-trabajo-los-viernes».

Suspiró hondo, repitiéndose por segunda vez que probablemente era un buen tipo. Siempre la saludaba cuando la veía llegar en coche del trabajo, y aún recordaba vagamente el detalle de la cesta con queso y vino que él le había dejado en señal de bienvenida al poco de instalarse en el vecindario un par de meses antes. Gabby no estaba en casa, pero él le había dejado la cesta en el porche, y ella se había prometido que le enviaría una nota de agradecimiento, aunque al final no había encontrado el momento para escribirla.

Inconscientemente, volvió a torcer el gesto. Menudo fallo para su sentimiento de superioridad moral. De acuerdo, tampoco ella era perfecta, pero no se trataba de una nota de agradecimiento olvidada. Se trataba de *Molly* y del perro tunante de ese tipo y de cachorros no deseados, y ahora era tann buen momento como cualquier otro para comentar la situación. Obviamente, él todavía estaba despierto.

Gabby salió de su jardín y se encaminó hacia la elevada hilera de setos que separaban su casa de la de su vecino. En parte deseaba que Kevin estuviera con ella, pero sabía que eso no era posible. No después de la disputa de aquella mañana, cuando ella mencionó con toda la naturalidad del mundo que su prima iba a casarse. Kevin, concentrado en la sección de deportes del periódico, no había dicho ni una sola palabra como respuesta, como si pretendiera no haberla oído. Cualquier mención al matrimonio conseguía que se quedara más mudo que una piedra, especialmente en los últimos meses. Suponía que no debería sorprenderse; hacía casi cuatro años que salían (un año menos que su prima, había estado tentada a remarcarle), y si algo había aprendido de él en ese tiempo era que si Kevin no se sentía cómodo con un tema, reaccionaba con un mutismo inquebrantable.

Sin embargo, Kevin no era el problema. Ni tampoco el hecho de que últimamente ella tuviera la desagradable sensación de que su vida no era tal y como había imaginado que sería. Ni tampoco la terrible semana en la consulta, en la que, sólo el viernes, tres pacientes le habían vomitado encima —¡sí, tres veces encima!—, lo cual batía el récord en la clínica pediátrica, por lo menos según las enfermeras, que ni se esforzaban por disimular sus burlas y repetían la historia con regocijo. Tampoco estaba enfadada por lo de Adrian Melton, el médico casado que trabajaba con ella y que se sobrepasaba cada vez que hablaban, hasta el punto de incomodarla. Seguro que tampoco se sentía enojada por el hecho de no haber sido capaz de pararle los pies ni una sola vez.

No, señor. La cuestión era que quería que «el rey de las fiestas» se comportara como un vecino responsable, demostrara estar a la altura de las circunstancias, como ella, y asumiera su parte de responsabilidad para hallar una solución al problema, igual que ella. Y de paso, mientras le expresaba su malestar, quizá también mencionaría que a esas horas no debería tener la música tan alta (a pesar de que a ella le gustara), sólo para demostrarle que hablaba en serio.

Mientras Gabby caminaba por el césped, el rocío le humedeció la punta de los dedos de los pies a través de las sandalias. Intentando decidir cómo iba a empezar su discurso, apenas se fijó en los bellos reflejos que la luz de la luna lanzaba sobre la hierba, como si trazara senderos de plata. La cortesía dictaba que debería dirigirse hacia la puerta principal y llamar, pero con la música tan alta, dudaba de que él oyera el timbre. Además, quería solucionar el problema de una vez por todas, ahora que todavía le duraba el enojo y se sentía con fuerzas para encararse con él.

Un poco más lejos, avistó un hueco entre los setos y se encaminó hacia allí. Probablemente era el mismo que utilizaba *Nobby* para colarse en su casa y aprovecharse de la pobre y dulce *Molly*. Nuevamente sintió una desapacible opresión en el pecho, y esta vez intentó aferrarse a ese sentimiento. Era una cuestión importante. Muy importante.

Concentrada como estaba en su misión, no se fijó en la pelota de tenis que llegaba volando directamente hacia ella en el preciso instante en que emergió al otro lado del hueco. Sí que le pareció oír, sin embargo, a cierta distancia, a un perro trotando hacia ella; la sensación de distancia duró apenas un segundo, antes de ser arrollada y derribada.

Tumbada en el suelo, Gabby se fijó extrañada en que había demasiadas estrellas en un cielo tan brillante que se le antojaba desenfocado. Por un momento, se preguntó por qué le costaba tanto respirar, y entonces rápidamente se empezó a preocupar por el dolor que sentía en todo el cuerpo. No podía moverse. Lo único que podía hacer era seguir tumbada sobre la hierba y encogerse con cada nueva punzada de dolor.

Desde algún lugar lejano, oyó unos ruidos confusos, y el mundo que la rodeaba empezó a perfilarse nuevamente y poco a poco con más nitidez. Intentó concentrarse y se dio cuenta de que lo que oía no eran unos ruidos confusos, sino voces. O, más bien, una única voz, que parecía preguntarle si se encontraba bien.

En ese mismo momento, Gabby fue gradualmente consciente de una sucesión de jadeos rítmicos, cálidos y apestosos junto a su mejilla. Pestañeó una vez más, movió la cabeza levemente y se encontró cara a cara con una enorme cabeza peluda y cuadrada. Medio aturdida, llegó a la conclusión de que era *Nobby*.

—Aaaaayyyy... —gimoteó, al tiempo que intentaba incorporarse. Cuando se movió, el perro le lamió la cara.

—¡*Moby*! ¡Quieto! —gritó la voz, que ahora sonaba más cerca—. ¿Estás bien? Quizá sería mejor que continuaras un rato tumbada.

—Estoy bien —dijo ella, finalmente incorporándose hasta quedar sentada. Aspiró hondo un par de veces seguidas; la cabeza seguía dándole vueltas. «¡Menudo golpe!», pensó. En la oscuridad, notó que alguien se arrodillaba a su lado, aunque apenas podía ver sus facciones.

—¡Cuánto lo siento! —se disculpó la voz.

—¿Qué ha pasado?

—*Moby* te ha derribado sin querer. Estaba persiguiendo la pelota y...

—¿Quién es *Moby*?

—Mi perro.

—Entonces, ¿quién es *Nobby*?

—¿Qué?

Gabby se llevó la mano a la sien.

—Nada, no importa.

—¿Estás segura de que te encuentras bien?

—Sí —contestó ella, todavía medio aturdida, pero notando que el dolor se restringía ahora a unas leves punzadas.

Mientras empezaba a ponerse de pie, notó que su vecino emplazaba la mano bajo su brazo para ayudarla a levantarse. La situación le recordó a los bebés que atendía en la consulta durante las revisiones periódicas, y los enormes esfuerzos que hacían para mantenerse de pie sin perder el equilibrio. Cuando finalmente se sostuvo sin tambalearse, notó que él le soltaba el brazo.

—Vaya bienvenida, ¿eh?

Su voz seguía sonando lejana, pero ella sabía que la percepción era errónea, y cuando se giró para mirarlo, se dio cuenta de que estaba intentando enfocar la vista hacia un individuo que sobrepasaba unos quince centímetros su metro setenta y tres de altura. No estaba acostumbrada a interlocutores tan altos, y mientras alzaba la barbilla para verlo mejor, se fijó en su cara angulosa y despejada. Tenía el pelo castaño y ondulado, con unos rizos naturales que se le formaban en las puntas, y unos dientes increíblemente blancos. Así de cerca, era apuesto —o, mejor dicho, muuuuuy apuesto—, y Gabby sospechaba que él era consciente de ello. Perdida en sus pensamientos, abrió la boca para decir algo, pero volvió a cerrarla al darse cuenta de que había olvidado la pregunta.

—Quiero decir que venías a visitarme y mi perro va y te embiste y te tira al suelo —continuó él—. De veras, lo siento mucho. Normalmente *Moby* presta más atención. Saluda, *Moby*.

El perro estaba sentado sobre sus patas traseras, con cara de absoluta satisfacción, y entonces fue cuando ella, de repente, recordó el motivo de su visita. A su lado, *Moby* le ofreció una pata a modo de saludo. «¡Vaya! Qué bóxer más mono», se dijo. Pero no iba a dejarse seducir tan fácilmente. Esa bestia no sólo la había derribado, sino que además se había aprovechado de *Molly*. Le iría mejor el nombre de *Asaltador*, o mejor aún: *Pervertido*.

—¿Estás segura de que te encuentras bien?

Ante su cortés insistencia, Gabby se dio cuenta de que no era la clase de confrontación que ella había ensayado, e intentó recuperar el sentimiento de afrenta que la había invadido mientras se dirigía a su casa para hablar con él.

—Estoy bien —contestó con un tono tajante.

Por un extraño momento, ambos se miraron sin hablar. Al final, él hizo un gesto con su dedo pulgar, señalando por encima del hombro.

—¿Qué tal si nos sentamos en la terraza? Estaba escuchando música y...

—¿Y qué te hace suponer que tengo ganas de sentarme contigo en tu terraza? —espetó ella, recuperando poco a poco el control.

Él vaciló.

—¿Quizá porque venías a visitarme?

«Oh, claro, por eso», pensó ella.

—Pero, bueno, supongo que podríamos quedarnos aquí, junto a los setos, si lo prefieres —continuó él.

Gabby alzó las manos para indicarle que se callara, impaciente por acabar con aquella situación.

—Venía a verte porque quería hablar contigo...

Travis no la dejó continuar. La atajó propinándole una suave palmadita en el brazo.

—Yo también —se adelantó él, antes de que ella pudiera retomar el hilo de su monólogo ensayado—. Hace días que tenía la intención de pasar a verte para darte oficialmente la bienvenida al vecindario. ¿Te gustó la cesta?

Ella oyó un zumbido cerca de la oreja y movió bruscamente la mano para alejar al insecto.

—Sí. Muchas gracias —contestó, un poco distraída—. Pero lo que realmente quería comentarte...

Hizo una pausa al darse cuenta de que él no le estaba prestando atención. En lugar de eso, se había puesto a espantar con ambas manos los insectos que revoloteaban entre ellos.

—¿Estás segura de que no quieres que vayamos a la terraza? —insistió—. Aquí hay un montón de mosquitos.

—Lo que quería decirte es que...

—Tienes uno en el lóbulo de la oreja —volvió a interrumpirla, señalando con el dedo índice.

Gabby se asestó un golpe a sí misma, instintivamente.

—No, en la otra oreja.

Se dio otra palmada, y cuando retiró la mano vio un poquito de sangre en los dedos. «Fantástico», pensó.

—Tienes otro en la mejilla.

Gabby movió la mano varias veces seguidas para espantar la nube de insectos.

—Pero ¿qué pasa?

—Ya te lo he dicho, son los setos. Siempre están encharcados, y eso atrae a los mosquitos...

—De acuerdo —cedió ella—. Vamos a la terraza.

Un momento después, los dos se alejaban de los setos con rapidez.

—Odio los mosquitos; por eso siempre tengo varias velas de citronela en la mesa. Con eso basta para mantenerlos alejados. Y en verano aún es peor. —Travis dejó suficiente espacio entre ellos para que no chocaran accidentalmente—. Por cierto, creo que no nos hemos presentado formalmente. Me llamo Travis Parker.

Gabby notó una desapacible sensación. Después de todo, no estaba allí para confraternizar con él, pero la educación estaba por encima de todo, así que las palabras emergieron de su boca antes de que pudiera remediarlo:

—Yo soy Gabby Holland.

—Encantado.

—Lo mismo digo —respondió ella. Quiso cruzarse de brazos mientras pronunciaba esas últimas palabras, pero inconscientemente se llevó la mano hacia las costillas, donde todavía notaba unos pinchazos de dolor. Luego la movió hasta su oreja, que empezaba a escocerle.

A juzgar por su semblante —el rictus tenso en la boca y la mirada incisiva que había visto en varias ocasiones en sus ex novias— a Travis no le cabía ninguna duda de que estaba enfadada. Estaba seguro de que él era el causante de su exasperación, aunque desconocía el motivo. A no ser por el hecho de haber sido derribada por su perro. Pero Travis tenía la impresión de que había algo más. Recordó la expresión por la que Stephanie, su hermana, era famosa: esa mueca que indicaba un resentimiento inquietante. Pues el semblante de Gabby era el mismo, como si estuviera muy enojada. Pero allí terminaban las similitudes con su hermana. Mientras que Stephanie se había convertido en una mujercita de indudable belleza, Gabby era atractiva de un modo similar, pero no perfecto. Sus ojos azules estaban demasiado separados —aunque no excesivamente—, su nariz era demasiado grande —aunque no demasiado—, y su melena pelirroja parecía imposible de dominar. Sin embargo, esas imperfecciones imprimían un aire de vulnerabilidad a su belleza natural, algo que seguramente la mayoría de los hombres debía de encontrar irresistible.

En el silencio reinante, Gabby intentó ordenar sus pensamientos.

—Venía a verte porque…

—Espera —la interrumpió él—. Antes de que sigas, ¿por qué no te sientas? Enseguida vuelvo. —Enfiló hacia la nevera portátil, pero se dio la vuelta a mitad del camino—. ¿Te apetece una cerveza?

—No, gracias —repuso ella, deseando acabar con esa historia de una vez por todas. Negándose a tomar asiento, se dio la vuelta con la esperanza de confrontarlo de inmediato cuando regresara. Pero con una pasmosa celeridad, Travis pasó por delante de ella y se dejó caer en la silla, se reclinó cómodamente, y puso los pies sobre la mesa.

Sorprendida, continuó observándolo, de pie. Era obvio que el encuentro no estaba saliendo tal y como había planeado.

Travis abrió la botella y tomó un pequeño sorbo.

—¿No vas a sentarte? —le preguntó tranquilamente.

—Prefiero quedarme de pie, gracias.

Travis achicó los ojos como un par de rendijas y se puso las manos en la frente a modo de visera antes de protestar:

—Pero es que apenas puedo verte. Las luces del porche a tu espalda me deslumbran.

—Mira, he venido porque quería decirte que…

—¿Podrías moverte sólo unos pasos hacia un lado? —le pidió cortésmente.

Ella resopló con impaciencia y se desplazó unos pasos.

—¿Mejor?

—No, todavía no.

Un paso más y chocaría inevitablemente contra la mesa. Gabby alzó los brazos con exasperación.

—Quizá será mejor que te sientes —sugirió él.

—¡Vale! —exclamó, cansada. Retiró una silla y se sentó. Él estaba tirando por tierra todo su plan—. He venido porque quería hablar contigo… —empezó otra vez, preguntándose si debía empezar por el problema de *Molly* o por lo que significaba ser un buen vecino.

Travis enarcó una ceja.

—Eso ya lo habías dicho antes.

—¡Ya lo sé! ¡Es lo que intento decirte, pero tú no paras de interrumpirme!

Él se fijó en su porte desafiante, tan similar al de su hermana, pero todavía no tenía ni idea de por qué estaba tan furiosa. Tras unos segundos, ella empezó a hablar, primero con suspicacia, como si esperase que él fuera a interrumpirla de un momento a otro. Pero Travis no la interrumpió, y entonces pareció encontrar su ritmo y las palabras empezaron a fluir cada vez más y más deprisa. Le habló sobre la ilusión que había sentido al encontrar esa casa, y que tener una casa propia había sido su sueño durante mucho tiempo, antes de que el tema se desviara hacia *Molly* y sus pezones, que estaban aumentando de tamaño. Al principio, Travis no sabía quién era *Molly* —lo cual confirió a esa parte del monólogo una increíble dosis de surrealismo—, pero a medida que Gabby continuaba hablando, él comprendió que era su perrita collie, a la que alguna vez había visto cuando ella la sacaba a pasear. A continuación, se puso a hablar de cachorros feos y de tener que sacrificarlos y, para acabar de rematarlo, de algo relacionado con un «doctor-mete-mano», que no tenía nada que ver con lo mal que se sentía, ni tampoco los vómitos de los pacientes... Lo cierto era que nada tenía sentido hasta que empezó a señalar a *Moby*. Eso le permitió encajar algunas piezas del rompecabezas, hasta que al final adivinó que ella creía que su perro era el responsable de que *Molly* estuviera preñada.

Travis quería decirle que no había sido *Moby*, pero la vio tan exaltada que pensó que era mejor no protestar y dejar que se desahogara. En esos momentos, sus quejas habían virado hacia otros derroteros. Retales de su vida seguían emergiendo de repente, pequeñas anécdotas que parecían no ensayadas y sin conexión entre sí, junto con momentáneas explosiones de rabia dirigidas hacia él. A Travis le pareció que Gabby se había pasado más de veinte minutos hablando sin parar, pero pensó que no podía haber sido tanto rato. De todos modos, estar en esa incómoda posición, como receptor de toda aquella lluvia de acusaciones por parte de una desconocida airada sobre sus errores como vecino no resultaba exactamente fácil, por decirlo de algún modo, ni tampoco le gustaba el modo en que ella criticaba a *Moby*. Para él, era el perro más perfecto que existía sobre la faz de la Tierra.

A veces Gabby se tomaba un respiro, y en esos momentos, Travis intentaba replicar infructuosamente. No servía de nada, pues ella volvía a la carga de inmediato. Al final, decidió quedarse callado y escuchar, y —al menos en aquellos momentos en los que ella no se dedicaba a insultarlo a él o a su perro— percibió indicios de desesperación, incluso de cierta confusión, respecto a su vida en general. Lo ocurrido con su perrita, a pesar de que ella no se diera cuenta, era sólo una pequeña excusa de lo que en realidad la agobiaba. Travis sintió una impulsiva compasión hacia ella, y de pronto se encontró asintiendo con la cabeza, sólo para darle a entender que la estaba escuchando. De vez en cuando, Gabby lanzaba una pregunta, pero antes de que pudiera contestar, ella la contestaba por él.

—¿Acaso no se supone que los vecinos han de asumir la responsabilidad de sus acciones?

—Sí, evidentemente que sí... —había empezado a contestar, pero ella lo atajó sin clemencia.

—¡Pues claro que sí! —exclamó, y Travis volvió a asentir con la cabeza.

Cuando finalmente concluyó su sermón, Gabby acabó con la vista fija en el suelo, exhausta. A pesar de que su boca seguía tensa en una fina línea recta, a Travis le pareció verla llorar, y se preguntó si debería ofrecerle un pañuelo. Cayó en la cuenta de que los pañuelos los tenía dentro de casa —demasiado lejos—, pero entonces se acordó de las servilletas de papel cerca de la barbacoa. Se levantó rápidamente, asió unas cuantas y se las llevó. Le ofreció una, y tras debatirse unos instantes, ella la aceptó.

Gabby se secó los ojos. Ahora que se había calmado, Travis pensó que era más guapa de lo que le había parecido al principio.

Gabby suspiró visiblemente nerviosa.

—La cuestión es: ¿qué piensas hacer? —preguntó al final.

Él titubeó, intentando dilucidar a qué se refería.

—¿Sobre qué?

—¡Los cachorros!

Travis podía notar la rabia que empezaba a aflorar nuevamente en ella, y alzó las manos con intención de tranquilizarla.

—Veamos, empecemos por el principio. ¿Estás segura de que está preñada?

—¡Pues claro que estoy segura! ¿Es que no has oído nada de lo que te he dicho o qué?

—¿La has llevado al veterinario?

—Soy asistente médica. Me he pasado dos años y medio en la Facultad de Ciencias Experimentales y de la Salud y otro año de prácticas. ¡Sé cuándo una mujer está embarazada!

—Con las mujeres no lo dudo, pero con los perros es diferente.

—¿Y cómo lo sabes?

—Tengo mucha experiencia con los perros. De hecho, soy...

«Ya, claro», pensó ella, atajándolo con un brusco movimiento con la mano.

—Se mueve muy despacio, tiene los pezones hinchados, y últimamente está muy rara. ¿Qué otra cosa podría ser? —Le parecía increíble que cada hombre que había conocido creyera que, por el mero hecho de haber tenido un perro de pequeño, era un experto en cuestiones caninas.

—¿Y si tiene una infección? Eso podría causarle la hinchazón. Y si la infección es seria, también podría originarle dolor, lo cual explicaría su comportamiento extraño.

Gabby abrió la boca para replicar, entonces la cerró cuando se dio cuenta de que no había ponderado esa posibilidad. Una infección podría provocarle la hinchazón de los pezones —mastitis, o algo similar— y, por un momento, se sintió invadida por una agradable sensación de alivio. Sin embargo, después de considerar el argumento con más detenimiento, se dio cuenta de que no podía ser. No era uno o dos, sino todos los pezones. Retorció la servilleta, deseando que él hiciera el favor de escucharla.

—Está preñada, y tendrá cachorros. Y tú tendrás que ayudarme a encontrar familias que quieran adoptarlos, ya que no pienso llevarlos a la perrera municipal.

—Estoy seguro de que no ha sido *Moby*.

—¡Sabía que dirías eso!

—Pero es que, para que lo sepas...

Gabby sacudió la cabeza enérgicamente. ¡La clásica reacción machista! Las responsabilidades ante un embarazo recaían siempre en la mujer. Se levantó de la silla expeditivamente.

—Mira, te guste o no, tendrás que asumir tu parte de responsabilidad. Y espero que te des cuenta de que no será fácil encontrar familias para esos cachorros.

—Pero...

—¿A qué se debía esa pelotera? —quiso saber Stephanie.

Gabby había desaparecido entre los setos; unos segundos más tarde, Travis la había visto atravesar la puerta de cristal y entrar en su casa. Él todavía seguía sentado en la mesa, consternado por ese encuentro cargado de tensión, cuando avistó a su hermana, que se acercaba mirándolo con estupefacción.

—¿Hacía mucho rato que estabas ahí?

—Sí, bastante rato —contestó ella. Vio la nevera portátil cerca de la puerta y sacó una cerveza—. Por unos segundos, pensé que esa chica te iba a pegar, después creí que iba a ponerse a llorar, y por último pensé que quería volverte a pegar.

—Lo mismo me ha parecido a mí —admitió Travis. Se frotó las sienes, intentando digerir la escenita.

—Ya veo que sigues saliendo con chicas entrañables.

—No es mi novia. Es mi vecina.

—Pues mejor todavía. —Stephanie se arrellanó en una silla—. ¿Y cuánto tiempo hace que salís juntos?

—No estamos saliendo juntos. La verdad es que es la primera vez que hablo con ella.

—Impresionante —apuntó Stephanie—. No sabía que tuvieras ese don.

—¿Qué don?

—Ya sabes, conseguir que alguien te odie a primera vista. Es un don inusual, sin duda. Normalmente se supone que primero has de conocer bien a la persona.

—Muy graciosa.

—Sí, lo sé, no puedo remediarlo. Y *Moby*... —Se giró hacia el perro y lo señaló con un dedo acusador—. Tú deberías ir con más cuidado, bribón.

Moby movió la cola antes de incorporarse. Fue hacia ella y hundió el hocico en el regazo de Stephanie. Ella intentó apartarlo empujándole la cabeza con suavidad, pero lo único que consiguió fue que *Moby* hiciera más fuerza para permanecer pegado a ella.

—No lo retiro, eres un bribón.

—*Moby* no es el culpable.

—Ya, eso es lo que le decías a tu vecina, aunque ella se negaba a escucharte. ¿Qué le pasa?

—Me parece que está un poco alterada.

—Eso es evidente. Me costó un poco entender de qué estaba hablando. Pero he de admitir que ha sido de lo más entretenido.

—Vamos, no seas tan mala.

—¡No soy mala! —Stephanie se recostó en la silla, y examinó a su hermano detenidamente—. Es muy mona, ¿no te parece?

—No me he fijado.

—¡Anda ya! Estoy segura de que ha sido lo primero en lo que te has fijado. He visto cómo te la comías con los ojos.

—Vamos, vamos. Me parece que has venido un poco guerrera esta noche.

—Supongo que sí; el examen de esta tarde ha sido agotador.

—¿A qué te refieres? ¿Te has dejado alguna pregunta sin contestar?

—No, pero me he tenido que estrujar los sesos con algunas de ellas.

—¡Qué vida tan terrible la tuya!

—Así es. Y todavía me quedan tres exámenes más la semana que viene.

—¡Pobrecita mía! La vida de estudiante es mucho más dura que la de currante.

—¡Mira quién habla! Tú estuviste en la universidad más años que yo. Y eso me recuerda que... ¿Cómo crees que se lo tomarán papá y mamá si les digo que quiero continuar estudiando un par de años más para hacer el doctorado?

En casa de Gabby se encendió una luz en la cocina. Distraído, Travis tardó unos momentos en contestar.

—Probablemente no te pondrán ninguna traba. Ya conoces a papá y mamá.

—Lo sé. Pero últimamente tengo la impresión de que quieren que encuentre pareja y que siente cabeza.

—Bienvenida al club. Hace años que tengo esa misma sensación.

—Ya, pero para mí es distinto. Soy una mujer. Mi reloj biológico no perdona.

La luz en la cocina de Gabby se apagó; unos segundos más tarde, otra luz se encendió en la habitación. Travis se preguntó si Gabby se iba ya a dormir.

—Recuerda que mamá se casó a los veintiún años —continuó Stephanie—. Y que te tuvo a los veintitrés. —Esperó algún comentario por parte de su hermano, en vano—. Pero, claro, fíjate en lo mal chico que has salido. Quizá debería usar ese argumento como excusa.

Las palabras se filtraron despacio en la mente de Travis, y él frunció el ceño cuando finalmente captó la indirecta.

—¿Debo tomármelo como un insulto?

—Efectivamente; ésa era mi intención —replicó ella con una risita burlona—. No, hombre. Sólo quería ver si me estabas escuchando, o si estabas pensando en tu nueva amiga, quiero decir, en tu vecina.

—No es mi amiga —espetó él. Travis sabía que su tono había sido defensivo, pero no había podido remediarlo.

—De momento no —terció su hermana—. Pero tengo la extraña impresión de que pronto lo será.

2

Gabby no estaba segura de cómo se sentía tras haber hablado con su vecino. Después de regresar a casa, cerró la puerta y se apoyó en ella mientras intentaba recuperar la compostura.

Pensó que quizá no debería haber ido a verlo. Evidentemente, no había servido de nada. No sólo él no se había disculpado, sino que incluso se había atrevido a negar que su perro fuera el responsable. Sin embargo, cuando finalmente se separó de la puerta, sonrió para sí misma. Al menos lo había hecho. Le había plantado cara y le había dicho exactamente lo que tenían que hacer. Se felicitó a sí misma por haber reunido el coraje necesario. Normalmente no se le daba nada bien expresar lo que pensaba. Ni con Kevin (sobre el hecho de que sus planes para el futuro no parecían ir más lejos que del próximo fin de semana), ni con el doctor Melton, sobre cómo le disgustaba que la manoseara. Ni siquiera se le daba bien con su madre, que siempre parecía estar dispuesta a dictarle cómo corregir sus fallos.

La sonrisa se borró de sus labios cuando vio a *Molly* dormida en un rincón. Una rápida ojeada bastó para recordarle que el resultado final no había cambiado y que quizá, sólo quizá, podría haberse esmerado más intentando convencer a su vecino de que su deber era ayudarla. Mientras rememoraba el encuentro, empezó a invadirla un creciente sentimiento de vergüenza. Sabía que su exposición no había sido clara, pero después del incidente con ese chucho, se había desconcertado, y entonces la frustración se había apoderado de ella de un modo incontrolable, empujándola a parlotear como una cotorra sin freno. Seguramente su madre tendría tema para un día entero, si analizara su comportamiento. Quería a su madre, pero la abrumaba porque era una de esas damas que jamás perdía el control. Sí, eso la sacaba de quicio. En numerosas ocasiones, cuando era adolescente, había sentido el impulso de agarrar a su madre y zarandearla, sólo para obtener una respuesta espontánea. Por supuesto, no habría servido de nada. Su madre habría soportado la embestida hasta que Gabby se hubiera cansado, luego se habría acicalado el pelo con la mano y habría soltado algún comentario exasperante como: «Muy bien, Gabrielle, ahora que ya te has desahogado, ¿podemos hablar del tema como dos damas?».

«Damas.» Gabby no soportaba esa palabra. Cuando su madre la pronunciaba, a menudo se sentía abatida por un sentimiento de fracaso, como si comprendiera que le quedaba un largo trecho por recorrer para llegar a convertirse en una dama, y encima sin un mapa con instrucciones.

Por supuesto, su madre no podía hacer nada por cambiar su forma de ser. Del mismo modo que Gabby tampoco podía. Su madre era un cliché andante de la perfecta dama sureña; había crecido luciendo vestidos de volantes y había sido presentada a la elite de la comunidad en el Savannah Christmas Cotillion, uno de los bailes más exclusivos de debutantes en la región. También había ejercido de tesorera de la hermandad de mujeres Tri Delta en la Universidad de Georgia, otra tradición familiar, y mientras estaba en la universidad opinaba que los estudios eran mucho menos relevantes que el hecho de esmerarse por obtener el título de «señora», que consideraba la única elección acertada para una distinguida dama del sur. Por supuesto, no hacía falta señalar que quería que la otra parte de la ecuación —el «señor»— estuviera a la altura del apellido de su familia, lo cual significaba, básicamente, que fuera rico.

Y allí es donde aparecía su padre. Su papá. Un boyante constructor y promotor inmobiliario, doce años mayor que su esposa, y que, aunque no era tan rico como otros, no había duda de que estaba muy bien situado. Sin embargo, Gabby recordaba cuando, al analizar con detenimiento las fotos de la boda de sus padres, con ambos de pie en la puerta de la iglesia, se había preguntado cómo era posible que dos personas tan diferentes se hubieran podido enamorar. Mientras que a su madre le gustaba cenar faisán en el selecto restaurante del club de golf, papá prefería el menú del día en el bar de la esquina; mientras mamá que jamás pisaba la calle sin maquillaje —ni tan sólo para recoger el correo en el buzón—, papá iba con pantalones vaqueros y siempre con el pelo un poco despeinado. Pero en realidad sí que se querían —de eso a Gabby no le cabía la menor duda—. Por las mañanas, a veces los pillaba abrazados tiernamente, y nunca los había oído discutir. Tampoco dormían en camas separadas, como los padres de algunas de sus amigas, que a ella le parecía que llevaban más una relación de socios capitalistas que de dos personas enamoradas. Incluso ahora, cuando iba a visitarlos, solía encontrarlos juntos, acurrucaditos en el sofá, y cuando sus amigas expresaban su sorpresa, ella simplemente sacudía la cabeza y admitía que, en el fondo, estaban hechos el uno para el otro.

Para eterna decepción de su madre, Gabby, a diferencia de sus primorosas tres hermanas rubias, siempre se había parecido más a su padre. Incluso de niña prefería ir con pantalones en vez de vestidos, le encantaba encaramarse a los árboles y pasarse horas ensuciándose con la tierra. De vez en cuando, jugaba a perseguir a su padre sin tregua en alguna obra nueva, e imitaba sus movimientos mientras él revisaba los cerramientos de las ventanas recién instaladas o husmeaba en las cajas que acababan de llegar de la ferretería Mitchell's. Él le había enseñado a preparar los anzuelos y a pescar, y a ella le encantaba pasear con él en su vieja y destartalada furgoneta, con su radio averiada, una furgoneta que él nunca se preocupó en cambiar por otra nueva. Después del trabajo, solían jugar al pilla-pilla o a encestar canastas mientras su madre los observaba desde la ventana de la cocina con un aire que Gabby comprendía que no sólo era de desaprobación, sino de incomprensión. Con frecuencia, podía ver a sus hermanas de pie al lado de su madre, boquiabiertas.

A pesar de que a Gabby le encantaba contar a la gente que de pequeña había sido un espíritu libre, en realidad había acabado por debatirse entre la visión que su padre y su madre tenían del mundo, básicamente porque su madre era una experta en lo que concernía a sacar partido del manipulador poder maternal. Cuando tuvo más edad, Gabby acabó por decantarse por las opiniones de su madre acerca de la indumentaria apropiada y la «conducta adecuada de una dama», simplemente para no sentirse culpable. De todas las armas que su madre poseía en su arsenal, el sentimiento de culpa era sin duda la más efectiva, y siempre sabía cómo utilizarlo. Porque con sólo enarcar una ceja y pronunciar un breve comentario, Gabby acabó asistiendo a clases de danza y de etiqueta; aprendió a tocar el piano sin rechistar y, al igual que su madre, fue formalmente presentada en sociedad en el Savannah Christmas Cotillion. Si su madre se sintió orgullosa de ella aquella noche —y lo estaba, a juzgar por su semblante complacido—, Gabby notó como si finalmente estuviera lista para poder adoptar sus propias decisiones, algunas que de antemano sabía que su madre no aceptaría. Por supuesto que quería casarse y tener hijos algún día, como su madre, pero también estaba segura de que quería trabajar, como papá. Más concretamente, quería ser médico.

Oh, su madre había objetado con todas sus fuerzas al enterarse de sus planes. Por lo menos, al principio. Pero después empezó la sutil campaña ofensiva para conseguir que se sintiera culpable. Mientras Gabby superaba con excelentes notas un examen tras otro en el instituto, su madre la recibía con el ceño fruncido y el mismo sermón sobre cómo era posible conciliar una vida laboral como médico y familiar como esposa y madre.

—Pero si para ti el trabajo es más importante que la familia, adelante; sigue con tus planes para ser médico —remataba su madre.

Gabby intentó resistir la ofensiva de su madre, pero, al final, los viejos hábitos acabaron por hacer mella y se matriculó en la Facultad de Ciencias Experimentales y de la Salud, en vez de en la Facultad de Medicina. Tenía sentido: todavía atendería a pacientes, pero su jornada laboral sería relativamente estable y nunca tendría que estar disponible a cualquier hora, lo cual era obviamente una opción que permitía conciliar mejor la vida laboral con la familiar. Sin embargo, a veces le molestaba que su madre le hubiera metido inicialmente esa idea en la cabeza.

Sin embargo, no podía negar que la familia no fuera un puntal importante para ella. Era el resultado de ser fruto de unos padres felizmente casados. Una crecía creyendo que ese cuento de hadas era real; más que eso, que podía formar parte de ese cuento. Pero hasta ese momento, sin embargo, las cosas no estaban saliendo como esperaba. Ella y Kevin llevaban tanto tiempo saliendo juntos como para haberse enamorado, haber sobrevivido a los típicos altibajos que acababan por provocar la ruptura de muchas parejas, e incluso para hablar de un futuro en común. Ella había decidido que él era el hombre con el que quería pasar el resto de su vida, y por eso frunció el ceño al recordar su última disputa.

Como si percibiera la inquietud de Gabby, *Molly* se incorporó penosamente y avanzó hasta su dueña con paso inseguro para buscarle la mano con el hocico. Gabby la acarició, hundiendo los dedos en su pelaje.

—Me pregunto si será estrés —musitó Gabby, anhelando que su vida fuera tan simple como la de *Molly*. Simple, sin preocupaciones ni responsabilidades..., bueno, salvo por el hecho de estar embarazada—. ¿Me ves estresada?

La perra no respondió, pero tampoco tenía que hacerlo. Gabby sabía que estaba estresada. Podía notarlo en la tremenda tensión en sus hombros cada vez que pagaba una factura, o cuando el doctor Melton le sonreía impúdicamente, o cuando Kevin se hacía el sueco cuando ella esperaba un compromiso más formal por su parte. Tampoco ayudaba el hecho de que no tuviera ni un solo amigo allí, aparte de Kevin. Apenas había tenido la oportunidad de conocer a nadie fuera de la consulta y, aunque pareciera mentira, ese vecino era la primera persona con la que hablaba desde que se había mudado a aquella casa. Analizando lo sucedido, pensó que podría haberse tomado las cosas de otra manera, sin tanto arrebato. Sintió un poco de remordimiento por su reacción tan brusca, especialmente porque él parecía un chico la mar de afable. Cuando la ayudó a levantarse del suelo, se comportó casi como un amigo. Y cuando ella había empezado a parlotear sin parar, no la había interrumpido ni una sola vez, lo cual era digno de admirar.

Sí, le parecía una actitud encomiable, ahora que reflexionaba sobre el encuentro. Teniendo en cuenta su comportamiento —propio de una mujer desquiciada—, él no se había enojado ni le había replicado, cosa que sí que habría hecho Kevin. Se le sonrojaron las mejillas sólo con pensar en qué forma tan cortés la había ayudado a incorporarse. Y también había habido un momento, después de que él le pasara la servilleta, en que lo pilló mirándola de un modo que parecía sugerir que le parecía atractiva. Hacía mucho tiempo que no le sucedía nada similar, y a pesar de que le costaba admitirlo, la sensación era reconfortante. Echaba de menos esa clase de atenciones. Increíble, los sentimientos que una pequeña confrontación podían llegar a arrancar del alma.

Entró en su habitación y se puso un cómodo pantalón de chándal y una camiseta suave y deslucida que tenía desde su primer año en la universidad. *Molly* la seguía, y cuando Gabby comprendió lo que su perrita necesitaba, enfiló hacia la puerta.

—¿Estás lista para dar un paseo? —le preguntó.

La cola de *Molly* empezó a moverse de un lado a otro mientras se encaminaba hacia la puerta. Gabby la inspeccionó más de cerca. Todavía parecía preñada, pero quizá su vecino tuviera razón. Debería llevarla al veterinario, aunque sólo fuera para estar segura. Además, no tenía ni idea de los cuidados que necesitaba una perrita preñada. Se preguntó si *Molly* precisaría de vitaminas, y eso le recordó que ella misma no se estaba cuidando del modo que se había propuesto, con la resolución de seguir unos hábitos más saludables: comer mejor, hacer ejercicio, dormir las horas debidas, realizar estiramientos... Había decidido empezar tan pronto como se mudara de casa, esa clase de buenos deseos que uno adopta al realizar un cambio importante en su vida, pero en realidad no había movido ni el dedo meñique. Mañana mismo saldría a correr un rato; ninguna excusa sería buena para no hacerlo. Y al mediodía comería una ensalada y otra por la noche. Y puesto que estaba lista para asumir más cambios radicales en su vida, quizá podría pedirle a Kevin que se comprometiera con unos planes más definitivos sobre su futuro en común.

Pero claro, quizá no fuera una buena idea. Enfrentarse a su vecino era una cosa, pero ¿estaba preparada para asumir las consecuencias si no le satisfacía la respuesta de Kevin? ¿Y si él no tenía planes? ¿Estaba lista para abandonar el primer trabajo después de un par de meses? ¿Vender la casa? ¿Mudarse a otro lugar? ¿Hasta dónde estaba dispuesta a llegar?

No estaba segura de nada, salvo del hecho de que no quería perder a Kevin. Pero intentar seguir unos hábitos más sanos, ahora que finalmente podía hacerlo... Pasito a pasito, ¿de acuerdo? Tras tomar la decisión, salió al jardín y observó cómo *Molly* bajaba los peldaños con dificultad y la seguía hasta la otra punta del jardín. El aire todavía era cálido, pero se había levantado una ligera brisa. Las estrellas se desplegaban por todo el cielo, agrupándose en unas intrincadas constelaciones que, aparte de la Osa Mayor, jamás había sido capaz de identificar, y decidió que al día siguiente se compraría un libro de astronomía, justo después de comer. Se pasaría un par de días aprendiendo lo más esencial, después invitaría a Kevin a pasar una noche romántica en la playa, donde ella apuntaría hacia el cielo y mencionaría con toda la naturalidad del mundo algo astronómicamente impresionante. Entornó los ojos, imaginándose la escena, y se quedó allí plantada. A la mañana siguiente se convertiría en una nueva persona. Una persona mejor. Y también pensaría qué iba a hacer con *Molly*. Aunque tuviera que ponerse a suplicar de rodillas, estaba decidida a encontrar una familia para cada uno de los cachorros.

Pero primero, la llevaría al veterinario.

3

El día se perfilaba como otro de tantos en que Gabby se preguntaba cómo era posible que hubiera decidido trabajar en una consulta pediátrica. Después de todo, había tenido la oportunidad de trabajar en la unidad de cardiología en un hospital, lo cual había sido su intención mientras cursaba sus estudios en la Facultad de Ciencias Experimentales y de la Salud. Le encantaba intervenir en operaciones complejas, y le parecía un puesto perfecto hasta que realizó sus últimas guardias y por casualidad le tocó trabajar con un pediatra que le llenó la cabeza de pájaros acerca de la encomiable labor y la alegría insuperable de cuidar a recién nacidos. El doctor Bender, un médico veterano de pelo cano que jamás perdía la sonrisa y que conocía prácticamente a todos los niños en Sumter, Carolina del Sur, intentaba convencerla de que, aunque en cardiología estaría mejor remunerada y seguramente la posición parecía más glamurosa, no existía nada más reconfortante en el mundo como el acto de sostener a un bebé y verlo crecer durante los primeros años críticos de su vida. Normalmente ella asentía sin rechistar, pero en su último día, él forzó la situación emplazando un bebé entre sus brazos. Mientras el pequeñín se dormía, la voz del doctor Bender flotó a su alrededor: «En cardiología todo son emergencias y, por más que hagas, parece que el estado de tus pacientes siempre empeora. Después de unos años, debe de ser agotador. Te puedes quemar muy deprisa, si no vas con cuidado. En cambio, cuidar de un bebé como éste… —Hizo una pausa, señalando a la criatura—. No hay nada más grande en el mundo».

A pesar de la oferta de trabajo en cardiología en un hospital de su pueblo natal, Gabby acabó por aceptar el trabajo con los doctores Furman y Melton, en Beaufort, Carolina del Norte. De entrada le pareció que el doctor Furman no se enteraba de nada, y que el doctor Melton era un sujeto con muchas ganas de flirtear, pero el puesto vacante suponía una oportunidad para estar más cerca de Kevin. Y en cierto modo estaba convencida de que el doctor Bender tenía razón. No se había equivocado respecto a los recién nacidos. A Gabby casi siempre le encantaba tratarlos, incluso cuando tenía que ponerles alguna inyección y sus gritos la sobresaltaban. Los que ya empezaban a dar sus primeros pasos también eran un encanto. La mayoría de ellos eran unas personitas adorables, y le encantaba observarlos mientras se aferraban a sus mantitas o a sus osos de peluche y la miraban con aquella expresión tan inocente. Eran los padres los que la sacaban de quicio. El doctor Bender había olvidado mencionar un punto crucial: en cardiología, tratabas con un paciente que acudía a la consulta por voluntad propia o por necesidad; en pediatría, sin embargo, te las veías con pacientes que estaban a menudo bajo la custodia de unos padres neuróticos sabelotodo. Eva Bronson era uno de los ejemplos más claros.

Eva, que sostenía a George en su regazo, parecía mirar a Gabby con altivez. El hecho de que no fuera técnicamente una doctora y de que fuera relativamente joven provocaba la misma reacción en numerosos padres, que la miraban como si fuera una enfermera sobrepagada.

—¿Está segura de que el doctor Furman no tiene un momentito para visitar a mi hijo? —La mujer enfatizó la palabra «doctor».

—Está en el hospital —replicó Gabby—. Y tardará en volver. Además, estoy segura de que él le dirá lo mismo que yo. Su hijo está bien.

—Ya, pero sigue tosiendo.

—Tal y como le he dicho antes, los niños pueden toser hasta incluso transcurridas seis semanas después de un resfriado. Sus pulmones tardan más en curarse, pero eso es absolutamente normal.

—¿Así que no piensa recetarle ningún antibiótico?

—No, no lo necesita. No tiene mucosidad en los oídos, ni en la nariz ni en la garganta, y no he detectado ningún síntoma de bronquitis en los pulmones. No tiene fiebre y su aspecto es saludable.

George, que acababa de cumplir dos años, no paraba de moverse en la falda de Eva, intentando zafarse de ella, con una energía desbordante. Eva lo sujetó con más fuerza.

—Bueno, ya que el doctor Furman no está, quizá pueda examinarlo el doctor Melton. Estoy completamente segura de que mi hijo necesita un antibiótico. A la mitad de los niños en la guardería los están medicando con antibióticos; seguro que se trata de una enfermedad infecciosa.

Gabby fingió escribir algo en la ficha. Esa mujer siempre quería que le recetaran un antibiótico a George. Eva Bronson era una adicta a los antibióticos, si es que existía tal cosa.

—Si le sube mucho la fiebre, venga otra vez y lo examinaré de nuevo.

—No quiero «volver otra vez». Por eso he venido «hoy». Creo que lo mejor será que lo vea un «médico».

Gabby se esforzó por no perder los estribos.

—Muy bien. Veré si el doctor Melton puede hacer un hueco en su apretada agenda y ver a George.

Cuando hubo abandonado la salita, Gabby se detuvo en el pasillo, consciente de que antes tenía que prepararse. No quería hablar otra vez con el doctor Melton; había hecho todo lo posible por evitarlo durante toda la mañana. Tan pronto como el doctor Fulman se marchó al hospital para intervenir en una cesárea de emergencia en el Hospital General Carteret de Morehead City, el doctor Melton empezó a revolotear cerca de ella, lo bastante cerca como para que Gabby se diera cuenta de que acababa de realizar gárgaras con un enjuague bucal.

—Supongo que estaremos solos el resto de la mañana —le había dicho él.

—Quizá no haya demasiado trabajo —había contestado Gabby con un tono neutral. No estaba lista para encararse a él; no se atrevía a hacerlo si el doctor Furman no estaba cerca.

—Siempre hay muchos pacientes, los lunes. Esperemos que no tengamos que trabajar hasta la hora de comer.

—Esperemos —repitió ella.

El doctor Melton había cogido un historial médico junto a la puerta de la consulta al otro lado del pasillo. Lo repasó rápidamente, y justo cuando Gabby se disponía a marcharse, oyó de nuevo su ronca voz:

—Y hablando de comer, ¿has probado alguna vez los tacos de pescado?

Gabby pestañeó inquieta.

—¿Cómo?

—Conozco un lugar extraordinario en Morehead, cerca de la playa. Podríamos pasarnos por allí y, de paso, traer más tacos para el resto del personal.

A pesar de que él había mantenido el semblante serio —en realidad, podría haber estado hablando con el doctor Furman en vez de con ella—, Gabby retrocedió incómoda.

—No puedo. He de llevar a *Molly* al veterinario. He pedido hora esta mañana.

—¿Te dará tiempo?

—Me han dicho que sí.

Él vaciló unos instantes.

—Muy bien; otra vez será.

Mientras Gabby cogía un historial médico, se estremeció con una mueca de dolor.

—¿Estás bien? —se interesó el doctor Melton.

—Sí, sólo son un poco de agujetas, nada más —contestó antes de desaparecer en la salita.

La verdad era que notaba todos los músculos entumecidos. Muy entumecidos. Le dolía todo el cuerpo, desde el cuello hasta los tobillos, y el malestar parecía ir en aumento. Si se hubiera limitado a salir a correr un rato el domingo, seguramente ahora estaría bien. Pero la nueva, la intrépida Gabby, no había tenido suficiente. Después de hacer aerobismo —y muy orgullosa de que, a pesar de que había mantenido un ritmo lento, no había tenido que detenerse ni una sola vez—, había ido al gimnasio Gold en Morehead City para hacerse socia. Había firmado los papeles mientras el entrenador le explicaba las numerosas clases con nombres complicadísimos a las que podía asistir prácticamente a cualquier hora. Cuando se disponía a ponerse de pie para marcharse, él mencionó que había una clase nueva llamada Body Pump que estaba a punto de empezar.

—Es una clase fantástica —le dijo—. Trabajamos todo el cuerpo: es una combinación de gimnasia aeróbica con ejercicios propios de la sala de musculación. Deberías probarlo.

Y eso fue lo que hizo. Y sólo esperaba que Dios no le tuviera en cuenta a ese chico la trastada que le había hecho.

No de inmediato, por supuesto. Ni durante la clase, en la que se había sentido bien. Aunque en el fondo sabía que debería tomárselo con más calma, decidió seguir el ritmo de la mujer ataviada con escasísima ropa, retocada con cirugía estética, y con un kilo de máscara de ojos en las pestañas que tenía a su lado. Había levantado pesas sin parar, y después había corrido por la sala hasta que creía que el corazón se le iba a escapar por la boca, luego había levantado más pesas otra vez, y de nuevo había corrido por la sala sin parar. Cuando acabó la sesión, con todos los músculos temblando, Gabby se sintió como si hubiera dado el siguiente paso en su evolución. Al salir del gimnasio se compró un batido con muchas proteínas, simplemente para completar la transformación.

De camino a casa, entró en una librería para comprar un libro de astronomía, y después, cuando estaba a punto de quedarse dormida, se dijo que era la primera vez en mucho tiempo que se sentía más animada respecto a su futuro, salvo por el hecho de que sus músculos parecían estar agarrotándose más a cada minuto que pasaba.

Lamentablemente, la nueva e intrépida Gabby descubrió que le costaba horrores levantarse de la cama a la mañana siguiente. Le dolía todo el cuerpo. No, mejor dicho, lo que sentía iba más allá del dolor. Mucho peor que dolor. Era una tortura. Notaba como si cada músculo de su cuerpo hubiera pasado por un exprimidor de zumos. La espalda, el pecho, el abdomen, las piernas, los glúteos, los brazos, el cuello…, ¡incluso le dolían los dedos de las manos! Necesitó tres intentos hasta que finalmente consiguió sentarse en la cama y, tras arrastrar los pies hasta el baño, se dio cuenta de que el acto de limpiarse los dientes sin gritar le costaba una descomunal dosis de autocontrol. En el botiquín buscó un poco de todo —una aspirina, paracetamol, un antiinflamatorio—, y al final, decidió tomarse todas las píldoras juntas. Se las tragó con un vaso de agua mientras se observaba atentamente en el espejo.

—Vale, creo que te has pasado un poco haciendo ejercicio —admitió.

Pero ya era demasiado tarde, incluso se encontraba peor, los analgésicos no surtían efecto. O quizá sí. Por lo menos, aquella mañana fue capaz de trabajar —siempre y cuando no hiciera movimientos muy bruscos—. Pero el dolor persistía, y el doctor Furman se había ido, y lo último que deseaba era tener que lidiar con el doctor Melton.

Sin otra alternativa, preguntó a una de las enfermeras en qué sala estaba y, después de dar unos golpecitos en la puerta, asomó la cabeza. El doctor Melton alzó la vista de su paciente, y su expresión se animó al verla.

—Siento interrumpirlo. ¿Podemos hablar un momento?

—Por supuesto. —Se levantó del taburete, dejó el historial del paciente mientras abandonaba la sala y cerró la puerta tras él—. ¿Has cambiado de opinión respecto a la comida?

Gabby sacudió la cabeza y le expuso el caso de Eva Bronson y George; él le prometió que hablaría con esa mujer tan pronto como pudiera. Mientras se alejaba por el pasillo cojeando, podía notar los ojos de él clavados en su espalda.

Eran más de las doce cuando Gabby terminó con su último paciente de la mañana. Agarró el monedero y salió cojeando hacia el coche, consciente de que no tenía demasiado tiempo. Al cabo de cuarenta y cinco minutos tenía que estar de vuelta para atender a su primer paciente de la tarde; si no estaba demasiado rato en la clínica veterinaria, no tenía por qué preocuparse. Ésa era una de las cosas positivas de vivir en una pequeña localidad con menos de cuatrocientos habitantes. Todo quedaba a un tiro de piedra. Mientras que Morehead City —cinco veces más grande que Beaufort— se hallaba justo al otro lado del puente que cruzaba la vía navegable intracostera y era el lugar que congregaba a la mayoría de la gente para realizar sus compras durante el fin de semana, la corta distancia bastaba para aportar a aquella localidad un aire aislado y distintivo, como la mayoría de los pueblos en el Down East, que era como los habitantes de la zona denominaban a esa parte del estado.

Beaufort era un pueblo precioso, especialmente el casco antiguo. En un día como aquél, con una temperatura perfecta para pasear, se asemejaba a como ella imaginaba que debía de haber sido Savannah, su pueblo natal, durante su primer siglo de vida.

Calles amplias, árboles frondosos y un centenar de viviendas restauradas ocupaban varias manzanas, hasta fundirse con Front Street —la calle peatonal— y un pequeño paseo entarimado con unas hermosísimas vistas al puerto deportivo. Los amarres estaban ocupados por barcas de paseo o de pesca de todas las formas y tamaños imaginables; un impresionante yate que debía de valer una millonada podía estar atracado entre una barquita para pescar cangrejos y un bonito y vistoso velero. También había un par de restaurantes con unas vistas espectaculares: locales antiguos y con carácter, rematados con unos bonitos patios techados y unas mesas de pícnic que hacían que los clientes se sintieran como si estuvieran de vacaciones en un lugar donde el tiempo se hubiera detenido. Los fines de semana, al atardecer, algunas bandas de música actuaban en los restaurantes, y el 4 de julio del verano anterior, cuando ella había ido a visitar a Kevin, había venido tanta gente para escuchar música y ver los fuegos artificiales que el puerto se llenó literalmente de barcas. Sin suficientes amarres para todas ellas, los dueños de las barcas decidieron simplemente atarlas una junto a la otra, y saltaban de barca en barca hasta llegar al puerto, aceptando u ofreciendo cervezas a todos los que pasaban.

En el lado opuesto de la calle, las agencias inmobiliarias se mezclaban con las galerías de arte y las tiendas de *souvenirs* para los turistas. A Gabby le gustaba pasear al atardecer por las galerías de arte para mirar cuadros. De joven había soñado con ganarse la vida pintando o dibujando; necesitó unos pocos años para aceptar que su ambición excedía con creces su talento. Eso no significaba que no pudiera apreciar la calidad de una obra, y de vez en cuando descubría una fotografía o un cuadro que le provocaba una gran impresión. Dos veces se había decidido a comprar, y tenía dos cuadros colgados en las paredes de su casa. Había considerado la posibilidad de adquirir unos cuantos más para complementarlos, pero su presupuesto mensual no se lo permitía, por lo menos de momento.

Unos pocos minutos más tarde, Gabby aparcó al lado de su casa y soltó un grito apagado al salir del coche, antes de avanzar cojeando hasta la puerta principal. *Molly*, que la esperaba en el porche, se tomó su tiempo para olisquear el parterre, y luego dio un saltito para subirse al asiento del pasajero. Gabby soltó otro gritito de dolor cuando entró nuevamente en el coche, acto seguido bajó la ventana para que *Molly* pudiera sacar la cabeza, algo que le encantaba hacer.

La clínica veterinaria Down East estaba a tan sólo unos minutos, y Gabby aparcó en la zona de estacionamiento, oyendo cómo crujía la gravilla bajo las ruedas. El rústico y ajado edificio victoriano se asemejaba más a una casa que a una clínica veterinaria. Ató a *Molly* con la correa, después echó un rápido vistazo al reloj. Rezaba por que el veterinario no se demorase demasiado.

La puerta principal se abrió con un estrepitoso chirrido, y Gabby notó que *Molly* tiraba de la correa cuando husmeó el tufo propio de las clínicas de animales. La mujer se dirigió al mostrador, pero antes de que pudiera articular ni una sola palabra, la recepcionista se puso de pie.

—¿Ésta es *Molly*? —preguntó.

Gabby no pudo ocultar su sorpresa. Todavía le costaba habituarse a la vida en aquella pequeña localidad.

—Sí. Y yo soy Gabby Holland.

—Encantada de conocerla. Soy Terri. ¡Qué perrita tan mona!

—Gracias.

—Nos preguntábamos si tardaría mucho en llegar. Esta tarde tiene que volver al trabajo, ¿verdad? —Asió un cuestionario en blanco—. Por favor, sígame hasta una de las salitas. Allí podrá rellenar esta hoja con más tranquilidad. De ese modo, el veterinario podrá visitarla sin demora. No tardará. Ya casi ha acabado.

—Perfecto, muchas gracias —respondió Gabby.

La recepcionista la guio hasta una sala contigua. Dentro había una balanza, y la mujer ayudó a *Molly* a subirse en ella.

—No hay de qué. Además, siempre estoy con mis hijos en su consulta pediátrica. ¿Qué tal? ¿Se siente a gusto en su nuevo puesto?

—La verdad es que sí; hay más trabajo de lo que me había figurado —contestó ella.

Terri anotó el peso, luego se dirigió otra vez hacia el pasillo.

—Me encanta el doctor Melton. Se ha portado magníficamente con mi hijo.

—Se lo diré —dijo Gabby.

Terri señaló hacia una salita amueblada con una mesa metálica y una silla de plástico, y le entregó el cuestionario a Gabby.

—Sólo tiene que rellenar esta hoja. Mientras tanto, le diré al veterinario que ya está aquí.

Terri se marchó y Gabby se sentó, satisfecha, aunque rápidamente esbozó una mueca de dolor al notar que se le tensaban los músculos de las piernas. Respiró hondo varias veces seguidas y esperó a que cesara el dolor; acto seguido, rellenó el cuestionario mientras *Molly* se paseaba por la sala.

No había transcurrido ni un minuto cuando la puerta se abrió. Lo primero que Gabby vio fue la bata blanca; un instante más tarde, se fijó en el nombre bordado en letras azules. Gabby se disponía a hablar, pero el repentino reconocimiento de aquella cara se lo impidió.

—Hola, Gabby —la saludó Travis—. ¿Cómo estás?

Gabby continuó mirándolo con la mandíbula desencajada, preguntándose qué diantre hacía su vecino allí. Estaba a punto de soltar un comentario desagradable cuando se dio cuenta de que sus ojos eran azules.

«¡Qué extraño! Juraría que eran marrones», pensó.

—Supongo que ésta es *Molly* —dijo él, interrumpiendo sus pensamientos—. Hola, bonita. —La acarició y le frotó el cuello—. Te gusta, ¿eh? ¿Sabes que eres muy guapa? ¿Cómo estás, bonita?

El sonido de su voz transportó a Gabby de nuevo al tenso encuentro varias noches antes.

—¿Tú eres…, eres el… veterinario? —tartamudeó.

Travis asintió mientras continuaba rascándole el lomo a *Molly* cariñosamente.

—Sí, junto con mi padre. Él abrió esta consulta, y yo empecé a trabajar con él cuando acabé mis estudios en la universidad.

No podía ser. De toda la gente de aquella localidad, tenía que ser él. ¿Cómo era posible que Gabby no pudiera tener un día normal, sin complicaciones?

—¿Por qué no dijiste nada la otra noche?

—Sí que lo hice. Te recomendé que la llevaras al veterinario, ¿recuerdas?

Ella achicó los ojos como un par de rendijas. Ese tipo parecía disfrutar exasperándola.

—Ya sabes a qué me refiero.

Él levantó la vista.

—¿Te refieres al hecho de que yo sea el veterinario? Intenté decírtelo, pero no me dejaste.

—Pues deberías haber insistido.

—No creo que estuvieras de humor para escucharme. Pero eso es ya agua pasada. No estoy ofendido. —Sonrió—. Y ahora deja que examine a esta señorita, ¿de acuerdo? Sé que has de volver a la consulta, así que intentaré ir lo más rápido posible.

Gabby podía notar que la rabia se apoderaba de ella ante la impasibilidad de su interlocutor. Así que… «No estoy ofendido», ¿eh? Por unos instantes pensó en levantarse y abandonar inmediatamente la sala. Lamentablemente, Travis ya había empezado a palparle el vientre a *Molly*. Además, aunque se propusiera levantarse rápidamente no podría, puesto que en esos precisos momentos sus piernas parecían haberse declarado en huelga. Muerta de dolor por las agujetas, decidió cruzarse de brazos; al hacerlo notó algo parecido al filo de un cuchillo clavándosele en la espalda y en los hombros mientras él auscultaba a *Molly* con el estetoscopio. Se mordió el labio inferior, orgullosa de no haber gritado, todavía.

Travis la miró de soslayo.

—¿Estás bien?

—Sí —contestó ella.

—¿Estás segura? Tienes cara de estar sufriendo.

—Estoy bien —repitió ella.

Ignorando su tono arisco, Travis volvió a centrar su atención en la perrita. Desplazó el estetoscopio, volvió a auscultarla, luego examinó uno de sus pezones. Finalmente, se puso un guante de látex y le hizo un rápido reconocimiento interno.

—Sí, definitivamente, *Molly* está embarazada —concluyó

él, sacándose el guante y tirándolo a la papelera—. Y según parece, está de siete semanas.

—Ya te lo dije. —Gabby lo fulminó con una mirada desafiante, y se contuvo para no añadir que *Moby* era el responsable.

Travis se levantó y se guardó el estetoscopio en el bolsillo de la bata. Agarró el cuestionario y le echó un vistazo.

—Y para que lo sepas, estoy totalmente seguro de que *Moby* no es el responsable.

—¿Ah, no?

—No. Lo más probable es que sea ese labrador que he visto merodear por el vecindario. Me parece que es del viejo Cason, aunque no estoy completamente seguro. Puede que sea el perro de su hijo. Sé que hace poco ha vuelto al pueblo.

—¿Y por qué estás tan seguro de que no ha sido *Moby*? Travis empezó a repasar el cuestionario y, por un momento, ella dudó de si la había oído. Entonces él se encogió de hombros.

—Por la simple razón de que *Moby* está esterilizado.

Existen momentos en que una sobrecarga mental puede bloquear la capacidad de hablar. De repente, Gabby pudo verse a sí misma en la vergonzosa situación de empezar a tartamudear y luego ponerse a llorar, y finalmente abandonar la sala corriendo. Recordaba vagamente que él le había intentado decir algo, lo que hizo que se sintiera aún más sofocada.

—¿Esterilizado? —balbuceó.

—Así es. —Él alzó la vista del cuestionario—. Hace dos años. Mi padre lo hizo aquí, en esta clínica.

—Ah…

—También intenté decírtelo. Pero te marchaste y me dejaste con la palabra en la boca. Me sentía tan mal por no habértelo dicho que el domingo pasé a verte para contártelo, pero no estabas.

Gabby soltó lo primero que se le ocurrió:

—Estaba en el gimnasio.

—Me alegro.

El movimiento requirió un considerable esfuerzo, pero ella descruzó los brazos.

—Supongo que te debo una disculpa.

—No estoy ofendido —volvió a decir, y esta vez consiguió que Gabby se sintiera incluso peor—. Pero mira, sé que tienes prisa, así que déjame que te diga un par de cosas sobre *Molly*, ¿de acuerdo?

Ella asintió, sintiéndose como si su profesor la acabara de castigar de cara a la pared en un rincón de la clase, sin poder olvidar su patética intervención del sábado por la noche. El hecho de que él se tomara las cosas con tanta tranquilidad no hacía más que empeorar su estado de ánimo.

—El periodo de gestación dura nueve semanas, por lo que le quedan dos. *Molly* tiene las caderas bastante anchas, así que no debes preocuparte por el parto, y ése era precisamente el motivo por el que quería que la trajeras. Los collies a veces tienen las caderas muy estrechas. En cuanto al resto, no hay nada que necesites hacer, pero no olvides que lo más probable es que *Molly* busque un lugar fresco y oscuro para dar a luz, así que quizá sería conveniente que pusieras unas mantas viejas en el garaje. Se puede acceder al garaje desde una puerta en la cocina, ¿verdad?

Gabby volvió a asentir, notando como si todo su cuerpo se estuviera encogiendo por segundos.

—Déjala abierta, y *Molly* probablemente empezará a pasearse por allí. Es lo que se llama preparar el nido, y es perfectamente normal. Lo más probable es que tenga a los cachorros cuando haya calma. Por la noche, o mientras tú estés trabajando, pero recuerda que es un acto completamente natural, así que no tienes que preocuparte por nada. Los cachorros se pondrán a mamar instintivamente, así que tampoco tienes que preocuparte por eso. Y seguramente luego tendrás que tirar las mantas, por lo que será mejor que utilices algunas viejas, ¿entendido?

Ella asintió por tercera vez, sintiéndose incluso más insignificante.

—Aparte de esto, no hay nada más que necesites saber. Si surge algún problema, tráela a la consulta. Si pasa algo por la noche, ya sabes dónde vivo.

—De acuerdo —carraspeó Gabby.

Cuando ella no dijo nada más, él sonrió y enfiló hacia la puerta.

—Eso es todo. Ya puedes llevarla a casa, si quieres. Pero me alegro de que la hayas traído. No creía que fuera una infección, pero me quedo más tranquilo ahora que lo hemos descartado.

—Gracias —musitó Gabby—. Y, de nuevo, siento mucho…

Travis alzó la mano para detenerla.

—No pasa nada. De veras. Estabas angustiada, y es verdad que a *Moby* le gusta mucho deambular por el vecindario. Fue un error comprensible. Ya nos veremos, ¿de acuerdo?

Cuando él finalmente le dio a *Molly* una última palmadita, Gabby se sentía más pequeña que una hormiga. Después, Travis —el doctor Parker— abandonó la sala, y ella esperó un largo momento para confirmar que no iba a regresar. Entonces, lenta y dolorosamente se incorporó de la silla. Asomó la cabeza por la puerta y, tras confirmar que no había nadie en el pasillo, se dirigió al mostrador de recepción y pagó la visita con la máxima discreción posible.

De regreso a su trabajo, la única cosa que Gabby sabía con absoluta certeza era que, a pesar de que él le hubiera intentado quitar hierro al asunto, jamás superaría la vergüenza por lo que había hecho, y puesto que no había una roca lo bastante grande como para poder ocultarse debajo, su intención era hallar una forma de evitar a su vecino durante un tiempo. No para siempre, claro. Un periodo razonable, algo así como… los siguientes cincuenta años.

4

Travis Parker permanecía de pie junto a la ventana, observando cómo Gabby llevaba de nuevo a *Molly* hasta el coche. Sonrió para sí, recreándose en las muecas de aquella mujer. A pesar de que apenas la conocía, lo que había visto le llevaba a la conclusión de que se trataba de una de esas personas cuyas expresiones son una ventana abierta de cada uno de sus sentimientos. Indudablemente, ésa era una cualidad poco común en los tiempos que corrían. A menudo tenía la impresión de que había mucha gente que vivía constantemente aparentando y fingiendo, escudándose detrás de máscaras y perdiendo su verdadera personalidad en el proceso. Tenía la certeza de que Gabby jamás actuaría de ese modo.

Se guardó las llaves en el bolsillo y se dirigió hacia su furgoneta, con la promesa de que regresaría al cabo de media hora, después de comer. Agarró la nevera portátil —cada mañana se preparaba el almuerzo— y condujo hasta el mismo sitio de cada día. Un año antes había comprado un terreno al final de Front Street desde el que se apreciaba una vista privilegiada de las playas de Shackleford Banks, el terreno donde un día quería construir la casa de sus sueños. El único problema era que no estaba totalmente seguro de lo que eso significaba. Su vida, en general, era muy sencilla, y soñaba con erigir una casita rústica como las que había visto en los Cayos de Florida, unas edificaciones de marcado carácter cuya fachada parecía centenaria, pero increíblemente luminosas y espaciosas en su interior. No necesitaba demasiado espacio —una habitación y quizás un despacho, además del comedor—, pero tan pronto como empezó a desarrollar la idea, concluyó que el terreno era más apropiado para una casa con un aire más familiar. La imagen de la casa de sus sueños se tornó más confusa, puesto que sin lugar a dudas la nueva casa incluía una esposa y unos niños, en el futuro, algo que de momento quedaba muy lejos de sus planes.

A veces se sorprendía al pensar tanto respecto a su forma de ser como en la de su hermana, ya que Stephanie tampoco mostraba prisa por casarse. Sus padres llevaban casi treinta y cinco años casados, y Travis no conseguía imaginarlos como dos personas solteras y con dos identidades separadas, del mismo modo que no podía imaginarse a sí mismo batiendo los brazos como un par de alas para elevarse hasta las nubes. Sí, había oído historias sobre cómo se habían conocido durante una acampada en unas convivencias religiosas que había organizado el instituto donde ambos estudiaban, y cómo su madre se había cortado el dedo mientras partía una tarta de postre y su padre había cubierto la herida con su mano como si se tratara de un vendaje para cortar la hemorragia. Sólo tocarla y... «¡Bing, bang, bum! Supe que era la mujer de mi vida; así de sencillo», decía su padre.

Hasta entonces, Travis no había experimentado ningún «bing, bang, bum». Ni nada que se asemejara. Por supuesto que se acordaba de Olivia, su novia en el instituto; todo el mundo allí creía que formaban una pareja perfecta. Ahora ella vivía al otro lado del puente en Morehead City, y de vez en cuando coincidían en alguna tienda o en el supermercado. Hablaban durante un minuto aproximadamente sobre trivialidades y luego se despedían amistosamente y cada uno seguía su camino.

Desde Olivia, había tenido innumerables novias, por lo que no se consideraba un novato en lo que atañía a mujeres. Las encontraba atractivas e interesantes, más aún, se sentía genuinamente atraído por ellas. Estaba orgulloso de poder declarar que jamás había experimentado nada parecido a una separación dolorosa con ninguna de sus ex, ni ellas tampoco con él. Cuando rompían era casi siempre por mutuo acuerdo, como la mecha de una vela que se apaga suavemente en vez del aparatoso estallido de los fuegos artificiales. Se consideraba amigo de cada una de sus ex novias —incluyendo a Monica, la última— y creía que ellas opinaban lo mismo acerca de él. Lo que pasaba simplemente es que no era la media naranja para ninguna de ellas, y ellas tampoco lo eran para él. Había sido testigo de cómo tres de sus ex novias se casaban con unos tipos fantásticos, e incluso lo habían invitado a las tres bodas. Casi nunca pensaba en la posibilidad de encontrar a «su alma gemela» o a alguien con quien quisiera «pasar el resto de su vida», pero en las pocas ocasiones en que pensaba en ello, siempre acababa imaginando a una mujer que compartiera las mismas aficiones al aire libre que tanto le apasionaban. La vida era para vivirla, ¿o no? Por supuesto, todo el mundo tenía responsabilidades, y él aceptaba las suyas sin rechistar. Disfrutaba con su trabajo, ganaba suficiente dinero para vivir desahogadamente, tenía una casa y pagaba las facturas sin demora, pero no anhelaba una vida vacía, sin nada más que esas obligaciones. Deseaba experimentar la vida. O, mejor dicho: «necesitaba» experimentar la vida.

Siempre había sido así, por lo menos desde que tenía uso de razón. Como estudiante, Travis había sido organizado y aplicado, y siempre había sacado buenas notas sin dejarse la piel. Normalmente solía conformarse con un notable en vez de un excelente, lo cual sacaba a su madre de sus casillas. «Imagínate las notas que sacarías si estudiaras más», le repetía cada vez que llevaba las notas a casa. Pero la escuela no lo seducía de la misma forma que montar en bicicleta a una velocidad vertiginosa o hacer surf en las playas de Outer Banks. Mientras otros niños opinaban que sólo el baloncesto o el fútbol estaban a la altura de poder considerarse deportes, él soñaba con la sensación de mantenerse suspendido en el aire con su motocicleta después de lanzarse por una rampa de tierra o con el subidón de adrenalina que sentía cuando aterrizaba sin ningún rasguño. De niño le encantaban los deportes de riesgo, incluso antes de que existiera tal concepto, y a los treinta y dos años estaba seguro de que los había probado prácticamente todos.

En la distancia, divisó unos caballos salvajes congregándose cerca de las dunas de Shackleford Banks, y mientras los observaba, sacó su bocadillo. Pan de centeno con unas lonchas de pavo y mostaza, una manzana y una botella de agua; casi cada día comía lo mismo, después de devorar el mismo desayuno a base de copos de avena, huevos revueltos con leche y un plátano. Así como su cuerpo le exigía su dosis periódica de adrenalina, su dieta no podía ser más aburrida. Sus amigos se maravillaban de su autocontrol, pero lo que no sabían era que esa rigidez tenía más que ver con su paladar limitado que con la disciplina. Cuando tenía diez años, lo obligaron a acabarse un plato de pasta china remojada en salsa de jengibre, y se pasó casi toda la noche vomitando. Desde entonces, el más leve olor a jengibre le revolvía el estómago, y su paladar ya nunca volvió a ser el mismo. En general era poco aventurero con la comida, se inclinaba por lo predecible y sencillo, en vez de por cualquier cosa con un aroma exótico; además, gradualmente, a medida que se hacía mayor, había ido apartándose de la comida basura. Ahora, después de más de veinte años, le daba demasiado miedo cambiar.

Mientras comía el bocadillo —predecible y sencillo— se sorprendió al pensar en la dirección que habían tomado sus pensamientos. No era propio de él. Normalmente no mostraba ninguna tendencia hacia las reflexiones profundas. (Otra causa del inevitable apagón suave en sus relaciones, según Maria, su ex novia de hacía seis años.) En general se lo tomaba todo con calma, haciendo lo que necesariamente tenía que hacer y pensando en modos de disfrutar del resto de su tiempo libre. Ése era uno de los puntos positivos de estar soltero: podía hacer más o menos lo que quisiera, cuando quisiera, y la introspección era sólo una opción.

«Tiene que ser por Gabby», pensó, aunque no comprendía el porqué. Apenas la conocía, y dudaba mucho de que tuviera la oportunidad de conocer a la verdadera Gabby Holland. Sí, había visto a la Gabby enfadada la otra noche, y a la Gabby entonando el *mea culpa* hacía un rato, pero no tenía ni idea de cómo se comportaba en circunstancias normales. Sospechaba que tenía un buen sentido del humor, aunque tras considerarlo dos veces se dijo que no sabía por qué había llegado a tal conclusión. Y sin lugar a dudas era inteligente, aunque eso podría haberlo deducido por la clase de trabajo que desempeñaba. Aparte de eso..., intentó sin éxito imaginarla saliendo una noche a cenar con él. Sin embargo, estaba contento de que hubiera pasado por la clínica veterinaria, aunque sólo fuera para concederles la oportunidad de iniciar una nueva relación como vecinos. Una de las cosas que había aprendido con el tiempo era que una mala relación entre vecinos podía amargarle la vida a cualquiera. El vecino de Joe era la clase de individuo que quemaba hojas el primer día esplendoroso de primavera; además, lo primero que hacía cada sábado por la mañana era repasar su jardín con la máquina cortacésped, y los dos habían estado a punto de llegar a las manos en más de una ocasión después de una larga noche de insomnio a causa de los berridos de su bebé. A veces, Travis tenía la impresión de que la gente estaba perdiendo la cortesía, y lo último que quería era que Gabby hallara motivos para no hablar con él. Quizá la invitaría la próxima vez que vinieran sus amigos a cenar...

«Sí, eso haré», pensó. Una vez hubo tomado la decisión, agarró la nevera portátil y se encaminó hacia la furgoneta. En la agenda de aquella tarde contaba con el típico desfile de perros y gatos por la consulta, pero a las tres alguien tenía que llevarle un geco. Le encantaba examinar animales exóticos; la sensación de que sabía de qué hablaba —lo cual era cierto— siempre dejaba a los dueños impresionados. Disfrutaba observando sus caras de sorpresa: «Me pregunto si este veterinario conoce la anatomía y la fisiología exacta de cada bicho que puebla la Tierra». Y él fingía que sí que lo sabía. Pero la verdad era un poco más prosaica. No, por supuesto que no conocía todos los detalles de todas las criaturas que poblaban la Tierra —¿quién podría?—, pero una infección era una infección, y casi siempre se trataba del mismo modo, sin que importara la especie del animal; sólo variaba la dosis de la medicación, y eso lo podía verificar en un libro de referencia que guardaba en el cajón de su mesa.

Mientras se montaba en el coche, empezó a pensar en Gabby otra vez y se preguntó si le gustaría hacer surf o *snowboard*. Le parecía improbable, pero a la vez tenía la extraña corazonada de que, a diferencia de la mayoría de sus ex novias, ella estaría a la altura de las circunstancias en cualquiera de los dos deportes, si se le daba la oportunidad. No sabía por qué, y mientras ponía en marcha el coche intentó alejar esos pensamientos de su mente, diciéndose que eso no importaba. Salvo que, de alguna manera, sí que importaba.

5

A lo largo de las siguientes dos semanas, Gabby se convirtió en una experta a la hora de entrar y salir a escondidas, por lo menos cuando se trataba de hacerlo de su casa.

No le quedaba otra alternativa. ¿Qué diantre iba a decirle a Travis? Había hecho un ridículo tan espantoso, y él aún había empeorado más las cosas comportándose tan magnánimo, que obviamente se había visto obligada a alterar las normas de entrada y salida. Ahora, la regla número uno consistía en evitarlo a toda costa. La única actuación de la que se sentía orgullosa —lo único positivo que había sacado de aquella experiencia tan horrorosa— era que se había disculpado en su consulta.

No obstante, le resultaba difícil continuar por esa línea. Al principio, lo único que había tenido que hacer era aparcar el coche dentro del garaje, pero ahora que se acercaba la fecha del parto, había tenido que volver a aparcar el coche en la calle para que *Molly* pudiera preparar el nido. Aquello significaba que Gabby tenía que llegar y marcharse cuando estaba segura de que Travis no estaba cerca.

Había rebajado los cincuenta años que inicialmente se había propuesto pasar desapercibida para su vecino. Ahora pensaba que con un par de meses más bastaría, o a lo mejor medio año sería suficiente para que él olvidara el asunto, o por lo menos para que no se acordara de su deplorable actuación. Gabby sabía que el paso del tiempo ejercía un extraño influjo a la hora de difuminar los márgenes de la realidad hasta que sólo quedaba una imagen confusa, y cuando eso sucediera, ella retomaría poco a poco sus rutinas. Empezaría por pequeños cambios —un saludo por aquí cuando se apeara del coche, quizás otro saludo si coincidían los dos en sus respectivas terrazas—, y a partir de ahí avanzarían paso a paso. Pensó que con el tiempo quizá llegarían a mantener una relación cordial —a lo mejor incluso llegarían a reírse algún día juntos por la forma en que se habían conocido—, pero hasta ese momento, ella prefería vivir como una espía.

Evidentemente, había tenido que aprenderse los horarios de Travis. No le había costado mucho: un rápido vistazo al reloj cuando él se marchaba por la mañana mientras ella lo observaba desde la cocina. El regreso a casa después del trabajo había resultado incluso más fácil: cuando ella llegaba, él solía estar navegando con la barca o practicando esquí náutico. Aunque en el fondo, eso hacía que los atardeceres fueran la peor traba. Puesto que él estaba «por ahí fuera», ella tenía que estar «ahí dentro», a pesar de que la puesta de sol fuera espectacular, y a menos que decidiera ir a visitar a Kevin, no le quedaba más remedio que quedarse encerrada, estudiando su libro de astronomía, el que había comprado con la esperanza de impresionar a Kevin una noche que se dedicaran a observar las estrellas, lo cual, por desgracia, todavía no había tenido lugar.

Suponía que se podría haber comportado de un modo más adulto en lo que concernía a aquel asunto, pero tenía la extraña impresión de que, si se encontraba con Travis cara a cara, irremediablemente él «rememoraría» todo lo sucedido en vez de «prestarle la debida atención», y lo último que deseaba era causarle una impresión aún peor de la que ya tenía. Además, había otros temas que le preocupaban.

Kevin, por ejemplo. Él pasaba a visitarla un rato prácticamente todos los días, al anochecer, e incluso se había quedado a dormir el fin de semana anterior, después de jugar al golf, por supuesto, para no perder la costumbre. Kevin adoraba el golf. También habían salido tres veces a cenar y habían ido dos veces al cine, y habían pasado parte del domingo por la tarde en la playa, y un par de días antes, mientras estaban sentados en el sofá, él le había quitado los zapatos mientras bebían una copa de vino.

—¿Qué haces?

—Pensé que igual te gustaría que te masajeara un poco los pies. Supongo que los tienes entumecidos, después de pasarte todo el día de pie.

—Será mejor que primero me los lave.

—No me importa si no están limpios. Y además, me gusta mirar los dedos de tus pies. Son muy monos.

—No tendrás un fetichismo secreto con los pies, ¿eh?

—No, mujer. Lo único es que me gustan tus pies —respondió él, empezando a hacerle cosquillas en los pies, y ella los apartó, riendo a carcajadas.

Un momento después, se estaban besando apasionadamente, y cuando él se tumbó a su lado, le declaró que la quería mucho. Por la forma en que se lo dijo, Gabby tuvo la impresión de que podría considerar la posibilidad de irse a vivir con él, lo cual era bueno. Era la vez que él había estado más cerca de hablar de su futuro en común, pero…

Pero ¿qué? Eso era lo que siempre aguaba la fiesta, ¿no? ¿Era el acto de vivir juntos un paso más hacia delante o sólo una forma de alargar el presente? ¿De veras ella necesitaba que él se le declarase? Gabby se quedó pensativa unos instantes. La verdad era que… sí. Pero no hasta que él estuviera preparado, lo cual la llevaba, inevitablemente, a formularse preguntas que se habían ido gestando cada vez que estaban juntos: ¿cuándo estaría él preparado? ¿Realmente llegaría a estarlo algún día? Y, por supuesto, ¿por qué él no estaba preparado para casarse con ella?

¿Había algo malo en querer casarse en lugar de simplemente irse a vivir con él? Había llegado un momento en que ni tan sólo estaba segura sobre esa cuestión. Es como muchas parejas que han pasado tantos años juntos que tienen la certeza de que acabarán casándose algún día, y al final lo hacen; en cambio otras saben que aún tardarán en casarse, por lo que deciden irse a vivir juntos, y la relación también funciona. A veces, Gabby se sentía como si fuera la única con las ideas claras; para ella, el matrimonio siempre había sido una vaga idea, algo que acabaría por… suceder. Y sucedería, ¿no?

Esos enrevesados pensamientos le provocaron dolor de cabeza. Lo que realmente quería era sentarse fuera en la terraza y saborear un vaso de vino y olvidarse de todo durante un rato.

Pero Travis Parker estaba en su terraza, ojeando una revista, por lo que eso no iba a ser posible. Así que, un jueves más, se quedó encerrada dentro de casa.

Cómo deseaba que Kevin no tuviera que trabajar hasta tan tarde, porque de ese modo podrían hacer alguna actividad juntos. Él tenía una reunión a última hora con un dentista que estaba a punto de abrir su consulta y que por eso necesitaba toda clase de seguros. Tampoco era para echarse a llorar —sabía que él se dedicaba en cuerpo y alma al negocio familiar—, pero lo peor de todo era que a la mañana siguiente, a primera hora, Kevin tenía que marcharse con su padre a Myrtle Beach para asistir a una convención, así que no tendría oportunidad de verlo hasta el miércoles siguiente, lo cual significaba que tendría que pasar incluso más tiempo acurrucada como una gallina. El padre de Kevin había abierto una de las compañías de seguros más grandes en la zona este de Carolina del Norte, y, con cada año que pasaba, Kevin iba asumiendo más responsabilidades en la oficina de Morehead City, mientras su padre se preparaba para retirarse del negocio. A veces se preguntaba cómo debía de ser esa experiencia —tener una carrera profesional ya marcada desde el día en que empezó a dar sus primeros pasos—, pero suponía que había cosas peores, especialmente porque el negocio iba viento en popa. A pesar de apestar a nepotismo, no se podía decir que Kevin no se ganara el sueldo; por aquella época, su padre pasaba menos de veinte horas a la semana en la oficina, lo cual obligaba a Kevin a trabajar casi sesenta horas a la semana. Con casi treinta empleados, los problemas de dirección eran interminables, pero Kevin poseía una portentosa habilidad para tratar con la gente. Por lo menos, eso era lo que algunos de sus empleados le habían comentado en las dos ocasiones que había asistido a la cena de Navidad de la empresa.

Sí, se sentía muy orgullosa de él; sin embargo, no podía evitar el sentimiento de abandono en noches como aquélla, que le parecían noches perdidas. Quizá podría salir a estirar las piernas un rato a Atlantic Beach, donde podría tomarse una copa de vino mientras presenciaba la puesta de sol. Por un momento, consideró esa posibilidad. Pero cambió de opinión. No pasaba nada si se quedaba sola en casa, pero la idea de beber en la playa sola la hacía sentirse muy desdichada. La gente pensaría que no tenía ni un solo amigo en el mundo, lo cual no era cierto. Tenía un montón de amigas. Lo único que pasaba era que ninguna de ellas se hallaba a menos de ciento cincuenta kilómetros a la redonda, y aquello tampoco le infundía ánimos.

Si saliera con su perrita, sin embargo..., bueno, eso ya era otro cantar. Ésa era una práctica completamente normal, incluso saludable. Había necesitado varios días y la mayoría de los analgésicos de su botiquín, pero al final el dolor por culpa de su primer día de ejercicio físico había desaparecido. No había regresado a la clase de Body Pump —los que asistían eran sin lugar a dudas masoquistas—, pero había empezado a mantener una rutina bastante regular en el gimnasio. Por lo menos, en los últimos días. Había ido tanto el lunes como el miércoles, y estaba decidida a buscar un rato libre para ir también al día siguiente.

Se levantó del sofá y apagó el televisor. *Molly* no estaba cerca, y se encaminó hacia el garaje, pues supuso que la encontraría allí. La puerta del garaje estaba entornada. Cuando entró y encendió la luz, lo primero que vio fueron unas bolitas peludas que no paraban de moverse alrededor de *Molly*. Gabby soltó un grito de sorpresa; un momento más tarde, sin embargo, empezó a gritar asustada.

Travis acababa de entrar en la cocina para sacar una pechuga de pollo de la nevera cuando oyó los repentinos golpes frenéticos en la puerta de su casa.

—¿Doctor Parker? ¿Travis? ¿Estás ahí?

Sólo necesitó unos instantes para reconocer la voz de Gabby. Cuando abrió la puerta, vio que su vecina lo miraba con cara de susto. Estaba muy pálida.

—¡Ven, por favor! —imploró ella—. ¡*Molly* no está bien!

Travis reaccionó al instante; mientras Gabby se ponía a correr de vuelta a su casa, él cogió el maletín que guardaba detrás del asiento del pasajero en la furgoneta, el que utilizaba cuando recibía alguna llamada de algún granjero y tenía que desplazarse para examinar animales en las granjas. Su padre siempre había recalcado la importancia de tener a punto un maletín con todo lo necesario y Travis había seguido el consejo a ciegas. En esos momentos, Gabby ya casi había llegado a su puerta, y la dejó abierta, al tiempo que desaparecía dentro de casa. Travis la siguió un momento más tarde y la avistó en la cocina, cerca de la puerta abierta que comunicaba con el garaje.

—¡Está jadeando y vomitando! —explicó ella, visiblemente alterada, mientras se acercaba a su perrita—. Y... tiene algo colgando en...

Travis intervino al instante al reconocer el desprendimiento uterino, con la esperanza de que no fuera demasiado tarde.

—Deja que me lave las manos —dijo rápidamente. Se frotó las manos con brío en el fregadero de la cocina, y mientras se lavaba continuó diciéndole—: ¿Hay alguna forma de conseguir más luz ahí dentro? ¿Una lámpara o algo similar?

—¿No piensas llevarla a la clínica veterinaria?

—Probablemente sí —contestó él, manteniendo el tono de voz bajo—. Pero no ahora. Primero quiero intentar algo. Y lo que necesito es más luz, ¿entendido? ¿Puedes ayudarme?

—Sí, sí..., claro. —Gabby desapareció de la cocina, y regresó un momento después con una lámpara—. ¿Se pondrá bien?

—Dentro de un par de minutos sabré si es grave. —Con las manos alzadas como un cirujano, señaló con la cabeza hacia el maletín que había en el suelo—. ¿Puedes llevarme el maletín hasta el garaje? Déjalo cerca de *Molly* y busca un enchufe para la lámpara. Tan cerca de *Molly* como sea posible, ¿de acuerdo?

—De acuerdo —contestó ella, intentando no perder la calma.

Travis se acercó a la perrita despacio mientras Gabby enchufaba la lámpara, y suspiró aliviado al ver que *Molly* estaba consciente. Oyó que gemía, lo cual era normal, dada la situación. Acto seguido, centró toda su atención en la masa tubular que se desprendía de su vulva y examinó los cachorros, prácticamente con la certeza de que el alumbramiento había tenido lugar en la última media hora, y pensó que eso era bueno. Menos posibilidades de necrosis...

—¿Y ahora qué? —preguntó Gabby.

—Agarra a *Molly* y háblale en voz baja. Necesito que me ayudes a calmarla.

Cuando ella se hubo arrodillado, Travis también se colocó al lado de la perrita, escuchando mientras Gabby murmuraba y susurraba palabras de remanso, con la cara pegada a la de *Molly*. La perrita sacó la lengua para lamer a su dueña, otra buena señal. Travis se puso a examinar el útero con mucha delicadeza, y *Molly* se encogió instintivamente.

—¿Qué le pasa?

—Es un prolapso uterino. Eso significa que una parte del útero se ha desprendido y se ha desplazado de su lugar. —Palpó el útero, examinándolo con cuidado para ver si había roturas o áreas necróticas—. ¿Ha tenido problemas durante el alumbramiento?

—No lo sé —dijo ella, aturdida—. Ni siquiera sé cuándo ha dado a luz. Se pondrá bien, ¿verdad?

Concentrado en el útero, Travis no contestó.

—Abre el maletín. Busca la solución salina. También necesitaré gelatina.

—¿Qué vas a hacer?

—Necesito limpiar el útero, y después lo manipularé un poco. Quiero intentar reducirlo manualmente y, si tenemos suerte, se contraerá solo, por sí mismo. Si no, tendré que llevarla a la clínica para operarla. Preferiría evitar esa opción...

Gabby encontró la solución salina y la gelatina, y se las entregó. Travis lavó el útero, después volvió a lavarlo dos veces más antes de coger la gelatina para lubricarlo, con la esperanza de que aquello diera resultado.

Gabby no podía mirar, así que se concentró en *Molly*, susurrándole con la boca pegada a la oreja que era una perrita muy buena. Travis permanecía quieto, moviendo rítmicamente la mano dentro del útero.

No sabía cuánto rato hacía que estaban en el garaje —podría haber sido diez minutos o podría haber sido una hora—, pero al final vio que Travis se echaba hacia atrás, como si intentara relajar la tensión de sus hombros. Fue entonces cuando se fijó en sus manos vacías.

—¿Ya está? —se aventuró a preguntar—. ¿Está bien?

—Sí y no —contestó él—. El útero vuelve a estar en su sitio, y se ha contraído sin problemas, pero necesito llevarla a la clínica. Tendrá que permanecer en reposo un par de días mientras recupera las fuerzas, y necesitará algunos antibióticos y líquidos. También tendré que hacerle una radiografía. Pero si no surgen más complicaciones, muy pronto estará como nueva. Ahora lo que haré será dar marcha atrás con mi furgoneta hasta la puerta de tu garaje. Dentro tengo un par de mantas viejas sobre las que *Molly* podrá tumbarse.

—¿Y no... volverá a... salírsele?

—No debería. Tal y como te he dicho, se ha contraído correctamente.

—¿Y qué les pasará a los cachorros?

—Los llevaremos a la clínica con ella. Necesitan estar con su mamá.

—¿Y eso no empeorará la situación de *Molly*?

—No debería. Pero precisamente por eso necesito suministrarle líquidos, para que pueda amamantar a los cachorros.

Gabby notó que se le relajaban los hombros; no se había dado cuenta de la tensión que había acumulado en esa parte del cuerpo. Por primera vez, sonrió.

—No sé cómo agradecértelo —suspiró.

—Acabas de hacerlo.

Después de recogerlo todo, Travis colocó a *Molly* en la furgoneta con mucho cuidado, mientras Gabby llevaba los cachorros. Cuando los seis estuvieron bien colocados, Travis asió el maletín y lo lanzó en el asiento del pasajero. Rodeó la furgoneta y abrió la puerta del conductor.

—Ya te informaré de su evolución —dijo.

—Yo también quiero ir.

—Preferiría que *Molly* descansara, y si tú estás en la sala, es posible que ella no se relaje. Necesita recuperarse. Tranquila; te aseguro que la cuidaré. Me quedaré toda la noche con ella. Te doy mi palabra.

Gabby dudó unos instantes.

—¿Estás seguro?

—Se recuperará. Te lo prometo.

Ella consideró sus palabras, y acto seguido le ofreció una sonrisa temblorosa.

—En mi trabajo nos enseñan que nunca se debe prometer nada, ¿sabes? Nos aconsejan que digamos que haremos todo lo que esté en nuestras manos.

—¿Te sentirías mejor si no te hiciera esa promesa?

—No. Pero sigo pensando que sería mejor que fuera contigo.

—¿No tienes que trabajar mañana?

—Sí, pero tú también.

—Ya, pero es que éste es mi trabajo. Es lo que hago. Y además, sólo tengo un colchón. Si vienes, tendrás que dormir en el suelo.

—¿Me estás diciendo que no me ofrecerías el colchón?

Travis se encaramó en la furgoneta.

—Supongo que lo haría si no me quedara más remedio —confesó, con una risita burlona—. Pero me preocupa lo que tu novio pueda pensar si se entera de que hemos pasado la noche juntos.

—¿Cómo sabes que tengo novio?

Él agarró la puerta para cerrarla al tiempo que respondía, con el semblante visiblemente desilusionado:

—No lo sabía. —Procuró sonreír para recuperar la compostura—. Mira, deja que me lleve a *Molly*, ¿de acuerdo? Llámame mañana y te informaré de cómo ha pasado la noche.

Gabby acabó por ceder.

—Vale, de acuerdo.

Travis cerró la puerta, y ella oyó el ruido del motor al ponerse en marcha. Él asomó la cabeza por la ventanilla.

—No te preocupes —volvió a decir—. Se pondrá bien.

Condujo con suavidad hasta la calle, luego giró a la izquierda. Cuando se alejaba, sacó la mano por la ventanilla para despedirse. Gabby le devolvió el gesto, a pesar de que sabía que él no podía verla, sin apartar la vista de las luces rojas traseras del automóvil, que desaparecieron cuando el coche dobló en la esquina.

Después de que Travis se marchara, ella deambuló por su cuarto hasta que se detuvo delante de la cómoda. Siempre había sabido que no estaba como para parar un tren, pero por primera vez en muchos años, se miró al espejo preguntándose qué era lo que un hombre —aparte de Kevin— pensaba cuando la veía.

A pesar de su visible agotamiento y de su pelo despeinado, no tenía tan mal aspecto como temía. Esa constatación hizo que se sintiera bien, aunque no sabía por qué. Inexplicablemente, se ruborizó al rememorar la expresión de desilusión en la cara de Travis cuando le dijo que tenía novio. No es que se sintiera menos atraída por Kevin, pero…

Ciertamente se había equivocado al juzgar a Travis Parker; se había equivocado por completo, desde el principio. Él se había comportado de forma más que comedida y sensata durante la emergencia. Todavía estaba impresionada, aunque pensó que no debería estarlo. Se recordó que, después de todo, era veterinario, o sea, que se había limitado a hacer su trabajo.

Sin poder dejar de pensar en la cuestión, decidió llamar a Kevin, quien reaccionó de inmediato y le prometió que al cabo de cinco minutos estaría en su casa.

—¿Cómo estás? —se interesó Kevin.

Gabby se inclinó hacia él y se sintió reconfortada cuando él la abrazó.

—Supongo que un poco nerviosa.

Él la estrechó con más fuerza, y ella pudo oler su aroma, fresco y limpio, como si se hubiera duchado antes de ir a verla. Su pelo, desaliñado y despeinado por el viento, le confería el aspecto de un joven universitario.

—Celebro que tu vecino estuviera aquí —apuntó—. Travis, ¿no?

—Sí. —Alzó la cara para mirarlo—. ¿Lo conoces?

—No, pero gestionamos el seguro de su clínica, aunque ésa es una de las cuentas que lleva mi padre.

—Pensé que conocías a todo el mundo en esta pequeña localidad.

—Y así es. Pero me crie en Morehead City y de chiquillo no tenía relación con nadie de Beaufort. Además, me parece que él es unos años mayor que yo. Probablemente ya se había ido a estudiar a la universidad cuando yo empecé en el instituto.

Gabby asintió. En el silencio, sus pensamientos vagaron nuevamente hacia Travis, su expresión seria mientras auxiliaba a *Molly,* la tranquila seguridad en su voz mientras le explicaba lo que sucedía. En el silencio, se sintió un poco culpable, y se inclinó hacia Kevin para tocarle el cuello con la nariz. Kevin le acarició el hombro, y ella se sintió nuevamente reconfortada por la familiaridad de ese tacto.

—Me alegra que hayas venido; realmente necesitaba estar contigo esta noche —susurró Gabby.

Él le besó el cabello.

—¿Y dónde iba a estar, si no?

—Lo sé, pero tenías esa reunión, y además mañana temprano has de marcharte de viaje…

—No pasa nada. Sólo se trata de una convención. Únicamente necesito diez minutos para meter cuatro cosas en la maleta y ya está. Lo único que siento es no haber podido llegar antes.

—Probablemente te habrías muerto de asco.

—Probablemente. Pero, de todos modos, lo siento.

—No tienes que sentirlo, de verdad.

Él le acarició el pelo cariñosamente.

—¿Quieres que anule el viaje? Estoy seguro de que mi padre lo comprenderá, si me quedo contigo mañana.

—No, no hace falta. De todos modos, he de ir a trabajar.

—¿Estás segura?

—Sí, pero gracias por ofrecerte. Significa mucho para mí.

6

Tras encontrar a su hijo durmiendo a pierna suelta en el consultorio y a una perrita en la sala de recuperación, Max Parker escuchó la historia que Travis le refirió sobre lo que había sucedido. Max llenó dos tazas con café y las llevó a la mesa.

—No está mal, para ser tu primera vez —comentó. Con su pelo cano y sus tupidas cejas blancas, era la viva imagen del veterinario respetable de una pequeña localidad.

—¿Has tratado alguna vez a una perrita con un desprendimiento uterino?

—No, nunca —admitió Max—. Aunque una vez tuve que tratar a una yegua. Ya sabes que no es muy común. *Molly* parece que está bien, ahora. Esta mañana, cuando he entrado, se ha sentado sobre las patas traseras y ha movido la cola. ¿Hasta qué hora te quedaste despierto con ella ayer?

Travis tomó un sorbo de café con cara de agradecimiento.

—Casi toda la noche. Quería asegurarme de que no se volvía a repetir.

—Normalmente no suele suceder —dijo su padre—. Qué suerte que estuvieras allí. ¿Has llamado a su dueña?

—No, pero lo haré. —Se pasó la mano por la cara—. ¡Vaya! ¡Me siento exhausto!

—¿Por qué no te vas a dormir unas horas a casa? Ya me encargaré yo de la consulta, y tranquilo, no perderé a *Molly* de vista.

—No quiero cargarte con mi trabajo.

—No es ninguna molestia —admitió Max con una sonrisita burlona—. ¿No te acuerdas? No te esperaba hoy por aquí. Es viernes.

Unos minutos más tarde, después de examinar a *Molly*, Travis aparcó al lado de su casa y se apeó del coche. Estiró los brazos por encima de la cabeza, y a continuación se dirigió hacia la casa de Gabby. Al atravesar la verja, vio el periódico que sobresalía del buzón y, tras vacilar unos instantes, lo sacó. Un momento más tarde, después de subir el peldaño del porche, se disponía a llamar a la puerta cuando oyó unos pasos que se acercaban y la puerta se abrió bruscamente. Sorprendida al verlo, Gabby irguió la espalda.

—Ah, hola... —lo saludó ella, soltando la puerta—. Ahora mismo estaba pensando en llamarte.

Iba descalza, llevaba unos pantalones de algodón y una camiseta de color beis, con el pelo atado de forma holgada con una pinza de ébano. Travis se fijó nuevamente en lo atractiva que era, pero aquel día su belleza le pareció del todo fresca y natural, sin artificios, lejos de una apariencia puramente convencional.

Simplemente parecía tan... real.

—Ya que me dirigía a mi casa, he pensado que podría comunicártelo en persona, en lugar de llamarte por teléfono. *Molly* está mucho mejor.

—¿Seguro?

Él asintió con la cabeza.

—Le hice una radiografía, y no vi ningún indicio de derrame interno. Después de ingerir algunos líquidos, empezó a recuperar las fuerzas. Probablemente podrías llevártela a casa hoy mismo, aunque preferiría que se quedara en la clínica una noche más, sólo para quedarnos más tranquilos. Mi padre está cuidando de ella. Yo he estado prácticamente toda la noche en vela, así que me voy a dormir un rato, pero pasaré a ver a *Molly* más tarde.

—¿Puedo verla?

—Por supuesto; puedes ir a verla cuando quieras. Sólo recuerda que es posible que todavía esté un poco dopada, ya que tuve que sedarla para que estuviera calmada para la radiografía, y también para que no sufriera. —Travis hizo una pausa—. Por cierto, los cachorros también están muy bien. Son unas bolitas peludas monísimas.

Ella sonrió; le gustaba el leve acento sureño de Travis y se sorprendió de no haberse fijado antes en esa peculiaridad.

—Gracias de nuevo por todo lo que has hecho —le dijo—. No sé cómo puedo agradecértelo.

Travis sacudió la cabeza.

—Ha sido un verdadero placer poder ayudar a *Molly*. —Le entregó el periódico—. Perdona, se me olvidaba; cuando entraba he recogido tu periódico. Aquí tienes.

—Gracias —volvió a decir ella al tiempo que aceptaba el diario.

Por un incómodo instante, los dos se miraron en silencio.

—¿Te apetece una taza de café? —le ofreció Gabby—. Acabo de prepararlo.

Ella sintió una mezcla de alivio y de decepción cuando él sacudió la cabeza.

—No, gracias. Prefiero no estar despierto cuando intento dormir.

Gabby se echó a reír.

—Qué gracia.

—Es mi especialidad —contestó él, y por un instante ella se lo imaginó con el codo apoyado en la barra de un bar, ofreciendo la misma respuesta a una mujer atractiva, y tuvo la impresión de que Travis intentaba ligar con ella.

—Bueno —prosiguió él—, probablemente te estabas preparando para ir a trabajar y yo estoy agotado, así que será mejor que me vaya a descansar un rato.

Travis se dio la vuelta para bajar el peldaño del porche.

Sin poder remediarlo, Gabby atravesó el umbral y lo llamó.

—Antes de que te vayas, dime: ¿a qué hora pasarás por la clínica? Para examinar a *Molly*, me refiero.

—No lo sé. Supongo que dependerá de las horas que dedique a dormir.

—Ah, vale —apuntó ella, sintiéndose ridícula y deseando no habérselo preguntado.

—Pero ¿qué te parece si me dices a qué hora sales tú a comer y quedamos en la clínica?

—No pretendía...

—¿A qué hora pasarás?

Ella tragó saliva.

—¿A la una menos cuarto?

—Perfecto. Entonces, hasta la una menos cuarto —prometió Travis. Retrocedió un par de pasos antes de añadir—: Ah, por cierto, esa ropa tan informal te sienta de maravilla.

«¿Qué diantre había sucedido?»

La pregunta resumía con bastante precisión el estado mental en el que quedó sumida Gabby durante el resto de aquella mañana. No importaba si estaba enfrascada en revisiones pediátricas (un par), o diagnosticando una otitis (cuatro veces), dando una vacuna (una vez), o recomendando una radiografía (una); trabajó como un autómata, con el piloto automático encendido, sólo consciente a medias, mientras que la otra parte de su conciencia se había quedado atrapada en el porche, preguntándose si realmente Travis le había tirado los tejos y si quizá, sólo quizás en cierta manera eso le había gustado.

Deseó por enésima vez disponer de una amiga en la ciudad para comentar la jugada. No existía nada mejor que una buena amiga en quien confiar, y a pesar de que había varias enfermeras en la clínica pediátrica donde trabajaba, su posición de asistente médica parecía erigir un muro de separación entre ellas. A menudo oía cómo las enfermeras charlaban y se reían, pero se apresuraban a callarse cuando ella se acercaba. Aquello le provocaba esa desagradable impresión de aislamiento que la angustiaba desde que se había mudado a aquella localidad.

Después de acabar la visita con su último paciente (necesitaba derivar al pequeño al otorrinolaringólogo a causa de una posible amigdalectomía), Gabby se guardó el estetoscopio en el bolsillo de su bata blanca y se encerró en su despacho. No era un espacio muy agradable; albergaba la sospecha de que antes de su llegada habían utilizado ese cuarto como almacén. No tenía ventanas, y la mesa ocupaba prácticamente toda la estancia, pero mientras consiguiera mantener el espacio en orden... Le gustaba la idea de poder disponer de un cuarto para ella sola. En una esquina había un pequeño armario, casi vacío, y Gabby sacó el bolso del cajón inferior. Echó un vistazo al reloj y vio que todavía le quedaban unos minutos antes de marcharse. Apartó la silla y pasó sus dedos por los rizos indomables.

Pensó que, definitivamente, estaba haciendo una montaña de un grano de arena. La gente flirteaba todo el tiempo. Era un acto propio de la naturaleza humana. Además, probablemente no significaba nada. Después de la experiencia que habían pasado juntos la noche anterior, él se había convertido en algo parecido a un amigo…

Su amigo. Su primer amigo en una nueva localidad al inicio de su nueva vida. Le gustaba cómo sonaba aquello. ¿Qué había de malo en tener un amigo? Nada, absolutamente nada. Sonrió ante tal pensamiento antes de fruncir el ceño.

Pero, claro, quizá no era una idea acertada. Trabar amistad con un vecino era una cosa, hacer migas con un chico al que le gustaba flirtear era otra cosa completamente distinta. Sobre todo con un chico tan apuesto. Kevin no era la clase de novio celoso, pero tampoco era tan estúpida como para imaginar que él se mostraría encantado con la idea de que Gabby y Travis compartieran una taza de café en la terraza de su casa un par de veces por semana, que era exactamente la clase de contactos sociales que mantenían los vecinos. Tan inocente como podía ser la visita a la clínica veterinaria —y que, por supuesto, iba a ser una visita inocente—, la situación le provocaba un leve sentimiento de infidelidad.

Vaciló unos instantes antes de concluir que, sin lugar a dudas, se estaba volviendo paranoica.

No había hecho nada malo. Y Travis tampoco. Y no iba a suceder nada por un insignificante flirteo, aunque fueran vecinos. Ella y Kevin habían sido pareja desde el último año en la Universidad de Carolina del Norte. Se habían conocido un atardecer frío y ventoso, cuando a ella se le escapó el sombrero volando al salir del bar Spanky's con sus amigas. Kevin se lanzó a la carrera por Franklin Street e incluso se arriesgó a cruzar la calle corriendo entre los coches para atrapar el sombrero, y si bien en ese momento no saltaron chispas entre ellos, sí que hubo una clara atracción, a pesar de que Gabby no fue totalmente consciente de ello.

En aquella época, lo último que deseaba era complicarse la existencia con una relación, ya que le parecía que su vida ya era bastante complicada. Faltaba muy poco para los exámenes finales en el instituto, le tocaba pagar el alquiler, y todavía no estaba segura de si iba a matricularse en la Facultad de Ciencias Experimentales y de la Salud. A pesar de que ahora le parecía ridículo, en aquel momento creía que era la decisión más importante que había tenido que tomar en toda su vida. La habían admitido en los programas tanto de la Universidad de Medicina de Carolina del Sur, en Charleston, como en la de Virginia Oriental, en Norfolk, y su madre estaba ejerciendo una fuerte presión para que se decidiera por Charleston: «Tu decisión es bien sencilla, Gabrielle. Si eliges Charleston estarás a tan sólo un par de horas de casa, además, es una universidad mucho más cosmopolita, cielo». Gabby también se inclinaba más por ésta, a pesar de que en el fondo sabía que Charleston la tentaba por todas las razones indebidas: la vida nocturna, la ilusión de vivir en una bonita ciudad, la cultura, el bullicioso ambiente social. Se recordó que en realidad no tendría tiempo para disfrutar de todas esas particularidades. Con la excepción de unas pocas asignaturas clave, los estudiantes de Asistencia Médica tenían el mismo plan de estudios que los estudiantes de Medicina, pero sólo disponían de dos años y medio para completar el programa, en vez de cuatro. Gabby había oído un montón de historias para no dormir sobre lo que podía esperar, como que los profesores se dedicaban a impartir las clases y a transmitir la información con la delicadeza de una manguera contra incendios abierta a la máxima potencia. Cuando visitó el campus de ambas universidades, pensó que en realidad le gustaba más el programa en la Universidad de Virginia Oriental, simplemente porque el lugar le parecía más agradable, más cómodo para centrarse en lo que necesitaba hacer.

Así que… ¿cuál iba a elegir?

Estaba obcecada en esa decisión aquel ventoso atardecer de invierno, cuando su sombrero salió volando y Kevin lo atrapó. Después de darle las gracias, Gabby se olvidó rápidamente y por completo de él, hasta que el chico la vio al otro lado del patio del instituto unas pocas semanas más tarde. A pesar de que se había olvidado de él, Kevin sí que se acordaba de ella. Su actitud distendida y gentil contrastaba destacadamente con la de muchos chicos arrogantes de las hermandades de estudiantes que había conocido hasta ese momento, unos chicos que en general mostraban una propensión a beber ingentes cantidades de alcohol y a pintarrajearse el pecho cada vez que los Tarheels, el equipo deportivo de la Universidad de Carolina del Norte, jugaba contra los de la Universidad de Duke. La conversación los llevó a quedar un día para tomar un café, y esa cita derivó en una cena, y cuando ella acabó lanzando el birrete por los aires el día de su graduación en el instituto, pensó que estaba enamorada. En esos momentos, ya había tomado una decisión sobre a qué universidad iría, y puesto que Kevin planeaba vivir en Morehead City, a pocas horas al sur de donde ella estudiaría durante los siguientes años, la decisión le pareció casi cosa del destino.

Kevin viajaba a Norfolk para verla; ella bajaba en coche hasta Morehead City para verlo. Le presentó a su familia, y él a la suya. Se pelearon, pero hicieron las paces, rompieron y volvieron a salir, e incluso Gabby llegó a jugar algunas veces al golf con él, a pesar de que no le gustaba nada ese deporte; y a lo largo de toda la relación, él continuó siendo el mismo muchacho sereno y tranquilo de siempre. Su forma de ser parecía un reflejo del hecho de haberse criado en un pueblo, donde —sin ninguna duda— la vida transcurría de manera apacible casi siempre. La parsimonia parecía ser una seña de su identidad. Cuando ella se preocupaba por algo, él se limitaba a encogerse de hombros; en sus momentos más pesimistas, él permanecía impasible. Por eso ella pensaba que se compenetraban tanto. Se compensaban recíprocamente. Su relación resultaba muy positiva para ambos. Si tuviera que decidir entre Kevin y Travis, Gabby sabía que no lo dudaría ni un segundo, ni por asomo.

Tras haber aclarado ese punto, Gabby decidió que no le importaba si en realidad Travis pretendía ligar con ella. Podía flirtear todo lo que le diera la gana, ya que, sin lugar a dudas, ella sabía perfectamente lo que quería en su vida. ¡Vaya si lo sabía!

Tal y como Travis había prometido, *Molly* estaba mejor de lo que Gabby habría podido esperar. La perrita movía la cola de un lado a otro, entusiasmada, y a pesar de la presencia de los cachorros —la mayoría de ellos se hallaban durmiendo y parecían unas bolitas peludas— se incorporó sin dificultad cuando Gabby entró y trotó hacia ella antes de lamerle las manos. *Molly* tenía el morro frío, y empezó a gimotear de alegría al tiempo que daba vueltas alrededor de Gabby, no con su típico abandono, aunque lo bastante relajada como para demostrarle a Gabby que estaba bien, y después se sentó a su lado.

—Qué alegría ver que estás mucho mejor —le susurró Gabby, acariciándole el lomo.

—Yo también me alegro. —La voz de Travis resonó detrás de ella desde el umbral de la puerta—. Es una luchadora nata, y tiene una maravillosa disposición.

Gabby se dio la vuelta y lo vio apoyado en la puerta.

—Creo que me equivoqué —continuó él, mientras avanzaba hacia ella, con una manzana Fuji en la mano—. Probablemente podría irse a casa esta misma noche, si quieres recogerla después del trabajo. No digo que tengas que hacerlo. Estaré encantado de cuidarla aquí si te sientes más cómoda. Pero *Molly* se está recuperando mucho mejor de lo que esperaba. —Se inclinó hacia delante y chasqueó los dedos levemente, desviando la atención de Gabby hacia *Molly*—. ¿Quién es la perrita más bonita del mundo? —le dijo, con un tono de voz que denotaba su amor por los perros y que parecía invitarla a ir hacia él.

Gabby se quedó atónita al ver que *Molly* se separaba de ella y enfilaba hacia él; a continuación, Travis empezó a acariciarla y a susurrarle cosas al oído, dejando a Gabby con la sensación de ser una intrusa.

—Y estos pequeñines también están la mar de bien —prosiguió él—. Si te los llevas a casa, asegúrate de montarles un espacio cerrado de donde no puedan escapar. Si no, te lo dejarán todo hecho un asco. No tiene que ser nada espectacular, bastará con que limites una zona con tablas de madera o unas cajas, y asegúrate también de cubrir ese espacio con papeles de diario.

Gabby apenas lo escuchaba. A pesar de sí misma, se había puesto a pensar de nuevo en lo apuesto que era. Le molestaba no ser capaz de apartar ese pensamiento de su mente cada vez que lo veía. Era como si su apariencia activara su dispositivo de alarma y no podía entender el motivo. Él era alto y delgado, pero había visto a montones de chicos así. Sonreía muy a menudo, pero eso tampoco era tan inusual. Tenía los dientes quizás excesivamente blancos —decidió que seguramente se aplicaba algún tratamiento blanqueador—, pero a pesar de que sabía que el color no era natural, todavía surtía un efecto encantador. Estaba en forma, también, pero en cualquier gimnasio del país podía encontrar a chicos con un cuerpo similar —chicos que realizaban mucho ejercicio físico, que nunca comían otra cosa que no fuera pechuga de pollo a la plancha y copos de avena, chicos que corrían unos quince kilómetros a diario—, y ninguno de ellos le había provocado antes el mismo efecto.

¿Qué tenía él, en particular?

Habría resultado más fácil si hubiera sido feo. Todos sus encuentros, desde la confrontación inicial hasta esa cita que tanto la incomodaba, habrían sido diferentes, simplemente porque no se habría sentido tan rara. «Pero se acabó», concluyó. No podía continuar por esa línea. No, señor. No con ese chico. Esa relación debía acabar. A partir de ahora se limitaría a saludarlo como una vecina cortés y volvería a vivir su vida sin distracciones.

—¿Estás bien? —se interesó él, escrutándola descaradamente—. Pareces aturdida.

—Sólo un poco cansada —mintió Gabby. Luego señaló hacia *Molly*—. Parece que le gustas.

—Sí —dijo él—. Nos llevamos muy bien. Me parece que han sido los Jerky Treats que le he dado esta mañana. Es la mejor comida para perros que existe y el gancho perfecto si quieres ganarte el corazón de un perro. Siempre se lo digo a los que trabajan en FedEx y UPS cuando me preguntan qué pueden hacer con los perros que los reciben con ladridos o gruñidos.

—Lo recordaré —soltó Gabby, recuperando rápidamente la compostura.

Cuando uno de los cachorros empezó a gimotear, *Molly* se incorporó y regresó junto a ellos, como si la presencia de Travis y Gabby le pareciera súbitamente extraña. Travis se puso de pie y frotó la manzana en los pantalones vaqueros.

—Bueno, ¿qué te parece?

—¿El qué?

—*Molly*.

—¿Qué pasa con *Molly*?

Él frunció el ceño. Cuando volvió a hablar, lo hizo pronunciando cada palabra lentamente.

—¿Quieres llevártela a casa esta noche o no?

—¡Ah, eso! —exclamó ella, ruborizada como una colegiala que acabara de conocer al jugador estrella del equipo de fútbol americano de la universidad. Sintió ganas de abofetearse a sí misma por su estúpida actitud, pero en vez de eso carraspeó y dijo—: Creo que me la llevaré a casa. Si me aseguras que no será contraproducente para ella.

—No le pasará nada —le aseguró—. Es joven y está sana. Aunque ayer nos dio un buen susto, podría haber sido mucho peor. *Molly* tuvo mucha suerte.

Gabby cruzó los brazos.

—Sí, tienes razón.

Por primera vez, se fijó en que en la camiseta de él llevaba propaganda de un local en Key West, Dog's Saloon, o algo parecido. Travis dio un mordisco a la manzana, luego señaló hacia ella con la fruta.

—¿Sabes?, pensaba que te pondrías más contenta al ver que *Molly* está tan bien.

—Oh, estoy entusiasmada.

—Pues no lo parece.

—¿Por qué lo dices?

—No sé... —dijo él. Tomó otro bocado de la manzana—. Por el modo en que te presentaste ayer en la puerta de mi casa, supongo que me imaginaba que demostrarías un poco más de emoción. No sólo por *Molly*, sino por el hecho de que por suerte yo estuviera allí para ayudarla.

—Y ya te dije que te lo agradecía mucho. ¿Cuántas veces he de repetírtelo?

—No sé. ¿Cuántas crees tú?

—No he sido yo quien ha preguntado.

Él enarcó una ceja.

—La verdad es que sí que has sido tú quien ha preguntado.

«¡Uf! Pues sí», se dijo, aturdida.

—Vale, de acuerdo. —Gabby mostró su exasperación alzando los brazos—. Gracias de nuevo. Por todo lo que has hecho. —Pronunció las palabras con cuidado, como si él fuera duro de oído.

Travis se echó a reír.

—¿Te comportas igual con tus pacientes?

—¿A qué te refieres?

—Tan seria.

—Para que lo sepas, no.

—¿Y con tus amigos?

—No... —Sacudió la cabeza, confundida—. Pero ¿qué tiene esto que ver?

Él dio otro mordisco a la manzana, dejando la pregunta suspendida en el aire por unos instantes.

—Sólo sentía curiosidad —dijo finalmente.

—¿Sobre qué?

—Sobre si es tu personalidad, o si sólo te muestras tan seria conmigo. Si es la segunda opción, te diré que me siento halagado.

Gabby podía notar un creciente ardor en las mejillas.

—No sé a qué te refieres.

Él sonrió socarronamente.

—Vale.

Gabby abrió la boca con la intención de decir algo sutil e inesperado, algo que lo pusiera en su lugar; sin embargo, antes de que se le ocurriera nada, Travis lanzó el resto de la manzana a la papelera y se dio la vuelta para lavarse las manos antes de decir:

—De todos modos, también me alegro de que estés aquí por otra razón —comentó por encima del hombro—. Mañana he quedado con unos amigos, y me preguntaba si te apetecería venir.

Ella pestañeó, sin estar segura de si había oído bien la propuesta.

—¿A tu casa?

—Sí.

—¿Como una cita?

—No, para pasar un rato juntos. Con amigos. —Cerró el grifo y empezó a secarse las manos—. Sacaré la barca para practicar paravelismo por primera vez este año. Será una pasada.

—¿Son todos parejas? Me refiero a tus amigos.

—Excepto mi hermana y yo, el resto están casados.

Gabby sacudió la cabeza.

—No creo que sea una buena idea. Tengo novio.

—Fantástico. Pues dile que venga.

—Llevamos juntos casi cuatro años.

—Ya te lo he dicho, estaré más que encantado de que venga.

Ella se preguntó si había oído bien, y se lo quedó mirando fijamente, intentando averiguar si hablaba en serio.

—¿De veras?

—Por supuesto. ¿Por qué no?

—Ah, bueno... Tampoco podría. Está fuera, de viaje, por unos días.

—Entonces, si no tienes nada mejor que hacer, ven con nosotros.

—No creo que sea una buena idea.

—¿Por qué no?

—Porque estoy enamorada de él.

—¿Y?

—¿Y qué?

—Y... puedes seguir enamorada de él en mi casa. Será divertido, ya lo verás. Según la previsión meteorológica, rozaremos los veintiséis grados. ¿Alguna vez has probado el paravelismo?

—No, pero ésa no es la cuestión.

—¿Crees que a él no le hará gracia que vengas con nosotros?

—Exactamente.

—Así que se trata de esa clase de novios que quiere mantenerte encerrada mientras él no está.

—No, por supuesto que no.

—¿Acaso no le gusta que te lo pases bien?

—¡No!

—¿No quiere que conozcas a gente nueva?

—¡Por supuesto que quiere que conozca a gente!

—Entonces, ¿dónde está el problema? —concluyó. Enfiló hacia la puerta antes de detenerse un momento—. Mis amigos empezarán a llegar hacia las diez o las once de la mañana. Lo único que has de traer es el traje de baño. Habrá cerveza, vino y limonada, pero si te gusta otra bebida en particular, quizá será mejor que la traigas tú.

—De veras, no creo que...

Travis alzó ambas manos para acallarla.

—Mira, hagamos una cosa: serás más que bienvenida si vienes. Pero no insistiré más, ¿de acuerdo? —Se encogió de hombros—. Sólo pensé que así tendríamos la oportunidad de conocernos mejor.

Gabby sabía que debería haber dicho que no. Pero en vez de eso, tragó saliva. De repente, sentía seca la garganta.

—Bueno, quizá sí que vaya —convino finalmente.

7

El sábado por la mañana empezó bien. Mientras los primeros rayos de sol se filtraban sesgados a través de las persianas, Gabby buscó sus pantuflas grandes y lanosas de color rosa y arrastró los pies hasta la cocina para servirse una taza de café, con el propósito de disfrutar de una mañana tranquila. Sólo fue un poco más tarde cuando las cosas empezaron a torcerse. Ni siquiera había tomado el primer sorbo de café cuando recordó que tenía que echar un vistazo a *Molly*, y se puso contenta al ver que la perrita prácticamente ya estaba recuperada del todo. Los cachorros parecían estar en buen estado también, a pesar de que no tenía ni la más remota idea de en qué se suponía que tenía que fijarse. Aparte de permanecer pegados a *Molly* como unos tentáculos peludos, se tambaleaban, se revolcaban, se caían y gimoteaban, lo cual le pareció una artimaña de la naturaleza para hacerlos lo bastante adorables como para que su madre no se los comiera. Y tampoco era que Gabby se estuviera encariñando de ellos. Tenía que admitir que no eran tan feos como se los había imaginado, pero eso no significaba que fueran tan bonitos como *Molly*, y Gabby todavía estaba preocupada pensando que quizá no encontraría hogar para todos ellos. Y tenía que hacerlo; de eso no le cabía la menor duda. El fuerte olor en el garaje bastaba para convencerla.

No se trataba simplemente de un desagradable olor soportable; el hedor la había abordado con la fuerza de una película de la Guerra de las Galaxias. Mientras se tapaba la nariz, se acordó levemente de que Travis le había sugerido que montara un espacio cerrado para mantener a los cachorros controlados. ¿Quién se iba a imaginar que unos cachorrillos pudieran hacer tanta caca? Había por doquier. El tufo parecía haber impregnado incluso hasta las paredes, y de nada sirvió abrir la puerta del garaje. Gabby se pasó la siguiente media hora aguantando la respiración y conteniéndose para no vomitar mientras limpiaba el garaje.

Cuando hubo acabado, se quedó con la desagradable sensación de que aquellos monstruitos formaban parte de un maquiavélico plan diseñado para echar a perder su fin de semana. Tenía que ser así. Era la única explicación razonable para entender cómo era posible que a esos cachorros les gustara tanto hacerse caca en la larga grieta que recorría en zigzag el suelo del garaje, y con tanta precisión que se había visto obligada a usar un cepillo de dientes para limpiarla. Qué asco.

Y Travis..., tampoco podía olvidar su intervención, por supuesto. Tan culpable era él como los cachorros. Sí, recordaba que le había mencionado de pasada que debería tenerlos controlados en algún espacio cerrado, pero tampoco le había explicado el porqué. El muy caradura no le había contado lo que sucedería si no le hacía caso.

Pero él sabía lo que iba a suceder. No le cabía la menor duda. Menudo fresco.

Y ahora que lo pensaba bien, cayó en la cuenta de que ésa no había sido la única vez que él le había hecho una jugarreta. No le gustaba la forma en que la había manipulado para que contestara afirmativamente a la pregunta: «¿Quiero salir a navegar con mi vecino que, mira por dónde, es un ligón?». En ese momento decidió que no saldría con él, aunque sólo fuera por el hecho de que Travis se había comportado de un modo tan artero como para obligarla a aceptar la invitación. Todas esas preguntas ridículas insinuando que Kevin la mantenía encerrada bajo llave. ¡Ni que fuera el preciado tesoro de Kevin y no pudiera tomar sus decisiones con absoluta libertad! Y encima se encontraba allí, en el garaje, limpiando un millón de montoncitos de caca...

¡Menuda forma de iniciar el fin de semana! Para acabar de rematarlo, el café se había enfriado, el periódico estaba empapado porque lo había mojado sin querer mientras fregaba el suelo, y se terminó el agua caliente antes de que hubiera tenido tiempo de acabar de ducharse.

Genial. Simplemente genial.

«¿Dónde está la gracia?», refunfuñó para sí, enfadada, mientras se ponía ropa limpia. Perfecto. Había llegado el fin de semana y Kevin no estaba. Pero incluso cuando él estaba, los fines de semana ya no eran como cuando iba a visitarla durante las vacaciones, mientras estudiaban. Tenía la impresión de que, por entonces, cada visita resultaba amena, llena de gente y experiencias nuevas. Ahora él pasaba por lo menos una parte de cada fin de semana en el campo de golf.

Se sirvió otra taza de café. Era cierto que Kevin siempre había sido un muchacho tranquilo, y ella sabía que él necesitaba distraerse después de una dura semana en el trabajo. Pero no podía negar que, desde que ella se había mudado a aquella localidad, su relación había cambiado. Tampoco estaba diciendo que la culpa fuera completamente de él, por supuesto. Ella también tenía parte de culpa. Había deseado muchísimo instalarse allí, sentirse cómoda en aquella casa, por así decirlo. Y eso era exactamente lo que había sucedido. Así que..., ¿dónde radicaba el problema?

«El problema es que debería haber algo... más», le decía una vocecita en su interior. No estaba del todo segura de a qué se refería, a no ser que la «falta de espontaneidad» parecía desempeñar un papel fundamental.

Sacudió la cabeza, pensando que estaba haciendo una montaña de un grano de arena. Lo único que sucedía era que su relación estaba atravesando una etapa de inestabilidad. Gabby salió a la terraza y se fijó en la mañana perfecta, casi imposible de superar. Con una temperatura ideal, una ligera brisa, con el cielo totalmente despejado de nubes. A lo lejos, vio una garza que alzaba el vuelo desde la hierba en la orilla y sobrevolaba la superficie del agua bañada por el sol. Con la vista fija en aquella dirección, de repente vio a Travis que bajaba hacia el embarcadero, ataviado únicamente con unas holgadas bermudas a cuadros que le llegaban casi hasta las rodillas. Desde su posición de privilegio, podía ver las estriaciones musculares en sus brazos y en la espalda mientras caminaba. Impulsivamente retrocedió un paso, hacia la puerta corredera de cristal, esperando que él no la hubiera visto. Al cabo de un instante, sin embargo, oyó que la saludaba.

—¡Eh, Gabby! —Agitó el brazo, recordándole a un chiquillo en su primer día de vacaciones de verano—. Qué día más maravilloso, ¿eh?

Travis se dirigió a ella corriendo ágilmente, y la chica avanzó un paso hacia el sol en el preciso momento en que él atravesaba los setos. Aspiró hondo antes de saludarlo.

—¿Qué tal?

—Es mi época favorita del año. —Él abrió los brazos en toda su amplitud, como si quisiera abarcar el cielo y los árboles—. No hace ni demasiado calor ni demasiado frío y este intenso cielo azul, sin una sola nube…

Ella sonrió, procurando no caer en la tentación de fijar la vista en los músculos tan atractivos de sus caderas, que, según ella, eran con diferencia los músculos más atractivos en la anatomía masculina.

—¿Cómo está *Molly*? —preguntó él animadamente—. Supongo que ha pasado bien la noche, ¿no?

Gabby carraspeó antes de contestar.

—Está bien, gracias.

—¿Y los cachorros?

—También tienen buen aspecto. Pero lo han dejado todo hecho un asco.

—Claro, es lo que suelen hacer. Por eso es una buena idea mantenerlos encerrados en un espacio pequeño.

Gabby se fijó en esos dientes blanqueados cuando él esbozó aquella socarrona sonrisa familiar, demasiado familiar, a pesar de que fuera el «tipo-bonachón-que-había-salvado-a-su-perrita».

Se cruzó de brazos, recordando su comportamiento caradura el día previo.

—Ya, bueno, ayer no entendí bien lo que me decías.

—¿Ah, no? ¿Por qué?

«Porque me estabas distrayendo», pensó. Sin embargo, contestó:

—Supongo que simplemente lo olvidé.

—Pues el tufo en tu garaje debe de ser insoportable.

Ella se encogió de hombros sin contestar. No quería darle esa satisfacción.

Travis no pareció darse cuenta de su respuesta coreografiada con tanto esmero.

—Mira, no es tan complicado. Tan sólo debes recordar que lo único que hacen los cachorros los primeros dos días de su vida es defecar. Es como si la leche entrara y saliera de su organismo sin detenerse. Pero seguro que les has montado un espacio cerrado, ¿no?

Ella hizo lo que pudo por mantener el porte impasible, pero obviamente no lo consiguió.

—¿No lo has hecho? —le preguntó Travis.

Gabby apoyó todo el peso de su cuerpo primero en un pie y luego en el otro.

—No —admitió.

—¿Por qué no?

«Porque no parabas de distraerme», pensó, pero contestó:

—No creo que sea necesario.

Travis se rascó la nuca.

—¿Tienes ganas de pasarte todo el día limpiando cacas?

—Tampoco es para tanto —murmuró ella.

—¿Me estás diciendo que vas a dejarlos corretear libremente por todo tu garaje?

—¿Por qué no? —lo desafió, con la certeza de que lo primero que iba a hacer cuando acabara con aquella conversación sería montar un espacio lo más reducido posible para encerrar a los cachorros.

Travis se la quedó mirando con absoluta perplejidad.

—Para que lo sepas, como tu veterinario, no puedo quedarme callado y te digo que no creo que hayas tomado una decisión acertada.

—Gracias por tu opinión —espetó ella.

Travis continuaba mirándola sin parpadear.

—Muy bien. Allá tú. Vendrás a mi casa hacia las diez, ¿no?

—No lo creo.

—¿Por qué no?

—Porque no creo que sea una buena idea.

—¿Por qué no?

—Porque no.

—Ya veo —dijo él, con el mismo tono que usaba la madre de Gabby.

—Perfecto —contestó ella.

—Veamos, ¿por qué estás tan rabiosa?

—Por nada.

—¿He hecho algo que te haya molestado?

«Sí —contestó la vocecita interior—. Tú y tus malditos músculos de las caderas.»

—No —se limitó a contestar.

—Entonces, ¿qué pasa? —le preguntó, desconcertado.

—No pasa nada.

—¿Ah, no? Pues ¿por qué te comportas de ese modo tan extraño?

—No me estoy comportando de ningún modo extraño.

La sonrisa con los dientes blanqueados desapareció, igual que toda la cordialidad que Travis le había mostrado previamente.

—Sí que te comportas de un modo extraño. Te traigo una cesta en señal de bienvenida, salvo a tu perrita y me quedo despierto con ella vigilándola durante toda la noche para que no le pase nada malo, te invito a salir en barca (¡todo esto después de que me chillaras y reprendieras sin ninguna razón, no lo olvides!), y, sin embargo, me tratas como si fuera un apestado. Desde que te has mudado aquí, he intentado ser afable, pero cada vez que te veo, pareces enojada conmigo. Quiero saber el porqué.

—¿Por qué? —repitió ella.

—Sí —aseveró, con voz firme—. Por qué.

—Pues porque sí —replicó ella, consciente de que parecía una colegiala gruñona. La cuestión era que no se le ocurría qué más podía decirle.

Travis la escrutó enojado.

—¿Cómo que «porque sí»?

—Mira, olvídalo, ¿vale?

Él no replicó y tras la respuesta de Gabby se quedaron unos momentos en silencio, hasta que finalmente Travis dijo:

—Vale, desisto.

Dio media vuelta, sacudiendo la cabeza mientras se encaminaba hacia el primer peldaño del porche. Ya estaba en la hierba cuando Gabby dio un paso hacia delante.

—¡Espera! —lo llamó.

Travis aminoró la marcha, dio dos pasos más, entonces se detuvo y se giró para mirarla.

—¿Sí?

—Lo siento.

—¿Sí? —volvió a decir él—. ¿Qué es lo que sientes?

Gabby titubeó.

—No sé a qué te refieres.

—Me lo imaginaba —refunfuñó Travis.

Cuando ella se dio cuenta de que él se disponía a girarse de nuevo —un giro que sabía que marcaría el final de las relaciones cordiales entre ellos—, avanzó otro paso, casi contra su voluntad.

—¡Te pido disculpas por todo! —Gabby pensó que su voz sonaba tensa y apocada, pero no podía remediarlo—. Por cómo te he tratado. Por haberte dado la impresión de que no te estoy agradecida por todo lo que has hecho.

—¿Y?

Gabby tenía la sensación de que se estaba encogiendo por momentos, algo que parecía suceder sólo cuando estaba con él.

—Y... que me he equivocado —apuntó, suavizando el tono.

Travis la miró con recelo, con una mano apoyada en la cadera.

—¿En qué te has equivocado?

«¡Uf! ¿Por dónde empezar? —le planteó la vocecita interior—. Quizá no es que te hayas equivocado. Quizá tu intuición te ha estado avisando de algo que no llegas a comprender completamente, pero no deberías bajar la guardia...»

—Contigo —confesó, ignorando la vocecita interior—. Y tienes razón. No te he tratado como te mereces, pero a pesar de que seguramente no te gustará mi excusa, preferiría no ahondar en las razones que me han movido a comportarme de este modo. —Esbozó una sonrisa, pero él no se la devolvió—. ¿Sería posible que volviéramos a intentar ser amigos?

Travis pareció considerar la propuesta.

—No lo sé.

—¿Cómo?

—Ya me has oído. Lo último que quiero en mi vida es a una vecina desquiciada. No quiero herir tus sentimientos, pero hace tiempo que aprendí a distinguir a las personas que no están en su sano juicio y a apartarme de ellas.

—Eso no es justo.

—¿Ah, no? —Travis no intentó ocultar su escepticismo—. Pues yo creo que he sido más que justo. Pero hagamos un trato: de acuerdo, procuraré empezar de nuevo si tú estás dispuesta a intentarlo. Pero sólo si tú estás segura de que eso es lo que quieres.

—Lo estoy.

—Entonces, de acuerdo. —Travis desanduvo los pasos que había dado hasta el porche—. Hola —se presentó, ofreciéndole la mano—. Me llamo Travis Parker y quiero darte la bienvenida al vecindario.

Ella se quedó sorprendida, mirando la mano. Tras unos instantes, la aceptó al tiempo que decía:

—Soy Gabby Holland. Encantada de conocerte.

—¿A qué te dedicas?

—Soy asistente médica —explicó, sintiéndose un poco ridícula—. ¿Y tú?

—Soy veterinario. ¿De dónde eres?

—De Savannah, Georgia —contestó ella—. ¿Y tú?

—De aquí. He nacido y me he criado en esta localidad.

—¿Te gusta vivir aquí?

—Por supuesto. Con un tiempo magnífico, sin tráfico... —Hizo una pausa—. Y en general, buenos vecinos, también.

—Eso he oído —afirmó ella—. De hecho, sé que el veterinario de la localidad siempre está dispuesto a ayudar cuando alguien lo llama para una emergencia. Eso jamás sucedería en la ciudad.

—No, supongo que no. —Travis hizo una señal por encima del hombro—. Por cierto, mis amigos y yo saldremos a navegar un poco más tarde. ¿Te apetece venir con nosotros?

Ella lo miró cabizbaja.

—Me encantaría, pero he de montar un espacio cerrado en el garaje para los cachorros que mi perrita, *Molly*, tuvo hace un par de noches. No me gustaría que tuvierais que esperar por mí.

—¿Necesitas ayuda? En el garaje tengo unos tablones de madera y unos cajones viejos. No tardaremos mucho en montarlo.

Ella vaciló, luego alzó la cabeza con una sonrisa.

—En ese caso, estaré encantada de ir con vosotros.

Travis no la había engañado: se presentó —todavía medio desnudo, para tribulación de Gabby— con cuatro tablones de madera bajo el brazo. Después de depositarlos en el suelo, se marchó corriendo a su garaje. Regresó con los cajones, con un martillo y con un puñado de clavos.

A pesar de que fingió no oler la pestilencia, Gabby se dio cuenta de que montó el cerco con una rapidez increíble.

—Deberías forrar el suelo de esta zona con periódicos. ¿Tienes suficientes?

Cuando ella asintió, él señaló hacia su casa de nuevo.

—Todavía he de ocuparme de unas cuantas cosas, así que te veré dentro de un rato, ¿de acuerdo?

Gabby asintió nuevamente con la cabeza, notando una sensación de agarrotamiento en el estómago, algo parecido a un nerviosismo incontrolable. Por eso, después de ver que Travis entraba en su casa y tras empapelar el suelo del espacio cercado con periódicos, se quedó de pie en su cuarto, evaluando los méritos de un traje de baño. Más específicamente, de si debía llevar biquini o bañador de una sola pieza.

Había puntos a favor y en contra en ambas decisiones. Normalmente prefería el biquini. Después de todo, tenía veintiséis años y estaba soltera y, a pesar de que no era una supermodelo, se mentiría a sí misma si no admitiera que no estaba nada mal en biquini. Kevin se lo confirmaba siempre que ella sugería que iba a ponerse el bañador: no paraba de hacer pucheros hasta que ella cambiaba de opinión. Por otro lado, él no estaba allí; iba a salir con un vecino (¡un chico!), y teniendo en cuenta el tamaño de su biquini, sería lo mismo que ir en sujetador y braguitas ajustadas, por lo que no se sentiría muy cómoda, así que, finalmente, se decidió por el bañador.

Sin embargo, el bañador estaba un poco viejo y descolorido a causa del cloro y del sol. Se lo había comprado su madre hacía unos años, para las tardes que pasaba en el club (¡de ninguna manera iba a aceptar que su hija se mostrara en público como una descocada!). El bañador no tenía una línea muy moderna. En vez de subir por encima de las caderas, era de los que quedaban bajos, y eso provocaba que sus piernas parecieran más cortas y regordetas.

Gabby no quería que sus piernas parecieran más cortas y regordetas. Por otro lado, ¿acaso importaba ese detalle? Pensó que por supuesto que no, mientras simultáneamente pensaba que por supuesto que sí.

Se decidió por el bañador. Por lo menos, no les provocaría ninguna impresión equivocada. Y también habría niños en la barca. Era mejor errar por el lado conservador que pasarse de... desvergonzada. Tomó el bañador y súbitamente oyó la voz de su madre, que le decía que había tomado la decisión acertada.

Tiró el bañador sobre la cama y cogió el biquini.

8

—Así que has invitado a tu vecina a pasar el día con nosotros, ¿eh? —comentó Stephanie—. ¿Cómo dijiste que se llama?

—Gabby —contestó Travis, acercando más la barca al embarcadero—. Llegará de un momento a otro. —La soga se tensó y luego se aflojó mientras Travis maniobraba con la barca. Acababan de bajarla al agua y estaban amarrándola en el embarcadero para cargar las neveras portátiles.

—Está soltera, ¿verdad?

—Técnicamente. Pero tiene novio.

—¿Y? —Stephanie le regaló una sonrisa burlona—. ¿Desde cuándo te ha frenado eso?

—No hace falta que malinterpretes nada. Su novio está de viaje y ella no tenía nada que hacer, así que me he comportado como un buen vecino y la he invitado a venir.

—Ya, claro. Muy propio de ti, esa clase de causas honorables.

—Soy una persona honorable —protestó él.

—Eso es precisamente lo que acabo de decir.

Travis acabó de amarrar la barca.

—Pero no parecía que hablaras en serio.

—¿Ah, no? Qué extraño.

—Vale, vale. Sigue con la bromita.

Travis agarró la nevera portátil y de un salto se encaramó en la barca.

—Mmmm… Te parece atractiva, ¿no es cierto?

Travis colocó la nevera en su sitio.

—Supongo que sí.

—¿Supones que sí?

—¿Qué quieres que te diga?

—Nada.

Travis miró a su hermana.

—¿Por qué tengo la impresión de que éste va a ser un día muuuuy largo?

—No tengo ni idea.

—Hazme un favor, ¿vale? No te pases con ella.

—¿A qué te refieres?

—Ya sabes a qué me refiero. Mira..., primero deja que se familiarice con todos, antes de agobiarla.

Stephanie soltó una estentórea carcajada.

—¿Te das cuenta de con quién estás hablando?

—Sólo digo que es posible que Gabby no entienda tu sentido del humor.

—Te prometo que me comportaré tan correctamente como pueda.

—Así que... ¿estás lista para zambullirte desnuda? —le preguntó Stephanie.

Gabby pestañeó, sin estar segura de si la había oído bien.

—¿Cómo has dicho?

Un minuto antes, Stephanie había llegado ataviada con una larga camiseta y dos cervezas en la mano. Le había ofrecido una a Gabby al tiempo que se presentaba como la hermana de Travis y la invitaba a sentarse en unas sillas en la terraza, mientras su hermano ultimaba los preparativos.

—Bueno, no ahora. —Stephanie ondeó la mano en señal negativa—. Normalmente hace falta un par de cervezas para que todo el mundo se desinhiba y se quite el bañador.

—¿Para zambullirse desnudos?

—Sabías que Travis es nudista, ¿no? —Con la cabeza señaló hacia la colchoneta hinchable que Travis había dejado en el suelo un poco antes—. Después de bañarnos, normalmente nos divertimos con una pelea colectiva de lucha libre sobre la colchoneta.

A pesar de que empezó a sentirse un poco azorada, Gabby asintió casi imperceptiblemente mientras caía en la cuenta de que todas las piezas encajaban: el hecho de que Travis se paseara normalmente medio desnudo, su absoluta falta de inhibición cuando conversaba con el pecho descubierto, y eso también explicaría por qué realizaba tanto entrenamiento físico.

Sus pensamientos se vieron interrumpidos por la estrepitosa carcajada de Stephanie.

—¡Era broma! —ululó, divertida—. ¿De verdad crees que me atrevería a zambullirme desnuda con mi hermano cerca? ¡Puaj! ¡Ni borracha!

Gabby notó una intensa sensación de calor que le nacía en el cuello y se expandía por toda la cara.

—Ya sabía que estabas bromeando.

Stephanie observó a Gabby por encima de la cerveza.

—¿Pensabas que hablaba en serio? ¡Es para desternillarse! Lo siento. Mi hermano me pidió que no me pasara contigo. No sé por qué, cree que se precisa un poco de tiempo para entender mi sentido del humor.

«¡Vaya! Me pregunto por qué será», se dijo. Sin embargo comentó:

—¿De veras?

—Sí, aunque, con toda franqueza, creo que somos como dos gotas de agua. ¿De dónde crees que he sacado ese sentido del humor? —Stephanie se recostó en la silla mientras se colocaba bien las gafas de sol—. Travis me ha dicho que eres asistente médica, ¿no?

—Sí, trabajo en la clínica pediátrica.

—¿Y qué tal? ¿Te gusta?

—Sí —afirmó, pensando que era mejor no mencionar a su pervertido jefe ni a los padres que la abrumaban de vez en cuando—. ¿Y tú?

—Estoy estudiando —explicó. Tomó un sorbo de su cerveza—. Me parece que quiero dedicarme toda la vida a estudiar.

Por primera vez, Gabby rio y sintió que empezaba a relajarse.

—¿Sabes quién más vendrá?

—Probablemente los mismos de siempre. Los tres mejores amigos de Travis, y estoy segura de que vendrán con sus esposas y sus hijos. Ahora Travis apenas saca la barca del paravelismo, por eso la tiene guardada en el puerto deportivo. Normalmente usa la de esquí náutico, porque es mucho más fácil practicar ese deporte. Sólo tienes que montarte en la barca, ponerla en marcha y ya está. Puedes practicar esquí náutico o cualquier otra modalidad, como el *wakeboard* o el *skurf*, casi en cualquier sitio. Pero montar en paracaídas es genial. ¿Por qué crees que estoy aquí? Debería estar estudiando, y de hecho me he zafado de unas prácticas en el laboratorio que se suponía que tenía que hacer este fin de semana. ¿Alguna vez has hecho paravelismo antes?

—No.

—Ya lo verás. Te encantará. Y Travis sabe lo que hace. Así se ganaba un dinero extra mientras estudiaba en la universidad. O, por lo menos, eso es lo que alega. La verdad es que estoy casi segura de que se gastó todo lo que ganó en comprarse esta barca; la compañía CWS las fabrica exclusivamente para practicar paravelismo, y son muy caras. E incluso a pesar de que Joe, Matt y Laird son sus mejores amigos, siempre insistían en recibir una paga cuando sacaban a los turistas durante los años en la universidad. Estoy prácticamente segura de que Travis jamás sacó ni cinco centavos de beneficio.

—Así que tiene madera de empresario, ¿eh?

Stephanie se echó a reír.

—Oh, sí. Mi hermano. El embrión de Donald Trump, ¿eh? No, la verdad es que el dinero nunca le ha llamado la atención. Quiero decir, claro que se gana bien la vida y que puede pagar todas sus deudas, pero lo que le sobra se lo gasta en barcas nuevas o en motos acuáticas, o en algún que otro viajecito por aquí y por allá. Creo que ha estado en todos los puntos del planeta. Europa, América Central y América del Sur, Australia, África, Bali, China, Nepal…

—¿De veras?

—Pareces sorprendida.

—Supongo que sí.

—¿Por qué?

—No lo sé. Supongo que me imaginaba…

—Ya, creías que Travis es un gandul, ¿no? Que siempre está de farra.

—¡No!

—¿De veras no es eso lo que pensabas?

—Bueno... —Gabby cedió, y Stephanie volvió a reír.

—Es un gandul y un hombre mundano..., pero en el fondo, simplemente es un joven de provincias como el resto de ellos. Si no, no estaría viviendo aquí, ¿no te parece?

—Es cierto —asintió Gabby, sin estar segura de si hacía falta que contestara.

—De todos modos, te encantará. No tienes vértigo, ¿no?

—No. Quiero decir, no es que me fascinen las alturas, pero estoy segura de que lo soportaré.

—No es para tanto. Recuerda que llevas un paracaídas.

—Procuraré no olvidarlo.

A lo lejos, la puerta de un coche se cerró ruidosamente y Stephanie se sentó con la espalda erguida.

—Ya han llegado los Clampett —anunció—. O, si lo prefieres, el clan de los Brady. Como prefieras llamarlos. Nuestra apacible mañana está a punto de tocar a su fin.

Gabby se dio la vuelta y divisó a un grupo alborotado que rodeaba la casa por uno de los lados. La algarabía y los chillidos inundaron el espacio mientras los niños corrían delante de los adultos, desplazándose con ese caminar típicamente patoso de los niños pequeños que daba la impresión de que iban a caerse de un momento a otro.

Stephanie se inclinó hacia Gabby.

—Es fácil distinguirlos, lo creas o no. Megan y Joe son los que tienen el pelo rubio. Laird y Allison son los más altos. Y Matt y Liz son..., digamos que no están tan delgados como el resto.

Las comisuras de los labios de Gabby se curvaron ligeramente hacia arriba.

—¿No tan delgados?

—No quería llamarlos rollizos. Pero intentaba darte unos puntos de referencia para que pudieras distinguirlos. En teoría, detesto que me presenten a un grupo de gente y que un minuto más tarde ya haya olvidado sus nombres.

—¿En teoría?

—No suelo olvidar los nombres. Aunque parezca extraño, nunca me pasa.

—¿Y qué te hace pensar que yo me olvidaré de sus nombres?

Stephanie se encogió de hombros.

—Porque tú no eres yo.

Gabby volvió a reír, pensando que cada minuto que pasaba, Stephanie le gustaba más.

—¿Y los niños?

—Tina, Josie y Ben. Ben es fácil de distinguir. Sólo recuerda que Josie es la que lleva coletas.

—¿Y si no lleva coletas la próxima vez que la vea?

Stephanie le dedicó una sonrisa obsequiosa.

—¿Por qué? ¿Acaso piensas que los verás con regularidad? ¿Y tu novio?

Gabby sacudió la cabeza.

—Creo que no has interpretado bien lo que quería decir...

—¡Era broma! ¡Caramba! ¡Sí que eres susceptible!

—No creo que pueda acordarme del nombre de los niños.

—Mira. ¿Por qué no pruebas con un juego de asociación de ideas? Para Tina, piensa en Tina Louise, la protagonista de la serie *La isla de Gilligan*. Ella también es pelirroja.

Gabby asintió.

—Vale, para Josie, piensa en la película *Josie y las Melódicas*. Y para Ben (que es bastante alto para su edad y cuadrado como un armario), piensa en Big Ben, el reloj de Londres.

—No sé...

—De verdad, hablo en serio. Verás cómo te ayuda. Seguimos: para Joe y Megan (los rubios), imagina al rubio G. I. Joe luchando contra un megalodonte, ya sabes, uno de esos tiburones prehistóricos gigantes. Te lo imaginas, ¿verdad?

Gabby volvió a asentir con la cabeza.

—Para Laird y Allison, imagina un enorme allosauro pegando alaridos. Y finalmente, para Matt y Liz... —Stephanie hizo una pausa—. Ya sé... Imagínate a Elizabeth Taylor a punto de matar un mosquito que no la deja dormir. ¿Puedes imaginar la escenita?

Gabby necesitó un rato —y Stephanie tuvo que repetir las descripciones más de una vez—, pero cuando estuvo lista, Stephanie hizo una prueba y le preguntó los nombres de forma aleatoria. Aunque pareciera increíble, Gabby se acordaba de todos, por lo que no pudo ocultar su sorpresa.

—Efectivo, ¿verdad?

—Pues sí —admitió Gabby.

—Es una de las áreas que estudio en la universidad.

—¿Y practicas con todas las personas que conoces?

—No siempre. O por lo menos, no de una manera consciente. Me sale de forma natural. Pero ya verás como los dejarás impresionados.

—¿Acaso necesito impresionarlos?

—No, aunque es divertido impresionar a la gente. —Stephanie se encogió de hombros—. Piensa en el ejercicio que acabamos de hacer. Ahora tengo una pregunta más.

—Adelante.

—¿Cómo me llamo?

—Sé cómo te llamas.

—Entonces dímelo.

—Mmm... —La boca de Gabby se abrió sin emitir ningún sonido mientras su mente se quedaba en blanco.

—Stephanie. Simplemente Stephanie.

—¿Cómo? ¿Sin ninguna técnica de memorización?

—No. Estoy segura de que te acordarás de mi nombre. —Se puso de pie—. Vamos, ahora que ya sabes cómo se llaman, deja que te los presente. Y finge que no sabes sus nombres; así después podrás dejarlos impresionados.

Stephanie le presentó a Megan, Allison y Liz mientras ellas no perdían de vista a los niños, que jugaban al pilla-pilla. Joe, Laird y Matt, mientras tanto, habían bajado con paso rápido hacia el embarcadero, cargados con las toallas y las neveras portátiles para ir al encuentro de Travis.

Stephanie dio un abrazo a cada una de ellas, y la conversación versó sobre cómo le iban los estudios. Sorprendentemente, el juego de memorización funcionaba. Gabby se preguntó si podría aplicarlo a algunos de sus pacientes, antes de recordar que, simplemente, podía leer sus nombres en las fichas.

Sin embargo, con algunos de los colegas de Kevin en el trabajo...

—¡Eh! ¿Estáis listas? —gritó Travis—. Nosotros ya estamos preparados para soltar amarras.

Gabby se quedó un paso rezagada detrás del grupo porque quería ajustarse la camiseta que llevaba encima del biquini. Al final, había decidido que, en función de lo que las otras mujeres llevaran, se quitaría la camiseta y los pantalones cortos o no, y se convenció de que era mejor no haber hecho caso de los consejos de su madre.

Los hombres ya estaban en la barca cuando ellas llegaron al embarcadero. Los niños iban ataviados con chalecos salvavidas y se los fueron pasando uno a uno a Joe; Laird alargó la mano para ayudar a las mujeres a subir a bordo. Gabby subió, concentrándose en mantener el equilibrio ante el balanceo, sorprendida al constatar el gran tamaño de la embarcación. Era mucho más larga que la barca de esquí náutico de Travis —más o menos, un metro y medio más—, con banquetas a ambos lados, el espacio donde la mayoría de los niños y los adultos se habían instalado. Stephanie y Allison («el allosauro enorme») se habían acomodado en la parte delantera de la barca. «En la... ¿popa? ¿La proa?», se preguntó Gabby, y acto seguido sacudió la cabeza. Bueno, en la parte delantera. En la parte trasera había una enorme plataforma y un cigüeñal, junto a Travis, que permanecía detrás del timón. («El G. I. rubio») Joe estaba desatando la cuerda que mantenía la barca en su sitio, mientras Laird («alarido») la enroscaba. Un momento más tarde, Joe se colocó cerca de Travis, mientras Laird se acercaba a Josie («y las Melódicas»).

Gabby sacudió la cabeza, pensando que era sorprendente.

—Siéntate a mi lado —le ordenó Stephanie, dando una palmadita en el espacio en la banqueta junto a ella.

Gabby se sentó y de soslayo vio que Travis cogía una gorra de béisbol que tenía guardada en un compartimento de un rincón. La gorra, que ella siempre había considerado que confería un aspecto de bobo a los hombres adultos, le quedaba la mar de bien, con su aspecto desaliñado.

—¿Estáis todos listos? —gritó Travis.

No esperó la respuesta y la barca arrancó con un rugido, surcando suavemente el oleaje. Alcanzaron la ensenada y viraron hacia el sur, para penetrar en las aguas de Back Sound. Las playas de Shackleford Banks asomaban delante de ellos. La hierba se abría paso por encima de las dunas.

Gabby se inclinó hacia Stephanie.

—¿Adónde vamos?

—Seguramente a Cape Lookout. A menos que haya acumulación de barcas, nos dirigiremos a la cala, y luego iremos hasta Onslow Bay. Después tomaremos un refrigerio en la barca, en Shackleford Banks o en Cape Lookout. Eso dependerá de dónde acabemos y de cómo esté todo el mundo de humor. Básicamente dependerá de los niños. Espera un segundo... —Se giró hacia Travis—. ¡Oye, Trav! ¿Me dejas que lleve el timón un rato?

Él alzó la cabeza.

—¿Desde cuándo te han entrado ganas de conducir?

—Desde este mismo instante. Vamos, ya ha pasado un rato desde que salimos del puerto deportivo.

—Más tarde.

—Creo que debería tomar el timón.

—¿Por qué?

Stephanie sacudió la cabeza, como maravillándose de la estupidez de los hombres. Se puso de pie y se quitó la camiseta sin mostrar ni un ápice de timidez.

—Nos vemos luego, ¿vale? Tengo que hablar con el idiota de mi hermano.

Mientras Stephanie se dirigía hacia la parte trasera de la barca, Allison asintió hacia ella.

—No dejes que te intimide. Ella y Travis siempre hablan entre ellos de esa forma.

—Supongo que están muy unidos.

—Son muy amigos, a pesar de que los dos te lo negarán. Travis probablemente te dirá que Laird es su mejor amigo. O Joe o Matt. Cualquiera menos Stephanie. Pero a mí no me engaña.

—Laird es tu marido, ¿verdad? El que sostiene a Josie.

Allison no pudo ocultar su sorpresa.

—¡Anda! ¿Te acuerdas de los nombres? ¡Pero si hace tan sólo unos segundos que nos has conocido!

—Se me da bien recordar los nombres de la gente.

—Ya lo veo. ¿Recuerdas los del resto?

—Sí. —Gabby nombró a cada pasajero por su nombre, sintiéndose absolutamente segura de sí misma.

—¡Vaya! Eres como Stephanie. No me extraña que os llevéis tan bien.

—Es fantástica.

—Es cierto, cuando la conoces es fantástica. Aunque cuesta un poco acostumbrarse a su forma de ser. —Contempló a Stephanie mientras sermoneaba a Travis, con una mano apoyada en la barca para no perder el equilibrio y gesticulando con la otra.

—¿Cómo os conocisteis, Travis y tú? Stephanie mencionó que sois vecinos.

—Sí, mi casa está justo al lado de la suya.

—¿Y?

—Y..., bueno, es una larga historia. Digamos, para resumir, que mi perrita, *Molly*, tuvo complicaciones cuando dio a luz a sus cachorros, y Travis fue tan solícito que vino a casa y la atendió. Después de eso, me comentó que hoy iba a salir con unos amigos y me invitó a venir.

—Tiene un don con los animales. Y con los niños también.

—¿Hace mucho que lo conoces?

—Sí, mucho tiempo. Laird y yo nos conocimos en la universidad y él me lo presentó. Son amigos desde la infancia. Travis fue el padrino en nuestra boda. Y hablando del papa de Roma... Hola, Travis.

—¿Qué tal? Lo pasaremos bien hoy, ¿eh? —A su espalda, Stephanie se había encaramado detrás del timón, observándolos con disimulo.

—Espero que no haya mucho viento.

Allison miró alrededor.

—No creo.

—¿Por qué? —se interesó Gabby—. ¿Qué pasa si hay viento?

—Nada bueno cuando estás ahí arriba en el paracaídas —contestó Travis—. Básicamente, el paracaídas podría chocar contra algo, las cuerdas podrían enredarse, y eso es lo último que quieres que pase en un paracaídas.

Gabby tuvo una vívida imagen de sí misma cayendo en picado sin control y precipitándose irremediablemente en el agua.

—No te preocupes —la reconfortó Travis—. Si tengo la más mínima sospecha de que algo puede ir mal, no subirá nadie.

—Espero que no pase eso. —Allison se entrometió inesperadamente—. Pero, de todos modos, prefiero que Laird suba primero.

—¿Por qué?

—Porque se suponía que tenía que pintar la habitación de Josie esta semana (me lo había prometido una y otra vez). Pero ¿está pintada? No, por supuesto que no. Así escarmentará.

—Pues tendrás que ponerte en la cola. Megan ya me ha pedido que deje que Joe sea el primero en subir. Ha comentado algo acerca de que no pasa bastante tiempo con la familia después del trabajo.

Al escuchar cómo hablaban en broma, Gabby se sintió como una espectadora. Deseó que Stephanie no se hubiera marchado de su lado; aunque pareciera extraño, le daba la impresión de que Stephanie era lo más parecido a una amiga que tenía en Beaufort.

—¡Agarraos fuerte! —gritó Stephanie, que dio súbitamente un brusco giro al timón.

Travis instintivamente se aferró a la borda mientras la barca chocaba contra una gran ola y la proa se levantaba y volvía a caer con un fuerte topetazo. Allison puso toda su atención en los niños, mientras se precipitaba hacia Josie, que se había caído al suelo y estaba llorando. Laird la ayudó a ponerse de pie con una mano.

—¡Se suponía que tenías que sostenerla! —le reprochó Allison en el momento en que se colocaba al lado de Josie—. Ven aquí, cariño mío. Mamá te protegerá…

—¡Pero si la estaba sujetando! —protestó Laird—. Quizá si el piloto Dale Earnhardt se fijara un poco más por dónde va…

—A mí no me metáis en esto —terció Stephanie, alzando la barbilla con altivez—. Ya os avisé de que os agarrarais fuerte, pero, claro, como nadie me escucha… ¡Ni que pudiera controlar el oleaje!

—Pero podrías ir un poco más despacio.

Travis sacudió la cabeza y se sentó al lado de Gabby.

—¿Siempre es así? —preguntó ella.

—Casi siempre —asintió él—. Por lo menos desde que llegaron los niños a nuestras vidas. De entrada ya te aseguro que todos los pequeños acabarán llorando, hoy. Pero eso es parte del juego. —Se recostó hacia atrás y plantó ambos pies bien separados entre sí—. ¿Qué tal te llevas con mi hermana?

Con el sol detrás de él, era difícil apreciar sus rasgos.

—Me gusta. Tiene… carácter.

—Pues a ella también parece que le gustas. Si no le gustaras, créeme, ya me lo habría hecho saber. Es muy inteligente, pero, sin embargo, no es muy diplomática que digamos. Con toda franqueza, creo que mis padres la adoptaron.

—No lo creo. Si te dejaras crecer el pelo un poco más largo, los dos podríais pasar por hermanas.

Travis se echó a reír.

—Ahora hablas como ella.

—Supongo que se me ha pegado su tono bromista, después de estar con ella.

—¿Has tenido la oportunidad de conocer al resto?

—No mucho. He hablado un poco con Allison, pero nada más.

—Son el grupo de gente más entrañable que jamás hayas conocido —proclamó Travis—. Son más como una familia que un grupo de amigos.

Gabby estudió a Travis mientras éste se quitaba la gorra de béisbol y súbitamente comprendió la jugada.

—Stephanie te ha enviado aquí para que hables conmigo, ¿no?

—Sí —admitió—. Me ha recordado que eres mi invitada y que sería un acto de grosería imperdonable si no me aseguro de que estás a gusto.

—Estoy bien. —Hizo un gesto con la mano—. Si quieres volver al timón, adelante. Me encanta la idea de quedarme aquí sentada, disfrutando de la vista.

—¿Has estado antes en Cape Lookout? —le preguntó Travis.

—No.

—Es un parque nacional y hay una cala que es fantástica para los niños porque las olas llegan a la orilla sin fuerza. Y en la otra punta (por el lado del Atlántico) hay una playa de arena blanca totalmente virgen, de las que ya casi no quedan.

Cuando hubo acabado, Gabby lo observó mientras él desviaba su atención hacia Beaufort. El contorno del pueblo era visible; justo un poco más lejos del puerto deportivo, donde los mástiles de los veleros apuntaban hacia el cielo como unos dedos levantados, Gabby divisó los restaurantes que se alzabam en la primera línea de la costa. Barcas y motos acuáticas se cruzaban con ellos a gran velocidad, dejando estelas de espuma blanca a su paso. Aunque no quería darle importancia, Gabby era consciente del cuerpo de Travis recostado levemente contra el suyo mientras la barca surcaba las aguas.

—Es un pueblo muy bonito —apuntó ella, finalmente.

—Siempre me ha gustado —convino él—. Cuando era más joven soñaba con irme a vivir a una gran ciudad, pero, al final, éste es mi hogar.

Se giraron hacia la cala. A sus espaldas, Beaufort fue quedando diminuta; un poco más lejos, delante de ellos, las aguas de Onslow Bay abrazaban el Atlántico. Una nube solitaria cruzó por encima de sus cabezas, oronda y compacta, como si estuviera hecha de nieve. El cielo azul celeste se extendía sobre el agua salpicada de prismas dorados de la luz del sol. Al cabo de un rato, la enloquecida actividad en Back Sound dio paso a una sensación de aislamiento, únicamente interrumpida por la visión de alguna barca esporádica que se dirigía a la zona menos profunda de Shackleford Banks. Las tres parejas en la parte delantera de la barca estaban tan fascinadas con la vista como ella, e incluso los niños parecían haberse calmado. Permanecían sentados en los regazos de sus padres con carita de satisfacción, con los cuerpos visiblemente relajados, como si estuvieran listos para hacer una siesta. Gabby notaba que el viento le azotaba el pelo con suavidad y también la agradable sensación del sol sobre su piel.

—¡Oye, Trav! ¿Aquí está bien? —gritó Stephanie.

Travis salió de su ensimismamiento y echó un vistazo en derredor.

—Adelanta un poco más. Quiero estar seguro de que tenemos suficiente espacio. Hoy hay una novata a bordo.

Stephanie asintió y la barca volvió a acelerar.

Gabby se inclinó hacia él.

—Por cierto, ¿qué tengo que hacer?

—Es fácil —contestó él—. Primero hincharé el paracaídas y lo prepararé para engancharlo al arnés con esa barra que ves ahí. —Señaló hacia la esquina de la barca—. Luego, tú y tu pareja os pondréis el arnés, yo los engancharé en la barra alargada y os acomodaréis en la plataforma. Le daré más potencia al motor y vosotros os elevaréis. Al cabo tan sólo de un par de minutos llegaréis a la altura adecuada, y entonces..., bueno, lo único que tienes que hacer es relajarte y disfrutar de la vista privilegiada de Beaufort y el faro, y (puesto que el día está tan despejado) es posible que llegues a ver incluso delfines, marsopas, rayas, tiburones o tortugas. En una ocasión vi una ballena. Quizás aminore la marcha para que descendáis un poco y os remojéis los pies, y luego otra vez hacia arriba. Es una pasada. Ya lo verás.

—¿Tiburones?

—Claro. Estamos en el océano.

—¿Y muerden?

—Algunos sí. Los tiburones sarda pueden ser bastante desagradables.

—Entonces preferiría no remojarme los pies, muchas gracias.

—No te preocupes. No tienes nada que temer. No te molestarán.

—Ya, es fácil decirlo.

—Jamás, en todos los años que he practicado paravelismo, he oído ningún caso de alguien que haya sido mordido por un tiburón mientras estaba en el paracaídas. Piensa que sólo tocas el agua dos o tres segundos como máximo. Y normalmente los tiburones se alimentan al atardecer.

—No sé...

—¿Y si subo contigo? ¿Lo probarías, entonces? Te aseguro que es una experiencia maravillosa y que no deberías perdértela.

Ella titubeó. Acto seguido, asintió rápidamente con la cabeza.

—Vale, creo que me atreveré. Aunque no prometo nada.

—Bueno, lo que cuenta es la intención.

—Por supuesto, das por sentado que tú y yo subiremos juntos.

Travis le guiñó el ojo al tiempo que le dedicaba una de sus sonrisas socarronas.

—Pues claro.

Gabby intentó ignorar la súbita sensación de rigidez en el estómago. Cogió su bolsa y sacó un tubo de loción solar. Después de echarse un poco en la mano, empezó a aplicársela nerviosamente por la cara, intentando recuperar cierta distancia.

—Stephanie me ha contado que has viajado por todo el mundo.

—Un poco.

—Pues ella lo cuenta como si fuera más que eso, como si hubieras estado prácticamente en todos los puntos del planeta.

Travis sacudió la cabeza.

—¡Ya me gustaría! Créeme, todavía me faltan un montón de sitios por visitar.

—¿Qué país es el que te ha gustado más?

Travis se tomó unos segundos antes de contestar, con una expresión dudosa en la cara.

—No lo sé.

—Por lo menos, ¿cuál me sugerirías que visitara?

—Es que no es tan fácil.

—¿Cómo que no?

—Viajar no tiene tanto que ver con los sitios que ves como con las sensaciones que vives. —Contempló el agua, perdido en sus pensamientos—. A ver si me explico: cuando acabé los estudios en el instituto, no sabía qué quería hacer, así que decidí tomarme un año sabático para ver mundo. Había ahorrado un poco de dinero (no tanto como pensé que iba a necesitar), pero metí cuatro cosas en la mochila, agarré la bicicleta y tomé un vuelo hacia Europa. Pasé los tres primeros meses haciendo... únicamente lo que me daba la gana y casi nunca estaba relacionado con lo que se suponía que tenía que ver. Ni tan sólo planeé un itinerario. No me interpretes mal; visité un montón de sitios. Pero cuando pienso en esos meses, básicamente recuerdo los amigos que hice por todas partes y los buenos momentos que pasamos juntos. Como en Italia, donde vi el Coliseo en Roma y los canales en Venecia, pero lo que realmente recuerdo es un fin de semana que pasé en Bari (que es una ciudad apartada de las rutas turísticas al sur del país, un sitio del que seguramente no habrás oído hablar) con algunos estudiantes italianos que conocí por casualidad. Me llevaron a un pequeño bar en el que tocaba una banda del pueblo, y a pesar de que la mayoría de ellos no hablaba ni una palabra de inglés y que mi italiano se limitaba a algunos platos del menú, nos pasamos toda la noche riendo. Después de eso, me enseñaron Lecce y Matera, y, poco a poco, nos hicimos buenos amigos. Lo mismo me pasó en Francia, en Noruega y en Alemania. Dormía en albergues cuando era necesario, pero la mayoría de las veces llegaba a una ciudad y conocía a alguien que me ofrecía que me quedara en su casa unos días. Realicé los trabajos más extraños que puedas llegarte a imaginar con tal de ganar un poco de dinero y cuando estaba listo para irme a descubrir otro lugar, simplemente me marchaba. Al principio pensé que era fácil porque Europa y Estados Unidos son muy parecidos. Pero lo mismo me sucedió cuando fui a Siria, a Etiopía, a Sudáfrica, a Japón y a China. A veces, tenía la impresión de que aquel viaje estaba escrito en mi destino, al igual que toda la gente que conocí, como si en cierto modo me hubieran estado esperando. Pero…

Realizó una pausa y la miró directamente a los ojos.

—Pero ahora soy una persona diferente al Travis de aquella época. Del mismo modo que era diferente al acabar el viaje que cuando lo inicié. Y mañana seré una persona diferente a la que soy ahora. Y eso significa que no puedo volver a realizar el mismo viaje. Por más que vaya a los mismos lugares y encuentre a las mismas personas, no será lo mismo. Mi «experiencia» no sería la misma. Para mí, eso es precisamente lo más importante de un viaje. Conocer a gente, aprender no sólo a apreciar una cultura diferente, sino a disfrutarla, como si uno fuese oriundo del lugar que visita, dejándose llevar por los impulsos que lo asaltan. Así que, ¿cómo quieres que te recomiende un país, si ni tan sólo yo sé lo que me voy a encontrar? Mi consejo es que hagas una lista de sitios, que anotes cada nombre en un trocito de papel, y que luego los barajes y elijas cinco al azar. Y después…, que vayas a esos sitios y a ver qué pasa. Si vas con las ideas claras y sin prejuicios, no importará dónde acabes ni cuánto dinero lleves. Será una experiencia que siempre recordarás.

Gabby permanecía en silencio mientras asimilaba el mensaje.

—¡Uf! —suspiró al final.

—¿Qué?

—Por el modo en que lo cuentas, suena tan… romántico.

En el silencio que se formó a continuación, Stephanie empezó a aminorar la marcha y Travis se sentó con la espalda erguida. Cuando su hermana lo miró con atención, él asintió con la cabeza y se puso de pie. Stephanie aminoró todavía más la marcha.

—Ya estamos listos —anunció Travis, y avanzó hacia una caja de almacenamiento. Sacó el paracaídas y se dirigió a Gabby—: ¿Estás preparada para una nueva experiencia?

Gabby tragó saliva.

—Me muero de ganas.

9

Cuando el paracaídas estuvo preparado y los arneses bien sujetos, Joe y Megan se elevaron primero, seguidos por Allison y Laird, y luego por Matt y Liz. Una a una, las parejas se sentaron en la plataforma y a continuación se elevaron por los aires, mientras que la cuerda que los remolcaba se iba desenroscando hasta que estuvieron a unos treinta metros de la superficie del mar. Desde su posición en la barca, Gabby los veía pequeños y volátiles a medida que se iban alejando del agua. Travis, que se había puesto al mando del timón nuevamente, mantenía la barca a una velocidad constante, realizando unos amplios giros, hasta que por último aminoraba tanto la marcha que los que iban en el paracaídas bajaban lentamente hacia el mar. Justo cuando sus pies tocaban el agua, Travis volvía a acelerar, y el paracaídas ascendía nuevamente hacia el cielo como una cometa arrastrada por un niño que corriera por el parque.

Todo el mundo estaba excitado cuando se bajaba de la plataforma, comentando los peces o los delfines que habían visto; sin embargo, Gabby se sentía cada vez más nerviosa al pensar que se acercaba su turno. Stephanie, completamente ajena a las conversaciones, se dedicaba a tomar el sol en biquini en la parte delantera de la barca, completamente relajada, acunando una cerveza. Alzó la botella hacia Gabby en señal de brindis.

—¡Por haberte conocido!

Travis echó a un lado la gorra de béisbol.

—¡Vamos! —le dijo a Gabby—. Te ayudaré a colocarte el arnés.

Tras bajarse de la plataforma, Liz le entregó el salvavidas.

—¡Qué divertido! —exclamó—. ¡Ya lo verás! ¡Te aseguro que te encantará!

Travis guio a Gabby hasta la plataforma. Después de encaramarse de un salto, se inclinó hacia delante para ofrecerle la mano. Ella notó la calidez de su tacto mientras la ayudaba a subir. El arnés estaba a su lado, arrugado, y Travis señaló hacia los dos lazos abiertos en forma de bucle.

—Pasa una pierna por cada agujero. Luego te lo ceñiré a la cintura.

Ella mantuvo el cuerpo rígido mientras Travis le ataba las correas.

—¿Ya está?

—Casi. Cuando te sientes en la plataforma, mantén la correa bajo los muslos. Asegúrate de que no te quede en… medio del pompis, porque entonces no aguantará tu peso como es debido. Y te aconsejo que te quites la camiseta, a menos que no te importe que se moje.

Gabby se quitó la camiseta, intentando ocultar su nerviosismo.

Si Travis notó su exagerado sentido de la vergüenza, no lo demostró con ninguna señal. En vez de eso, enganchó las correas del arnés de Gabby a la barra, luego repitió la acción con el suyo, y después le hizo una señal para que se sentara.

—Lo tienes bajo los muslos, ¿verdad? —le preguntó Travis. Cuando ella asintió, él sonrió—. Pues ahora, relájate y disfruta.

Un segundo más tarde, Joe aceleró, el paracaídas se hinchó, y Gabby y Travis se alzaron de la plataforma. En la barca, ella podía notar todos los ojos puestos en ellos mientras se elevaban en diagonal hacia el cielo. Gabby se aferró a las correas del arnés con tanta fuerza que sus nudillos se volvieron blancos mientras la barca se hacía cada vez más pequeña. Al cabo de unos minutos, la cuerda que los remolcaba consiguió captar toda su atención, como en un estado hipnótico. Rápidamente le pareció que ellos estaban mucho más altos que los demás que habían subido, y se disponía a hacer un comentario cuando notó que Travis le tocaba el hombro.

—¡Mira allí abajo! —gritó, señalando con el dedo—. ¡Es una raya! ¿La ves?

Gabby la vio, negra y escurridiza, moviéndose por debajo de la superficie como una mariposa a cámara lenta.

—¡Y un grupo de delfines! ¡Allí! ¡Cerca de la orilla!

Mientras ella se quedaba fascinada ante el espectáculo, su nerviosismo empezó a disminuir y poco a poco quedó atrapada por la maravillosa vista de todo lo que tenía a sus pies —la ciudad, las familias que invadían las playas, las barcas, el agua—. Mientras se relajaba, tuvo la agradable sensación de que probablemente podría pasarse una hora allí arriba sin aburrirse ni un minuto. Era extraordinario, estar a esa altura, dejándose arrastrar por la corriente del aire, como si fuera un pájaro. A pesar del calor, la brisa le confería una sensación de frescor, y mientras balanceaba los pies hacia delante y hacia atrás, notó una sacudida suave en el arnés.

—¿Tienes ganas de zambullirte? —le preguntó Travis—. Te aseguro que será divertido.

—¡Vale! —exclamó ella, pensando que, de una forma inusual, su propia voz sonaba absolutamente confiada.

Travis le dedicó a Joe una rápida serie de señales con las manos, y debajo de ella, el ruido del motor de la barca disminuyó súbitamente. El paracaídas empezó a descender. Con la vista fija en el agua que cada vez veía más cerca, Gabby examinó la superficie para cerciorarse de que no había ninguna bestia acechándola.

El paracaídas bajó más y más, y a pesar de que ella alzó las piernas, notó cómo el agua fría le salpicaba toda la parte inferior del cuerpo. Justo cuando temía que iba a empezar a tragar agua, la barca aceleró y ellos salieron disparados nuevamente hacia el cielo. Gabby notó el subidón de adrenalina en todo el cuerpo y no intentó ocultar su cara emocionada.

Travis le propinó un codazo amistoso.

—¿Lo ves? No ha sido tan terrible.

—¿Podemos volver a hacerlo? —le pidió ella.

Travis y Gabby continuaron montados en el paracaídas durante otro cuarto de hora y se sumergieron dos o tres veces más. Cuando regresaron a la barca, cada pareja se montó una vez más. Por entonces, el sol estaba ya muy alto en el cielo y los niños empezaban a mostrarse inquietos. Travis dirigió la barca hacia la cala de Cape Lookout. El agua allí era poco profunda, y Travis paró el motor; Joe lanzó el ancla, se quitó la camiseta, y se lanzó al agua para confirmar que el ancla había quedado bien sujeta. El agua sólo cubría hasta la cintura, y con una desenvoltura que demostraba que ya lo habían hecho antes, Matt le pasó una de las neveras. El chico se quitó la camiseta y saltó al agua. Joe le pasó otra nevera y a continuación también se metió en el agua, mientras que Travis ocupó su lugar. Cuando Travis saltó al agua, llevaba una pequeña barbacoa portátil y una bolsa de carbón. Simultáneamente, las madres saltaron al agua y cogieron a los niños en brazos. En cuestión de minutos, sólo Stephanie y Gabby permanecían en la barca. Gabby estaba de pie en la parte trasera, pensando que debería haberles echado una mano, mientras que Stephanie, que parecía no darse cuenta de todo el ajetreo, continuaba tumbada en una de las banquetas de la parte delantera de la barca, tomando el sol.

—Estoy de vacaciones, así que no siento ningún remordimiento por no ofrecer voluntariamente mis servicios —anunció Stephanie, con el cuerpo tan inmóvil como la barca—. Y la verdad es que ellos lo hacen tan bien que no me siento culpable por hacer el vago.

—No haces el vago.

—Claro que sí. A todo el mundo le va bien hacer el vago de vez en cuando. Y tal y como dijo Confucio: «Aquel que no hace nada es el que no hace nada».

Gabby reflexionó sobre el mensaje, entonces frunció el ceño.

—¿De veras dijo eso Confucio?

Con las gafas de sol sin moverse ni un milímetro, Stephanie se encogió casi imperceptiblemente de hombros.

—No, pero ¿a quién le importa? La cuestión es que ellos tienen la situación bajo control, y lo más probable es que se sientan satisfechos por su habilidad y su magnífica sincronización. ¿Quién soy yo para privarlos de ese sentimiento de plenitud?

Gabby puso los brazos en jarras.

—O quizás es que simplemente te apetecía hacer el vago.

Stephanie sonrió complacida.

—Tal y como dijo Jesucristo: «Bienaventurados los vagos tumbados en barcas, porque ellos heredarán el reino del bronceado».

—Jesús no dijo eso.

—Es cierto —admitió Stephanie, incorporándose hasta quedarse sentada. Se quitó las gafas de sol, las estudió detenidamente, luego las limpió con una toalla—. Pero, insisto, ¿a quién le importa? —Alzó la cabeza para mirar a Gabby—. ¿De verdad te apetecía transportar neveras o tiendas de campaña hasta la playa? Te aseguro por experiencia que no merece la pena. —Tras ajustarse la parte superior del biquini, se levantó de la banqueta—. Muy bien, tenemos vía libre. Estamos listas para unirnos al grupo. —Agarró la bolsa de la playa y se la colgó en el hombro—. Hay que saber cuándo se puede hacer el vago. Si lo haces correctamente, es un arte que beneficia a toda la comunidad.

Gabby vaciló unos instantes.

—No sé por qué, pero me gusta tu forma de pensar.

Stephanie se echó a reír.

—Por supuesto. Ser vago forma parte de la naturaleza humana. Y me alegra saber que no soy la única que comprende esa verdad tan esencial.

Cuando Gabby empezó a sacudir la cabeza en señal de negación, Stephanie saltó por la borda y al hacerlo provocó una pequeña ola que salpicó el suelo de la barca.

—Vamos. —No dejó que Gabby acabara—. Sólo estaba bromeando. Y por cierto, no hace falta que le des vueltas a lo que has hecho o has dejado de hacer. Tal y como te he dicho, esta gente se fija demasiado en esa clase de pequeños detalles. Hace que se sientan «papás útiles y mamás útiles», que es precisamente como debería de ser en el mundo. Como mujeres solteras, lo único que tenemos que hacer es disfrutar de su habilidad organizativa.

Montar el campo base —al igual que lo que había sucedido a la hora de descargar la barca— consistió en un ritual informal, donde aparentemente cada uno sabía exactamente lo que tenía que hacer. Colocaron una tienda de campaña que se desplegaba casi sola y se montaba al instante, después cubrieron la arena con unas finas mantas, y encendieron el carbón. Continuando con la misma línea de inactividad que había mantenido en la barca, Stephanie simplemente agarró una cerveza y una toalla, eligió un lugar tranquilo, extendió la toalla y se tumbó encima para continuar con los baños de sol. Gabby, sin estar muy segura de qué más podía hacer, colocó la toalla al lado de Stephanie con la intención de imitarla. Notó los efectos del sol casi al instante, y permaneció tumbada procurando no pensar en el hecho de que el resto de los congregados —excepto Stephanie— parecían estar haciendo algo.

—Aplícate loción solar —le aconsejó Stephanie. Sin alzar la cabeza, señaló hacia la bolsa que había traído—. Coge el tubo con factor solar cincuenta. Con la piel tan pálida, si no te proteges, en media hora parecerás una gamba. Contiene zinc.

Gabby cogió la bolsa de Stephanie. Se dedicó unos instantes a ponerse la crema; el sol sería implacable con ella si se olvidaba de embadurnar el más leve trocito de piel. A diferencia de sus hermanas y de su madre, ella había heredado la piel blanca de su padre, que era irlandés. Era una de las pequeñas lacras en su vida.

Cuando estuvo lista, se tumbó nuevamente en la toalla, todavía sintiéndose culpable por el hecho de no estar colaborando en montar las tiendas ni en preparar la comida.

—¿Qué tal con Travis?

—Bien —contestó Gabby.

—Sólo para que lo recuerdes, es mi hermano, ya sabes.

Gabby giró la cabeza para mirar a Stephanie con expresión de desconcierto.

—Oye, lo único que pretendo es recordártelo para que sepas que lo conozco muy bien.

—¿Y eso qué significa?

—Me parece que le gustas.

—Y a mí me parece que crees que todavía estamos en el instituto.

—¿Cómo? ¿No te importa?

—No.

—¿Porque tienes novio?

—Entre otras razones.

Stephanie se echó a reír.

—Ah, eso está bien. Si no te conociera, quizás incluso te habría creído.

—¡Pero si no me conoces!

—Claro que sí. Lo creas o no, sé exactamente cómo eres.

—¿Ah, sí? ¿De dónde soy?

—No lo sé.

—Háblame de mi familia.

—No puedo.

—Entonces, admite que no me conoces.

Stephanie se dio la vuelta para mirarla a la cara.

—Sí que te conozco. —No podía ocultar el reto en su tono de voz—. Veamos qué opinas después de esta breve descripción: eres una buena chica y siempre lo has sido, pero en el fondo, crees que la vida debería consistir en algo más que lo que dictan las reglas, y una parte de ti se muere de ganas por probar lo inexplorado. Si eres sincera contigo misma, Travis forma parte de esa faceta. Eres selectiva cuando se trata de sexo, pero cuando te comprometes con alguien, tiras por la ventana los estándares por los que normalmente te riges. Crees que te casarás con tu novio, pero no te gusta plantearte cómo es posible que todavía no luzcas un anillo de compromiso en el dedo. Quieres a tu familia, pero deseabas tomar tus propias decisiones sobre tu futuro, y por eso precisamente vives aquí. No obstante, temes que tus elecciones choquen con la aprobación de tu familia. ¿Qué tal voy de momento?

Mientras iba entretejiendo su perfil, Gabby se había ido quedando pálida. Stephanie lo interpretó como una señal de que había dado en el blanco y se apoyó en un codo.

—¿Quieres que continúe?

—No —concluyó Gabby.

—Pero he acertado, ¿a que sí?

Gabby soltó aire con exasperación.

—No en todo.

—¿No?

—No.

—¿En qué me he equivocado?

En lugar de contestar, Gabby sacudió la cabeza y se tumbó en la toalla.

—No quiero hablar de ello.

Gabby esperaba que Stephanie insistiera, pero en vez de eso, simplemente se encogió de hombros y también se tumbó sobre su toalla, como si no hubiera dicho nada.

Podía oír el alboroto de los niños correteando cerca de la orilla, así como unas notas distantes e indistinguibles de conversación. No podía dejar de pensar en la radiografía que le acababa de hacer Stephanie; era como si la conociera de toda la vida, incluso sus secretos más oscuros.

—Por cierto, por si acaso estás un poco impresionada, tranquila; tengo poderes mentales —remarcó Stephanie—. Es extraño, pero cierto. Por lo que sé, es un don que heredé de mi abuela. La mujer se hizo célebre por predecir el tiempo.

Gabby se sintió inmediatamente más aliviada, a pesar de que sabía que el concepto era absurdo.

—¿De veras?

Stephanie rio de nuevo.

—¡No! ¡Por supuesto que no! Mi abuela fue asidua al programa *Trato hecho* durante años y nunca consiguió ganar a los participantes. Pero ahora contéstame con sinceridad: ¿a que he acertado en tu descripción?

Los pensamientos de Gabby volvieron a abordarla con intensidad, provocándole un leve mareo.

—Pero ¿cómo...?

—Es fácil —la interrumpió Stephanie, tumbándose de nuevo—. Me he limitado a insertar tus «increíbles experiencias personales» en la vida de cualquier mujer normal y corriente que exista bajo el sol. Salvo por la parte relacionada con Travis. Eso me lo he figurado yo solita. Pero a que es sorprendente, ¿eh? También estudio esas variantes en la universidad. He colaborado en media docena de estudios, y siempre me sorprende ver que cuando apartas un poco la paja, toda la gente es más o menos igual. Especialmente en la etapa de la adolescencia y los primeros años de adultos. En general, la gente pasa por las mismas experiencias y opina del mismo modo, pero es curioso que nadie escape a la creencia de que su experiencia es única desde cualquier aspecto concebible.

Gabby se tumbó otra vez en la toalla, decidida a ignorar a Stephanie por un rato. Sería lo más apropiado. A pesar de que realmente le gustaba cómo era, esa chica tenía la habilidad de provocarle mareos constantemente.

—Ah, por si sientes curiosidad —remarcó Stephanie—, Travis no sale con nadie. Está soltero y sin compromiso.

—No sentía curiosidad.

—Porque tienes novio, ¿no?

—Así es. Pero, aunque no tuviera novio, tampoco habría sentido curiosidad.

Stephanie se echó a reír.

—Ya, claro. ¿Cómo es posible que me haya equivocado tanto? Supongo que me he dejado engañar por la forma en que te lo comes con los ojos.

—Yo no me lo como con los ojos.

—Vamos, no seas tan susceptible. Después de todo, él también te mira del mismo modo.

10

Desde su posición en la toalla, Gabby inhaló el aroma a carbón, a perritos calientes, a hamburguesas y a pollo que la suave brisa transportaba. A pesar de la brisa —y de la loción solar—, Gabby notaba como si su piel se estuviera empezando a chamuscar. A veces le parecía irónico que sus antepasados de Escocia e Irlanda hubieran desestimado unos climas menos calurosos con un tiempo gris y nublado similar al que estaban acostumbrados para irse a vivir a un lugar donde la prolongada exposición al sol garantizaba prácticamente melanomas en personas como ellos —o, como mínimo, arrugas, que era el motivo por el que su madre siempre llevaba sombrero, aunque su exposición al sol se limitara al momento en que entraba o salía del coche—. Gabby no quería ni pensar en el hecho de que se estuviera exponiendo a sufrir los efectos nocivos del sol, porque la verdad era que le gustaba estar bronceada, sí, se sentía más favorecida cuando estaba bronceada. Además, al cabo de muy poco rato se pondría nuevamente la camiseta y buscaría un lugar a la sombra para sentarse.

Stephanie se había mostrado increíblemente silenciosa desde su último comentario. Con otras personas, Gabby lo habría interpretado como una señal de incomodidad o timidez; con Stephanie, sin embargo, se le antojaba como la clase de confianza en sí misma que ella siempre había soñado tener. Porque Stephanie estaba tan a gusto consigo misma que conseguía que Gabby también se sintiera a gusto a su lado, lo cual, tenía que admitir, era una sensación que últimamente echaba mucho de menos. Desde que se había instalado en aquella localidad, no conseguía sentirse del todo cómoda en su casa, aún no se sentía cómoda en el trabajo, y tampoco tenía la confianza de que las cosas funcionaran con Kevin.

En cuanto a Travis..., definitivamente la incomodaba. Bueno, al menos cuando iba sin camiseta. Lo miró disimuladamente de soslayo. Estaba sentado en la arena cerca de la orilla, construyendo castillos de arena con los tres niños. Cuando éstos empezaron a dar muestras de falta de interés en la actividad, él se puso de pie y empezó a perseguirlos hasta la orilla, al tiempo que el eco de sus grititos y sus risitas de regocijo llenaban el aire. Travis parecía estar divirtiéndose tanto como ellos, y Gabby tuvo que contenerse para no sonreír por la escena. No quería hacerlo, ya que temía que él la viera y se llevara una idea equivocada.

El aroma finalmente empujó a Gabby a sentarse. Tenía la impresión de que se hallaba de vacaciones en alguna isla exótica, en vez de a tan sólo escasos minutos de Beaufort. Las olas llegaban a la orilla suavemente con una cadencia pausada, y las pocas casas emplazadas en la playa detrás de ellos tenían el aspecto de estar totalmente fuera de lugar, como caídas del cielo. Por encima del hombro, Gabby divisó un sendero que nacía en la playa y se abría paso entre las dunas en dirección al pintoresco faro, pintado con rayas blancas y negras, que tantas tempestades debía de haber soportado.

Sorprendentemente, no había nadie más en la cala, lo que contribuía a conferir a aquel espacio un aire más especial. A un lado vio a Laird frente a la barbacoa portátil, con unas tenazas en la mano. Megan estaba preparando una fila de bolsas de patatas fritas y panecillos para hamburguesas y abriendo varios recipientes Tupperware sobre una pequeña mesa plegable, mientras que Liz estaba repartiendo los condimentos junto con los platos de papel y los utensilios de plástico. Joe y Matt, detrás de ellas, se pasaban una pelota de fútbol. Gabby no podía recordar un fin de semana en su infancia en que un grupo de familias se reuniera para disfrutar de la mutua compañía en un lugar tan precioso simplemente porque era... sábado. Se preguntó si la gente solía hacer esa clase de actividades, o si en realidad estaba más relacionado con la forma de entender la vida en una pequeña localidad, o si sólo era una costumbre que ese grupo de amigos había establecido hacía tiempo. Fuera lo que fuese, tenía la impresión de que no le costaría nada acostumbrarse.

—¡La comida está lista! —anunció Laird, alzando la voz.

Gabby se puso la camiseta y avanzó lentamente hacia la mesa, sorprendida al ver que tenía tanta hambre, hasta que recordó que no había tenido tiempo para desayunar. Por encima del hombro, vio a Travis, que intentaba convencer a los pequeños, que se escabullían como un rebaño alrededor del perro ovejero, para que fueran a comer. Al final, los tres emprendieron la carrera hacia la barbacoa, donde los esperaba Megan.

—Poneos en fila sobre la manta —les ordenó, y los pequeñines, obviamente bien educados, hicieron lo que les mandaba.

—Megan tiene poderes mágicos con los niños —comentó Travis por encima del hombro de Gabby. Respiraba con dificultad, jadeando, y tenía las manos apoyadas en las caderas—. Ya me gustaría que me hicieran tanto caso a mí. Pero yo tengo que recurrir a perseguirlos hasta que acabo sin aliento.

—Pues parecía que te lo estabas pasando muy bien con ellos.

—Me encanta jugar con los niños, pero no cuando tengo que reunir la manada. —Se inclinó hacia ella con un aire conspirador—. Entre tú y yo, ¿sabes lo que he aprendido de los padres? Que cuanto más juegas con sus hijos, más te quieren. Cuando ven a alguien que adora a sus hijos (de un modo genuino, o sea, que se nota que realmente disfrutas con ellos), te conviertes en el gatito aliado de la familia.

—¿El gatito aliado?

—Soy veterinario. Me gusta inventarme expresiones con animales.

Gabby no pudo contener la sonrisa.

—Probablemente tengas razón con eso de jugar con los niños. Mi pariente favorito era una tía que se encaramaba a los árboles conmigo y con mis hermanas mientras el resto de los adultos se quedaban sentados charlando en la salita.

—Y en cambio… —dijo, señalando hacia Stephanie—. Has preferido quedarte tumbada en la toalla con mi hermana, en vez de aprovechar la oportunidad de demostrarles a estas personas lo irresistibles que encuentras a sus hijos.

—Yo...

—Es broma. —Le guiñó el ojo—. Lo cierto es que me apetecía pasar un rato con ellos. Y sé que dentro de poco empezarán a ponerse pesados. Entonces es cuando caigo rendido en una de las sillas de la playa, me seco el sudor de la frente y dejo que sus padres se ocupen de ellos.

—En otras palabras, cuando la cosa se pone difícil, tú abandonas, ¿eh?

—Creo que..., cuando llegue ese momento, simplemente aceptaré que me eches una mano con ellos.

—¡Vaya! ¡Qué considerado!

—Es un placer. Cambiando de tema, ¿tienes hambre?

—Me muero de hambre.

Cuando llegaron a la mesa con la comida, los niños ya se hallaban sentados en la manta, cada uno de ellos con un perrito caliente, un poco de ensalada de patata y, de postre, macedonia. Liz, Megan y Allison se habían sentado cerca de ellos para controlarlos, aunque lo bastante alejadas como para poder mantener una conversación tranquila. Gabby se fijó en que las tres acompañaban el pollo que se estaban comiendo con diversos entrantes. Joe, Matt y Laird habían tomado asiento sobre las neveras y tenían los platos apoyados sobre las rodillas y las botellas de cerveza en la arena.

—¿Hamburguesa o pollo? —preguntó Gabby.

—Me gusta el pollo. Pero he oído que las hamburguesas están deliciosas. Lo que pasa es que nunca he conseguido acostumbrarme a la carne roja.

—Creía que a todos los hombres os gustaban las hamburguesas.

—Entonces supongo que no debo de ser un hombre. —Irguió la espalda—. Lo cual he de admitir que sorprenderá y a la vez decepcionará a mis padres. Lo digo porque puesto que me pusieron un nombre masculino...

Ella se echó a reír.

—Es evidente que han dejado el último trozo de pollo para ti. —Gabby señaló hacia la barbacoa.

—Eso es sólo porque hemos llegado antes que Stephanie. Si no, ella lo habría cogido. Aunque tuviera muchas ganas de comerse una hamburguesa, lo habría hecho con tal de fastidiarme, para darse el gustazo de saber que yo me quedaría sin comer nada.

—Ya sabía que había un motivo por el que me gustaba tu hermana.

Cogieron un par de platos mientras echaban un vistazo a la apetitosa variedad de entrantes sobre la mesa —judías, carne guisada, patatas hervidas, pepino y macedonia—, todos ellos con un aroma delicioso. Gabby cogió un panecillo, le añadió un poco de kétchup, mostaza y pepinillos, y apartó el plato. Travis se sirvió el trozo de pollo, luego cogió una hamburguesa de uno de los extremos de la barbacoa y la puso en el panecillo de Gabby.

Travis se sirvió también un poco de macedonia en el plato; Gabby añadió un poco de casi todo. Cuando hubo acabado, ella comparó ambos platos con una expresión de culpabilidad, que afortunadamente Travis no pareció ver.

—¿Te apetece una cerveza? —le preguntó él.

—Sí, gracias.

Él buscó en la nevera y sacó una Coors Light, luego sacó una botella de agua para él.

—He de conducir la barca —explicó. Alzó el plato en dirección a las dunas—. ¿Te parece bien que nos sentemos ahí?

—¿No quieres comer con tus amigos?

—Ah, estarán bien. —Sonrió.

—Entonces, adelante.

Se abrieron paso hasta la duna más baja, un espacio que quedaba a la sombra gracias a un árbol raquítico a causa del efecto nocivo de la sal del mar, cuyas ramas apuntaban sin excepción hacia la misma dirección, completamente encorvado por llevar tantos años soportando la brisa marina. Gabby notó cómo se le hundían los pies en la arena. Travis se sentó cerca de la duna, cruzando las piernas como un indio con una pasmosa facilidad. Gabby se sentó a su lado con unos movimientos menos ágiles, asegurándose de dejar suficiente distancia entre ellos como para que no se tocaran de forma accidental. Incluso en la sombra, la arena y el agua que se extendían ante sus ojos eran tan luminosos que tuvo que entornar los ojos.

Travis empezó a cortar el pollo en su plato. Los utensilios de plástico se doblaban por la presión.

—Siempre que vengo aquí me acuerdo de los años en el instituto —comentó él—. Sería imposible enumerar cuántos fines de semana pasamos aquí. —Se encogió de hombros—. Con otras chicas y sin niños, por supuesto.

—Supongo que os lo debíais pasar muy bien.

—Así es. Recuerdo una noche en que Joe, Matt, Laird y yo vinimos con unas chicas con las que intentábamos ligar. Estábamos sentados alrededor de una hoguera, bebiendo cerveza, contando chistes y riendo sin parar… Y recuerdo que en esos momentos tenía la impresión de que la vida no me podía tratar mejor.

—Suena como un anuncio de cerveza en la tele. Y eso dejando de lado el hecho de que erais menores de edad y que lo que hacíais era ilegal.

—¿Tú nunca hiciste nada parecido?

—No, la verdad es que no.

—¿De veras? ¿Nunca?

—¿Por qué me miras con esa cara?

—No lo sé. Supongo que… no te veo como alguien que haya crecido siempre… fiel…, sin faltar a las reglas. —Cuando Travis detectó su expresión contrariada, intentó echarse atrás—. No me malinterpretes. No lo decía en un sentido negativo. Sólo quería decir que me pareces una persona independiente, alguien que siempre está listo para nuevas aventuras.

—No sabes nada de mí.

Tan pronto como lo hubo dicho, Gabby recordó que le había soltado lo mismo a Stephanie. Se preparó para lo que pudiera venir.

Travis movió distraídamente la fruta por el plato con el tenedor.

—Sé que te has marchado a vivir lejos de tu pueblo, que te has comprado tu propia casa, que te espabilas sola, sin ayuda de nadie. Para mí, eso significa ser independiente. Y en cuanto a tu afán aventurero, estás aquí con un puñado de desconocidos, ¿no? Te has montado en el paracaídas e incluso has superado el miedo a los tiburones para zambullirte en el agua un par de veces. Se trataba de nuevos retos para ti. Creo que es admirable.

Gabby se sonrojó, pensando que le gustaba más la descripción de Travis que la de Stephanie.

—Es posible —admitió—. Pero no es como viajar por el mundo sin ningún itinerario marcado.

—No te dejes engañar por las apariencias. ¿Crees que no estaba nervioso cuando me marché? Estaba aterrado. Quiero decir, una cosa es decirle a tus amigos lo que piensas hacer, y otra cosa completamente distinta es subirte en el avión y aterrizar en un país donde casi nadie habla inglés. ¿Has viajado un poco fuera de Estados Unidos?

—No mucho. Aparte de unas cortas vacaciones en las Bahamas, jamás he salido del país. Y allí, si no sales del complejo hotelero, que está lleno de estudiantes norteamericanos, te sientes como si estuvieras en Florida. —Hizo una pausa—. ¿Cuál será el destino de tu próximo viaje? ¿De tu próxima gran aventura?

—Esta vez no será un lugar en la otra punta del planeta. Estoy planeando ir de acampada al Parque Nacional de Grand Teton, al oeste del estado de Wyoming, para hacer senderismo, ir en canoa y cosas por el estilo. He oído que es un sitio espectacular, y nunca he estado allí.

—¿Irás solo?

—No, con mi padre. La verdad es que estoy contando los días que faltan.

Gabby torció el gesto.

—¡Uf! ¡No puedo imaginar irme de viaje con mi padre o con mi madre!

—¿Por qué no?

—¿Con mis padres? Tendrías que conocerlos para comprenderlo.

Él esperó. En el silencio, ella apartó el plato a un lado y se frotó las manos.

—Vale, de acuerdo —cedió, resoplando—. Para empezar, mi madre es de esa clase de personas que cree que estar en un hotel de menos de cinco estrellas no merece la pena. ¿Y mi padre? Supongo que sí que podría imaginármelo haciendo algo más aventurero, salvo por el hecho de que él nunca ha mostrado interés en nada más que no sea la pesca. Además, él no accedería a ir a ningún sitio sin mi madre y, puesto que ella coloca el listón tan alto, eso significa que el único rato que pasamos juntos en el exterior es cuando cenamos en la terraza de algún restaurante. Eso sí, con una carta de vinos carísimos y todos los camareros vestidos de blanco y negro.

—Parece que se quieren mucho.

—¿Has llegado a esa conclusión por lo que te acabo de contar?

—Por eso, y porque a tu madre no le fascina la idea de pasar mucho rato fuera de casa. —Travis soltó una carcajada—. Deben de estar muy orgullosos de ti —añadió.

—¿Qué te hace pensar eso?

—¿Por qué no iban a estarlo?

Gabby se preguntó lo mismo, aunque con escepticismo.

—Digamos que estoy prácticamente segura de que mi madre prefiere a mis hermanas. Y, para que lo sepas, mis hermanas no se parecen en absoluto a Stephanie.

—¿Te refieres a que siempre dicen cosas apropiadas?

—No, me refiero a que son una copia exacta de mi madre.

—¿Y eso significa que ella no puede sentirse orgullosa de ti?

Gabby propinó un mordisco a la hamburguesa, tomándose su tiempo antes de contestar.

—Es complicado —objetó.

—¿Cómo es posible? —insistió él.

—Por un sencillo motivo: soy pelirroja. Mis hermanas son todas rubias, como mamá.

—¿Y?

—Y porque tengo veintiséis años y sigo soltera.

—¿Y?

—Porque quiero dedicarme a mi trabajo.

—¿Y?

—Nada de eso encaja en la imagen de la hija que mi madre desea. Ella tiene unas ideas inamovibles respecto a la función que han de desempeñar las mujeres, especialmente las que provienen de familias adineradas del sur.

—Tengo la impresión de que no te llevas demasiado bien con tu madre.

—¡No me digas!

Justo por encima del hombro de Travis, Gabby vio a Allison y a Laird, que se alejaban caminando por el sendero hacia el faro, cogidos de la mano.

—Quizás está celosa —argumentó él—. Mírate, una chica

independiente, que vive la vida como quiere y que tiene sus propios objetivos y sueños, unos sueños que no coinciden con el mundo en el que has crecido, el mundo en el que ella esperaba que vivieras, simplemente porque eso es precisamente lo que ella hizo. Se necesita coraje para hacer algo diferente, y quizá lo que tú interpretas como decepción por su parte es, en realidad, en un grado mucho más profundo, una decepción hacia sí misma.

Travis se llevó un trozo de pollo a la boca y esperó a ver su reacción. Gabby se había quedado atónita. Le acababan de exponer una interpretación que jamás había tenido en consideración.

—No puede ser —concluyó finalmente.

—A lo mejor no. ¿Se lo has preguntado alguna vez?

—¿Si se siente decepcionada consigo misma? No, por supuesto que no. Y no me digas que tú te atreverías a plantearle a tus padres esa cuestión, porque…

—No lo haría —terció él, sacudiendo la cabeza—. Ni loco. Pero, sin embargo, tengo la impresión de que tus padres están probablemente muy orgullosos de ti, a pesar de que no sepan cómo demostrártelo.

Su comentario fue inesperado e increíblemente afectivo. Gabby se inclinó un poco hacia él y dijo:

—No sé si tienes razón, pero gracias de todos modos. Y tampoco quiero que te lleves una mala impresión. Quiero decir que hablamos por teléfono cada semana y nos comportamos de forma civilizada. Sólo es que a veces me gustaría que las cosas fueran diferentes. Me gustaría poder disfrutar de una relación más afectuosa, que realmente disfrutáramos cuando estamos juntos.

Travis no dijo nada a modo de respuesta, y Gabby se sintió aliviada de que él no intentara ofrecerle una solución ni ningún consejo. Cuando le había comentado sus sentimientos respecto a su familia a Kevin, él había reaccionado elaborando un minucioso plan para cambiar la situación. Gabby se encogió de piernas y se abrazó las rodillas.

—Dime, ¿qué es lo que más te gusta de ser veterinario?

—Los animales. Y la gente también. Pero eso es probablemente lo que esperabas que contestara, ¿no?

Ella pensó en Eva Bronson.

—Puedo comprender que te gusten los animales...

Travis alzó ambas manos a la defensiva.

—No me malinterpretes. Estoy seguro de que mucha gente con la que trato es muy parecida a la gente con la que tú tienes que tratar.

—¿Quieres decir quisquillosa? ¿Neurótica? ¿Con tendencias hipocondriacas? En otras palabras: ¿desquiciada?

—Por supuesto. La gente es así, y hay mucha gente que considera que sus animales domésticos forman parte de la familia, lo cual, por supuesto, significa que si tienen la más mínima sospecha de que les pasa algo malo a su perrito o a su gatito, exigen un examen completo, y eso significa que nos los traen por lo menos una vez por semana, a veces incluso más. Normalmente no es nada, pero mi padre y yo tenemos una táctica para tratar a esa clase de personas.

—¿Qué hacéis?

—Ponemos una pegatina amarilla en la solapa interior del historial del animal. Así que si Doña Preocupada viene con *Pokie* o con *Whiskers*, vemos la pegatina, realizamos un examen superficial, y le decimos que no hemos detectado ninguna irregularidad, pero que nos gustaría volver a examinar al perro o al gato al cabo de una semana, para quedarnos más tranquilos. Puesto que de todos modos Doña Preocupada ya iba a traer al animal, con ello conseguimos que vengan y se vayan más rápidamente. Y todo el mundo está feliz. Nosotros somos los veterinarios atentos, y los dueños están seguros de que sus animalitos están bien, pero que en realidad tenían motivos para preocuparse, puesto que les hemos dicho que queríamos volver a examinar a su perrito o a su gatito.

—Me pregunto cómo reaccionarían los médicos en la consulta pediátrica si yo empezara a colocar adhesivos amarillos en algunos historiales médicos.

—¿Tan terrible es?

—A veces. Cada vez que sale un número del *Reader's Digest* o alguna noticia preocupante acerca de que han identificado una nueva enfermedad con unos síntomas específicos, la sala de espera se llena hasta los topes con niños que, por supuesto, tienen exactamente los mismos síntomas.

—Probablemente yo también haría lo mismo con mi hijo.

Gabby sacudió la cabeza.

—Lo dudo. Me pareces más la clase de chico sosegado y apalancado. Y como padre, no creo que seas muy diferente.

—Quizá tengas razón —admitió él.

—Por supuesto que tengo razón.

—¿Porque me conoces?

—¡Oye! ¡Habéis sido tú y tu hermana los que habéis empezado con ese rollo!

Durante la siguiente media hora, continuaron allí sentados, juntos, charlando de un modo cómodo y relajado. Ella le habló más de su madre y de su padre, de sus personalidades opuestas; también le contó algunos detalles acerca de sus hermanas y de la fuerte presión que había sentido toda su vida para intentar encajar en la vida que le marcaba su madre. Lo ilustró con anécdotas del instituto y de la universidad, y compartió algunos de sus recuerdos de los atardeceres que había pasado en Beaufort antes de mudarse a vivir al pueblo. Mencionó a Kevin sólo de pasada, lo cual la sorprendió considerablemente, hasta el punto de que se dio cuenta de que, a pesar de que él constituía una parte esencial en su vida en esos momentos, no siempre había sido así. En cierto modo, el hecho de hablar con Travis le recordó que la mujer que iba a ser se había ido forjando mucho antes de conocer a Kevin.

La conversación fue adoptando un aire más familiar y, sin poder remediarlo, Gabby empezó a confesar la frustración que a veces sentía en el trabajo, sin poder evitar que las palabras fluyeran con una naturalidad inesperada. A pesar de que no mencionó al doctor Melton, le refirió los casos de algunos padres que había conocido en la consulta. No dijo nombres, pero de vez en cuando Travis sonreía de un modo que sugería que sabía perfectamente a quién se refería.

Por entonces, Megan y Liz habían recogido prácticamente toda la comida que había sobrado y la habían guardado en las neveras. Laird y Allison se habían ido a pasear un rato. Matt, por otro lado, tenía la mitad del cuerpo enterrado en la arena gracias a los niños, que carecían de la coordinación precisa para evitar echarle con las palas tierra en los ojos, la nariz, la boca y las orejas.

Justo en ese momento, un disco volador aterrizó cerca de los pies de Gabby, y ella vio que Joe se les acercaba.

—Creo que ya va siendo hora de que rescatemos a Matt —gritó él, al tiempo que señalaba hacia el disco volador—. ¿Te animas a jugar un partido?

—¿Me estás diciendo que buscas un compañero que te ayude a entretener a esas fierecillas?

Joe rio abiertamente.

—Me parece que no nos queda alternativa.

Travis miró a Gabby.

—¿Te importa?

—No, por supuesto que no.

—He de advertirte que... no será un partido digno de ver. —Se puso de pie y gritó hacia los niños—: ¡Eh, chicos! ¿Estáis listos para ver al campeón mundial de disco volador en acción?

—¡Sííííí! —gritaron todos a la vez.

Soltaron las palas y salieron disparados en dirección al agua.

—El deber me llama —dijo Travis—. Mi público me espera.

Mientras corría tranquilamente hacia la orilla y luego se zambullía en el agua, Gabby no pudo evitar seguir con la vista todos sus movimientos y notar un sentimiento extraño, una suerte de sensación de afecto hacia él.

Pasar el rato con Travis no era tal y como lo había imaginado. No existía ninguna pretensión, ni ningún intento de impresionarla, y él parecía tener un sentimiento intuitivo de cuándo debía permanecer en silencio o cuándo debía responder. Cayó en la cuenta de que lo que la había llevado a aceptar la relación con Kevin, en primer lugar, había sido la agradable sensación de que entre ellos existía un vínculo. No se trataba sólo de la atracción física que sentía las noches que pasaban juntos; más que eso, ella anhelaba la sensación de comodidad que experimentaba en los momentos tranquilos que pasaban hablando, o cuando él le cogía cariñosamente la mano mientras atravesaban el aparcamiento de camino al restaurante al que iban a cenar. En aquellos momentos le resultaba fácil pensar que Kevin era la persona con la que quería pasar el resto de su vida; pero, lamentablemente, esos momentos cada vez eran menos frecuentes.

Gabby reflexionó sobre aquella cuestión mientras observaba que Travis se posicionaba para coger el disco volador. Cuando tuvo el disco cerca, irguió la espalda teatralmente y permitió que éste impactara en su pecho, luego se tiró hacia atrás y se dejó caer estrepitosamente en el agua, chapoteando cómicamente. Los niños chillaron con regocijo, como si fuera lo más divertido que habían visto en sus vidas. Cuando gritaron: «¡Hazlo otra vez, tío Travis!», él se puso de pie de un salto con el mismo estilo exagerado. Realizó tres enormes pasos a cámara lenta y envió el disco volador a Joe. Con cara cómica, asumió la postura exagerada de un jugador de béisbol, preparándose para coger al vuelo el disco volador dentro del agua. Con un guiño hacia los niños, les prometió: «¡La próxima vez, ya veréis cómo no me mojo! ¡Ah, no!», y remató su comentario con una caída exagerada y un cómico chapoteo mientras intentaba coger el disco volador sin éxito, una actuación que consiguió arrancar más gritos de alegría de su público infantil. Travis parecía estar disfrutando de verdad, lo cual sólo sirvió para incrementar el sentimiento de afecto que Gabby empezaba a sentir por él. Todavía estaba intentando dilucidar lo que sentía por Travis cuando él finalmente emergió del océano y se dirigió hacia ella, sacudiéndose el agua del pelo. Un momento más tarde, se derrumbó sobre la arena a su lado, y cuando se tocaron accidentalmente, Gabby tuvo una fugaz visión de los dos sentados juntos, igual que en aquel momento, durante un centenar de fines de semana en el futuro.

11

El resto de la tarde discurrió como una repetición de las jugadas que habían tenido lugar durante la mañana, pero al revés. Pasaron otra hora en la playa antes de volver a cargar la barca; en el camino de vuelta, cada pareja se lo hizo una vez más en el paracaídas, aunque esta vez Gabby montó con Stephanie. Al final de la tarde, la barca surcaba las aguas a través de la ensenada, y Travis se detuvo a comprar langostinos a un pescador al que, por lo visto, conocía muy bien. Cuando finalmente amarraron la barca en el embarcadero, los tres pequeños se habían quedado dormidos. Los adultos estaban exhaustos y satisfechos, con las caras tostadas por las horas de exposición al sol.

Después de descargar la barca, las parejas se fueron marchando una a una, hasta que únicamente quedaron Gabby, Stephanie y Travis. Él se quedó en el embarcadero con *Moby;* ya había extendido el paracaídas en el suelo para que se secara y estaba enfrascado en limpiar la barca con una manguera.

Stephanie estiró los brazos por encima de la cabeza.

—Supongo que será mejor que yo también me ponga en camino. He quedado con mis padres para cenar. No se lo toman nada bien si se enteran de que estoy por aquí y no paso suficiente tiempo con ellos. Ya sabes cómo son los padres. Antes iré a despedirme de Travis.

Gabby asintió, observando con porte aletargado a Stephanie mientras ésta se inclinaba por encima de la barandilla del embarcadero.

—¡Me marcho, Trav! —gritó—. ¡Gracias por un día tan especial!

—¡Me alegro de que hayas venido! —gritó él a modo de respuesta, ondeando la mano.

—¡Quizá sería una buena idea que encendieras la barbacoa! ¡Gabby me acaba de decir que se muere de hambre!

El estado aletargado de Gabby se desvaneció al instante, pero, antes de que pudiera decir nada, vio que Travis alzaba el dedo pulgar en señal de aprobación.

—¡Lo haré dentro de un minuto! —gritó—. Antes tengo que acabar de limpiar todo esto, pero ya estoy acabando.

Stephanie se paseó lenta y tranquilamente por delante de Gabby, satisfecha por completo con sus habilidades para establecer contactos sociales.

—¿Por qué has dicho eso? —le susurró Gabby.

—Porque yo tengo que ir a ver a mis padres y no quiero que mi pobre hermanito tenga que pasar el resto del atardecer solo. Le encanta estar rodeado de gente.

—¿Y qué pasa si yo tengo ganas de irme a casa?

—Entonces sólo has de decirle que has cambiado de opinión, cuando venga. No le importará. Lo único que he hecho es concederte un par de minutos para que consideres el plan, porque te aseguro que, de todos modos, él te lo habría propuesto, y entonces (si le hubieras dicho que no), habría vuelto a insistir una segunda vez. —Se colocó bien el bolso en el hombro—. Oye, ha sido un placer conocerte, de veras. ¿Vas a menudo por Raleigh?

—A veces —contestó Gabby, todavía desconcertada por lo que acababa de pasar e insegura de si se sentía contenta o enojada con Stephanie.

—Perfecto. Podríamos quedar un día para comer. Si quieres, podemos quedar mañana…, pero, de verdad, ahora tengo que irme. —Se quitó las gafas de sol y se las limpió con la camiseta—. ¿Nos vemos mañana?

—De acuerdo —convino Gabby.

Stephanie se dirigió hacia la puerta de cristal, la abrió completamente y luego desapareció dentro de la casa, para atravesarla de camino hacia la puerta principal. En aquel momento, Travis ya subía con paso decidido desde el embarcadero, con

Moby trotando alegremente a su lado. Por primera vez aquel día, se había puesto una camisa de manga corta, aunque no se la había abrochado.

—Dame un segundo para encender el carbón. ¿Te apetecen unos pinchos de langostinos?

Ella se debatió sólo un instante antes de darse cuenta de que, o bien aceptaba la invitación, o bien se iba a casa y metía algo en el microondas antes de apalancarse en el sofá frente a la tele para ver algún programa horroroso, y entonces se acordó de la agradable sensación que la había invadido al ver a Travis jugando en la orilla con los niños.

—¿Me das unos minutos para que me cambie?

Mientras Travis encendía el carbón, Gabby fue a echar un vistazo a *Molly* y la encontró durmiendo profundamente junto a los cachorros.

Se duchó rápidamente antes de cambiarse y ponerse una fina falda de algodón y una blusa a juego. Después de secarse el pelo, se debatió entre ponerse un poco de maquillaje o no, y al final decidió aplicarse únicamente un ligero toque de máscara en las pestañas. El sol le había proporcionado un poco de color en la cara, y cuando se separó un par de pasos del espejo, pensó que hacía muchos años que no salía a cenar con un hombre que no fuera Kevin.

Podía simplemente alegar que se trataba de la prolongación del día que habían pasado juntos, o que Stephanie los había enredado para que cenaran juntos, pero sabía que ninguna de las dos excusas era completamente válida.

Sin embargo, ¿su decisión de cenar con Travis era algo por lo que debería sentirse culpable, incluso hasta el punto de ocultárselo a Kevin? Su primer impulso fue insistir en que no existía ninguna razón para «no» contárselo a su novio. El día había sido totalmente inofensivo —técnicamente, había pasado más tiempo con Stephanie que con Travis—. Por lo que, ¿dónde estaba el problema?

«¡Que cenaréis los dos solos, boba!», le susurró una vocecita en su interior.

Pero ¿suponía eso realmente un problema? Stephanie tenía

razón: volvía a estar hambrienta y su vecino tenía comida. Necesidad humana número 101. ¡Ni que fuera a acostarse con él! Ni tan sólo tenía intención de besarlo. Eran amigos y nada más. Y si Kevin hubiera estado allí, estaba segura de que Travis también lo habría invitado a cenar.

«Pero Kevin no está aquí —insistió la vocecita—. ¿Piensas contarle que has cenado a solas con Travis?»

—¡Pues claro! ¡Claro que se lo contaré! —murmuró, intentando acallar la vocecita interior. Cómo detestaba aquella voz que le recordaba tanto a la de su madre.

Una vez decidido, se miró una última vez al espejo y, complacida con el resultado, atravesó la puerta de cristal y empezó a cruzar el césped.

Mientras Gabby se abría paso entre los setos y aparecía por un extremo del jardín, Travis percibió el movimiento de reojo y no pudo evitar girarse y quedársela mirando descaradamente mientras ella se acercaba. Cuando se encaramó a la tarima de madera, él notó un extraño cambio en el ambiente, que lo pilló por sorpresa.

—¡Hola! —lo saludó—. ¿Falta mucho para la cena?

—Un par de minutos —contestó él—. Has llegado justo a tiempo.

Gabby miró con avidez las brochetas con los langostinos, los pimientos de un intenso color rojo y las cebollas. Como reacción ante la suculenta visión, su estómago rugió.

—¡Vaya! —exclamó, esperando que él no hubiera oído el rugido—. ¡Qué buena pinta tienen!

—¿Qué quieres para beber? —Señaló hacia un rincón—. Me parece que todavía queda alguna cerveza y alguna limonada en la nevera portátil.

Mientras ella cruzaba la tarima, Travis intentó ignorar el suave balanceo de sus caderas, preguntándose qué mosca le había picado. Miró cómo ella abría la tapa de la nevera, hurgaba en su interior y sacaba dos cervezas. Cuando regresó y le ofreció una, dejó que los dedos de Gabby rozaran los suyos. Abrió la tapa y tomó un largo trago, sin apartar la vista de ella por encima de la línea de la botella. En el silencio, Gabby desvió la mirada hacia el agua. El sol, colgado sobre la copa de un árbol, todavía brillaba, pero su calor había disminuido y las sombras empezaban a extenderse gradualmente por el césped.

—Por eso compré esta casa —dijo finalmente ella—. Por esta vista maravillosa.

—Preciosa, ¿verdad? —Travis se dio cuenta de que la estaba mirando fijamente mientras lo decía, e intentó apartar de la mente las implicaciones subconscientes. Carraspeó antes de volver a hablar—: ¿Cómo está *Molly*?

—Oh, muy bien. Está dormida. —Echó un vistazo a su alrededor—. ¿Y *Moby*?

—Creo que se ha ido al otro porche. Ha empezado a aburrirse al ver que no pensaba darle las sobras de lo que estoy cocinando.

—¿Le gustan los langostinos?

—Come de todo.

—Pensaba que sería más selectivo —soltó mientras le guiñaba un ojo—. ¿Hay algo que pueda hacer para ayudarte?

—No. A menos que no te importe sacar unos platos de la cocina.

—No es ninguna molestia —aseveró—. ¿Dónde están?

—En el armario a la izquierda del fregadero. Ah, y la piña, también. Está sobre la encimera. Y el cuchillo. Debería de estar por ahí encima, a la vista.

—Ahora mismo vuelvo.

—¿Y te importaría traer cubiertos, también? Están en el cajón al lado del lavaplatos.

Tan pronto como ella entró en la casa, Travis se puso a estudiarla. Definitivamente, había algo en Gabby que lo atraía. No se trataba simplemente de que fuera atractiva; por todos lados podía encontrar a mujeres hermosas. Había algo en su evidente inteligencia y en su espontáneo sentido del humor que le sugería un profundo sentido del bien y del mal. Belleza y pragmatismo era una extraña combinación; sin embargo, dudaba que ella fuera consciente de poseer tales virtudes.

Cuando Gabby volvió a aparecer por la puerta, las brochetas estaban listas. Travis colocó un par en cada plato junto con unas rodajas de piña, y los dos se acomodaron delante de la mesa. A lo lejos, la superficie del río, totalmente lisa, reflejaba el cielo como un espejo, una quietud que únicamente se vio interrumpida por una bandada de estorninos que pasó volando por encima de sus cabezas.

—Está delicioso —dijo ella.

—Gracias.

Gabby tomó un sorbo de su cerveza y señaló hacia la barca.

—¿Piensas volver a salir mañana?

—No lo creo. Mañana probablemente saldré en moto.

—¿También tienes moto?

—Sí. Cuando estaba en el instituto me compré una Honda Shadow modelo 1983 hecha polvo, con la intención de arreglarla y revenderla para sacar un provecho. Pero digamos que restaurarla no fue tan fácil, y dudo que alguna vez consiga sacar algo de beneficio si la vendo. Aunque puedo decir que la monté entera yo solito.

—Debe de ser gratificante.

—«Inútil» es probablemente la palabra más apropiada. No es muy práctica, ya que suele averiarse a menudo, y casi es imposible encontrar repuestos originales. Pero, ¿acaso no es ése el precio de poseer una pieza clásica?

La cerveza le estaba sentando de maravilla, y Gabby tomó otro sorbo.

—No tengo ni idea. Ni siquiera cambio el aceite de mi propio coche.

—¿Has montado alguna vez en moto?

—¡Huy, no! Demasiado peligroso.

—El peligro depende más del conductor y de las condiciones de la carretera que de la moto.

—Pero la tuya se avería con facilidad.

—Es cierto. Pero me encanta vivir a tope.

—Ya me había percatado de que ésa es una de tus principales características.

—¿Y te parece buena o mala?

—Ni buena ni malo. Pero es definitivamente impredecible. Y me cuesta asociar esa forma de ser con el hecho de que seas veterinario. Me parece una profesión muy estable. Cuando pienso en un veterinario, automáticamente me imagino a un hombre hogareño, junto a una esposa totalmente dedicada a las labores del hogar y que lleva a sus hijos al ortodoncista.

—En otras palabras, aburrido. Como si lo más divertido que pudiera hacer fuera jugar al golf.

Gabby pensó en Kevin.

—Hay cosas peores.

—Sólo para que lo sepas, soy un hombre hogareño. —Travis se encogió de hombros—. Salvo que aún no he formado mi propia familia.

—Pues yo diría que ese requisito es fundamental, ¿no te parece?

—Creo que ser un hombre hogareño tiene más que ver con la forma de ver el mundo que con el hecho de tener una familia propia.

—Buena respuesta. —Gabby achicó los ojos para estudiarlo con más detenimiento. Empezaba a notar los efectos de la cerveza—. No puedo imaginarte casado. No sé, no encaja contigo. Pareces más la clase de hombre al que le gusta salir por ahí con muchas mujeres, un soltero empedernido.

—No eres la primera persona que me lo dice. De hecho, no sé por qué me da la impresión de que hoy has pasado demasiado rato escuchando a mis amigos.

—Todos hablaban muy bien de ti.

—Por eso dejo que se monten en la barca.

—¿Y Stephanie?

—Ella es un enigma. Pero es mi hermana, así que... ¿qué puedo hacer? Tal y como te he dicho, soy un hombre al que le gusta la vida familiar.

—¿Por qué tengo la sensación de que estás intentando impresionarme?

—Quizá sí. Háblame de tu novio. ¿Él es también un hombre hogareño?

—Eso no te importa —espetó ella.

—Vale, cambiemos de tema. Al menos, de momento. Háblame de tu infancia en Savannah.

—Ya te he contado anécdotas sobre mi familia. ¿Qué más puedo decir?

—Lo que quieras.

Ella titubeó.

—Recuerdo un verano que hacía mucho calor. Muchísimo calor. Y también mucha humedad.

—¿Siempre eres tan poco explícita, cuando hablas?

—Creo que un poco de misterio ayuda a mantener el interés.

—¿Tu novio opina igual?

—Mi novio sabe cómo soy.

—¿Es alto?

—¿Y eso qué importancia tiene?

—Ninguna. Sólo estaba intentando buscar un tema de conversación.

—Entonces, ¿qué tal si hablamos de otra cosa?

—Vale. ¿Has hecho surf alguna vez?

—No.

—¿Y submarinismo?

—No.

—Qué pena.

—¿Por qué? ¿Porque no sé lo que me pierdo?

—No —contestó él—. Porque ahora que mis amigos están casados y tienen hijos, necesito encontrar a alguien que esté disponible para hacer esa clase de actividades a menudo.

—Por lo que he visto, me parece que sabes entretenerte muy bien tú solito. Tan pronto como sales del trabajo, te pones a practicar esquí náutico o *wakeboard*.

—Pero en la vida hay más cosas que eso. Como el paravelismo.

Ambos se rieron, y ella pensó que le gustaba su forma de reír.

—Tengo una pregunta acerca de lo que estudiáis en la universidad para ser veterinarios —anunció de repente, sin venir a cuento, aunque ya no le importaba la dirección de su conversación. Se sentía a gusto y relajada, disfrutando de la compañía de Travis. La hacía sentirse cómoda—. Ya sé que te parecerá extraño, pero siempre me he preguntado si tenéis que estudiar mucha anatomía. Como, por ejemplo, ¿cuántos animales diferentes hay?

—Estudiamos sólo los más comunes: vacas, caballos, cerdos, perros, gatos y pollos.

—¿Y tenéis que saberlo casi todo de cada especie?

—En lo referente a anatomía, sí.

Ella consideró la respuesta.

—¡Vaya! Pensé que ya resultaba bastante difícil conocer sólo la anatomía humana.

—Sí, pero recuerda: la mayoría de la gente no me denunciará si se le muere un pollo. Tú tienes mucha más responsabilidad, especialmente porque tratas con niños. —Hizo una pausa—. Y tengo la impresión de que debes de hacer muy bien tu trabajo.

—¿Por qué lo dices?

—Por el aura de simpatía y paciencia que te rodea.

—¡Ya! Me parece que te ha dado demasiado el sol hoy.

—Probablemente —dijo. Señaló hacia la botella de Gabby mientras se levantaba de la silla—. ¿Te apetece otra?

Gabby ni tan sólo se había dado cuenta de que se había acabado la cerveza.

—Será mejor que no.

—No se lo contaré a nadie.

—No, no es por eso. No quiero que te lleves una impresión equivocada de mí.

—Dudo que eso sea posible.

—No creo que a mi novio le parezca bien.

—Entonces, qué bien que no esté aquí, ¿no? Además, sólo nos estamos conociendo. ¿Qué hay de malo en eso?

—Vale —suspiró ella—. La última, ¿de acuerdo?

Travis llevó otras dos botellas y abrió la de Gabby. Tan pronto como ella tomó un sorbo y notó el correspondiente cosquilleo del gas en la garganta, oyó la vocecita interior que le recriminaba: «No deberías estar haciendo esto».

—Te gustará —dijo Gabby, intentando restablecer las distancias entre ellos—. Es un chico fantástico.

—Estoy seguro de que lo es.

—Y sí, contestando a tu pregunta previa, es alto.

—Creí que no querías hablar de ello.

—Y no quiero. Sólo deseo que sepas que estoy enamorada de él.

—El amor es un sentimiento maravilloso. Hace que vivir valga la pena. Me encanta estar enamorado.

—Hablas como un hombre con una dilatada experiencia. Pero no olvides que el amor es para toda la vida.

—Según los poetas, el verdadero amor siempre acaba en tragedia.

—¿Y tú eres poeta?

—No. Sólo me limito a repetir lo que ellos sostienen. Y no digo que esté de acuerdo. Al igual que tú, prefiero un romántico final feliz. Mis padres llevan casados toda la vida y así es como yo deseo acabar algún día.

Gabby no pudo evitar pensar que a Travis no se le daba nada mal flirtear con esos argumentos y entonces se recordó que eso era porque tenía mucha práctica. Sin embargo, tuvo que admitir que encontraba halagadora la atención que él le dispensaba, aun sabiendo que a Kevin no le haría la menor gracia.

—¿Sabías que estuve a punto de comprar tu casa? —dijo él.

Ella sacudió la cabeza, sorprendida.

—Cuando ésta estaba en venta, la tuya también lo estaba. Me gustaba más la distribución de la tuya, pero ésta tenía esta terraza con la tarima de madera, el embarcadero y ascensor. Me costó mucho decidirme.

—Y ahora tienes además una bañera para hidromasaje.

—¿Te gusta? —Le hizo un guiño con picardía—. Podríamos darnos un baño más tarde, cuando se ponga el sol.

—No llevo puesto el bañador.

—Pero no es necesario que nos metamos con bañador.

Gabby esbozó una exagerada mueca de fastidio, intentando ignorar el cosquilleo que había sentido por todo el cuerpo.

—No, gracias.

Travis estiró los brazos hacia delante, con actitud relajada.

—¿Y qué me dices si metemos sólo los pies?

—Bueno, hasta ahí sí que llego.

—Por algo se empieza.

—Y se acaba.

—Eso lo daba por descontado.

Al otro lado del río, el sol poniente estaba estampando en el cielo una gama de colores dorados que se extendían hasta la línea del horizonte. Travis cogió una silla cercana y apoyó los pies en ella. Gabby fijó la vista en el agua, con una sensación de bienestar que no había experimentado en mucho tiempo.

—Háblame de África —le pidió ella—. ¿Es tan diferente a nuestro mundo como parece?

—Para mí sí —contestó él—. Tengo muchas ganas de volver. Como si algo en mi interior me dijera que formo parte de aquel escenario, a pesar de que vi muy pocas cosas que me recordaran el mundo del que vengo.

—¿Viste leones o elefantes?

—Sí, muchos.

—¿Y te impresionó?

—Es algo que nunca olvidaré.

Ella se quedó callada por un momento.

—Qué envidia me das.

—Entonces, ¿a qué esperas? Ve. Y si lo haces, no te olvides de visitar las cataratas Victoria. Es el lugar más sorprendente que he visto. El arcoíris, la calina, el increíble rugido del agua... Es como estar en el final del mundo.

Ella sonrió risueña.

—¿Cuánto tiempo estuviste allí?

—¿Cuál de las veces?

—¿Cuántas veces has estado?

—Tres.

Gabby intentó imaginar una vida tan libre, pero no lo consiguió.

—Háblame de esos tres viajes.

Departieron tranquilamente durante un buen rato y el atardecer dio paso a la oscuridad. Sus variopintas descripciones de la gente y de los lugares eran tan detalladas y vívidas que Gabby se sintió como si hubiera estado allí con él y se preguntó cuántas veces y con cuántas mujeres Travis había compartido aquellas historias. En medio de la descripción, él se levantó de la mesa y regresó con dos botellas de agua, respetando la voluntad que Gabby había expresado previamente, lo que sirvió para marcar otro punto a favor del creciente interés que le suscitaba. A pesar de que sabía que eso no estaba bien, no podía evitar aquella atracción.

Cuando finalmente llevaron los platos sucios a la cocina, las estrellas ya brillaban por encima de sus cabezas. Mientras Travis lavaba los platos, Gabby se dedicó a echar un vistazo al comedor y pensó que no se parecía al reducto de un chico soltero tal y como ella habría imaginado. El mobiliario era cómodo y con estilo, los sofás eran de piel marrón, las mesitas de nogal y las lámparas de metal, y aunque todo estaba limpio, no destacaba por una pulcritud desmesurada. Encima del televisor vio una pila de revistas y se fijó en la fina capa de polvo sobre el aparato de música, lo cual le pareció que encajaba con el ambiente. En vez de tener cuadros colgados en las paredes, había carteles de películas que reflejaban el gusto ecléctico de Travis: *Casablanca* en una pared, y *Jungla de cristal* en otra, con *Solo en casa* a continuación. A su espalda oyó que se cerraba el grifo y, un momento más tarde, Travis entró en la estancia.

Ella sonrió.

—¿Estás listo para remojar un poco los pies?

—Siempre y cuando no me enseñes más allá de las pantorrillas.

Volvieron a salir a la terraza y enfilaron hacia la bañera de hidromasaje. Travis quitó el cobertor plástico y lo depositó en el suelo a la vez que Gabby se quitaba las sandalias; un momento más tarde, estaban sentados el uno al lado del otro, balanceando los pies relajadamente hacia delante y hacia atrás, chapoteando en el agua. Gabby alzó la vista y contempló las estrellas en el cielo.

—¿En qué piensas? —quiso saber Travis.

—En las estrellas —contestó ella—. Hace poco me compré un libro de astronomía y estoy intentando ver si me acuerdo de algo.

—¿Y qué tal?

—Bueno, sólo recuerdo las constelaciones más grandes. Las más obvias. —Señaló hacia la casa—. Sigue en línea recta desde la chimenea unos dos palmos y verás el cinturón de Orión. Betelgeuse es la estrella en el hombro izquierdo de Orión y Rigel es el nombre de su pie. Orión tiene dos perros cazadores. Esa estrella brillante de ahí es Sirio y pertenece a la constelación del Can Mayor, y Proción forma parte del Can Menor.

Travis divisó el cinturón de Orión y, a pesar de que intentó seguir las instrucciones, no consiguió distinguir las otras.

—No veo las otras dos.

—Yo tampoco. Pero sé que están ahí.

Él señaló por encima del hombro de Gabby.

—Puedo ver el Carro Mayor. Justo allí. Es la única que siempre distingo.

—También se la conoce como la Hélice o la Osa Mayor. ¿Sabías que la figura del oso se ha asociado a esa constelación desde la Edad de Hielo?

—Mentiría si dijera que lo sabía.

—Me encantan los nombres que tienen, aunque todavía no me sepa todas las constelaciones. Canes Venatici, Coma Berenices, las Pléyades, Antinoo, Casiopea..., son unos nombres muy musicales.

—Me parece que has encontrado un nuevo pasatiempo.

—Más bien se trata de una de mis obsesiones de buenas intenciones para contrarrestar el aburrimiento de la vida cotidiana. Pero he de admitir que durante un par de días quedé enganchada con el tema.

Travis rio.

—Al menos eres sincera.

—Soy consciente de mis limitaciones. Sin embargo, me gustaría aprender más. En el colegio tuve un profesor a quien le encantaba la astronomía. Tenía esa forma tan especial de hablar sobre las estrellas que conseguía que lo recordaras para toda la vida.

—¿Qué decía?

—Que mirar las estrellas era como retroceder en el tiempo, ya que algunas de ellas están tan lejos que su luz necesita millones de años para llegar hasta nosotros. Que vemos las estrellas no con el aspecto que tienen ahora, sino con el que tenían cuando los dinosaurios poblaban la Tierra. El concepto me pareció tan..., tan..., increíble...

—Debía de ser un profesor muy especial.

—Lo era. Y aprendimos mucho, aunque lamentablemente he ido olvidando la mayoría de las cosas que nos enseñó, tal y como puedes ver. Pero el sentimiento de fascinación sigue vivo. Cuando contemplo el cielo, tengo la certeza de que alguien más estaba haciendo exactamente lo mismo hace miles de años.

Travis la observó, cautivado por el sonido de su voz en la oscuridad.

—Y lo más extraño —continuó ella— es que a pesar de que sabemos tantos datos acerca del universo, hoy en día, la gente normal y corriente sabe menos acerca del cielo que los rodea que nuestros antepasados. Aunque no tuvieran telescopios ni conocieran las matemáticas, ni tan sólo supieran que el mundo era redondo, recurrían a las estrellas para navegar, buscaban en el cielo una constelación específica para saber cuándo tenían que plantar la cosecha, usaban las estrellas cuando construían edificios, aprendieron a predecir los eclipses... Todo eso hace que me plantee cómo debía de ser la vida en aquella época remota, en la que el ser humano dependía tan estrechamente de las estrellas. —Perdida en sus pensamientos, se quedó callada un largo momento—. Lo siento. Probablemente te estoy aburriendo.

—De ninguna manera. La verdad es que nunca volveré a pensar en las estrellas del mismo modo.

—Me tomas el pelo.

—No —respondió con seriedad.

Travis no apartaba los ojos de ella, y Gabby tuvo la repentina sensación de que él iba a besarla, por lo que giró la cara apresuradamente. En aquel momento, su oído se aguzó hasta oír las ranas que croaban en la hierba cerca del agua y los grillos que cantaban en los árboles. La luna había llegado a su punto más alto, iluminando todo a su alrededor con un brillo intenso. Gabby movió los pies nerviosamente en el agua, pensando que debería irse.

—Me parece que se me empieza a arrugar la piel de los pies —comentó.

—¿Quieres que vaya a buscarte una toalla?

—No, gracias. Pero será mejor que me marche. Se está haciendo tarde.

Travis se puso de pie y le ofreció una mano. Cuando ella la aceptó, notó la fuerza y la calidez de su tacto.

—Te acompañaré hasta tu casa.

—Oh, no te preocupes. Conozco el camino.

—Pues entonces sólo hasta los setos.

En la mesa, Gabby recogió sus sandalias y vió a *Moby* que se les acercaba. Trotó hacia ellos justo en el momento en que pisaban la hierba. Con la lengua fuera y sin parar de jadear, *Moby* dio una vuelta alrededor de ellos antes de trotar alegremente hacia el agua, como si quisiera asegurarse de que no había ningún animal por allí escondido. Al llegar al embarcadero se detuvo en seco, giró rápidamente sobre sus talones y emprendió la carrera al trote en otra dirección.

—*Moby* es un perro con un gran entusiasmo y una curiosidad inagotable —comentó Travis.

—Más o menos como tú.

—Sí, más o menos. Excepto que yo no me revuelco por el suelo encima de cualquier porquería putrefacta, como, por ejemplo, un pez muerto.

Ella sonrió. La hierba suave le hacía cosquillas en las plantas de los pies, y un momento más tarde llegaron a los setos.

—Me lo he pasado muy bien hoy —dijo ella—. Y esta noche también.

—Lo mismo digo. Y gracias por la lección de astronomía.

—Intentaré hacerlo mejor la próxima vez. Te impresionaré con mi conocimiento estelar.

Travis soltó una carcajada.

—Bonita frase. ¿Te la acabas de inventar?

—No, es de mi querido profesor. Es lo que solía decirnos al final de la clase.

Travis movió los pies con visible nerviosismo, luego alzó la cabeza y miró a Gabby.

—¿Tienes planes para mañana?

—No. Lo único que tengo que hacer es ir a comprar fruta y verdura. ¿Por qué?

—¿Quieres que quedemos?

—¿Para ir en moto?

—Me gustaría enseñarte una cosa. Será divertido, te lo prometo. Y después te invito a una comida campestre.

Ella titubeó. Se trataba de una pregunta bien sencilla, y sabía cuál debería ser la respuesta, especialmente si no quería complicarse la vida. Lo único que tenía que decir era: «No creo que sea una buena idea», y todo se acabaría.

Pensó en Kevin y en el sentimiento de culpa que había notado unos minutos antes por haber aceptado la invitación de Travis para cenar con él. Sin embargo, a pesar de tales pensamientos, o quizás a causa de ellos, no pudo evitar esbozar una sonrisa.

—De acuerdo. ¿A qué hora?

Si Travis se había quedado sorprendido por su respuesta, no lo demostró.

—¿Qué te parece a las once? Seré benévolo y no te obligaré a madrugar.

Gabby se llevó la mano hacia el pelo.

—Perfecto, y gracias de nuevo…

—Que duermas bien. Hasta mañana.

Por un instante, ella pensó simplemente en darse la vuelta y marcharse. Pero de nuevo sus ojos toparon con los de él por un instante que se prolongó más de la cuenta, y antes de que pudiera darse cuenta de lo que estaba sucediendo, Travis le puso una mano en la cadera y la atrajo hacia él. La besó, de un modo ni demasiado suave ni demasiado apasionado. Gabby necesitó un instante para que su mente reaccionara, y entonces lo empujó para apartarlo.

—¿Se puede saber qué estás haciendo? —lo interrogó, aturdida.

—Lo siento. No he podido evitarlo. —Travis se encogió de hombros, con la innegable certeza de que a Gabby no le había importado que la besara y también con la impresión de que ella se odiaba a sí misma precisamente por eso.

—Perdona si te he incomodado —se disculpó él.

—No pasa nada —contestó ella, alzando ambas manos, como si pretendiera mantenerlo a distancia—. Olvidémoslo, ¿vale? Pero que no se vuelva a repetir, ¿de acuerdo?

—De acuerdo.

—De acuerdo —repitió ella, sintiendo súbitamente unas terribles ganas de marcharse a su casa. No debería haberse expuesto a esa situación. Sabía lo que iba a suceder, incluso se había prevenido a sí misma, y, para no perder la costumbre, no se había equivocado.

Dio media vuelta y se encaminó hacia los setos, con la respiración acelerada. ¡La había besado! Todavía no podía creerlo. A pesar de que tenía la intención de dirigirse directamente hacia la puerta, para dejarle claro a Travis que hablaba en serio cuando decía que no quería que volviera a repetirse, no pudo evitar mirarlo disimuladamente por encima del hombro, y sintió una enorme vergüenza al darse cuenta de que él la había pillado. Travis alzó una mano en una actitud relajada.

—¡Hasta mañana! —gritó.

Gabby ni se preocupó en contestar, puesto que no existía realmente una razón para hacerlo. La idea de lo que podía suceder al día siguiente le nublaba la mente. ¿Por qué Travis había tenido que echarlo todo a perder? ¿Por qué no podían ser simplemente vecinos y amigos? ¿Por qué aquella relación de amistad tenía que acabar de ese modo?

Abrió la puerta corredera y la cerró tras ella; se dirigió a su cuarto, intentando controlar la exasperación que sentía. No lo consiguió por completo. El temblor en las rodillas y los latidos desbocados de su corazón no la abandonaron, ni tampoco el perseverante pensamiento de que Travis Parker la encontraba lo bastante atractiva como para desear besarla.

12

Después de que Gabby se hubiera marchado, Travis vació la nevera portátil. Deseaba pasar un rato con *Moby*, por lo que agarró la pelota de tenis, pero al empezar con el típico juego de lanzarle la pelota, sus pensamientos volaron hacia aquella chica. Mientras *Moby* correteaba por la terraza de un lado a otro, no podía apartar de su mente las graciosas arrugas que se le formaban a Gabby en las comisuras de los ojos cuando se reía, o la solemnidad de su voz mientras nombraba las estrellas. De repente, empezó a sentir curiosidad por la relación que mantenía con su novio. Le parecía extraño que no le hubiera contado casi nada acerca de él; aunque suponía que tendría sus motivos para no hacerlo, creyó que era una forma efectiva de alimentar su curiosidad.

No le quedaba ninguna duda: se sentía atraído por ella, lo cual no dejaba de ser raro. Si repasaba su historial amoroso, no costaba nada ver que Gabby no era su tipo. No se le antojaba ni particularmente delicada ni sensible, ni una florecilla de invernadero —Travis parecía atraer a ese tipo de mujeres en tropel—. Cuando él le había gastado alguna broma, ella había respondido con otra broma; cuando él había rozado los límites, ella no había mostrado ningún reparo en volver a ponerlo en su sitio. Le gustaba su naturaleza vivaz, su autocontrol y confianza, y especialmente le gustaba el hecho de que no parecía ser consciente de poseer tales virtudes. Interpretaba aquel día que habían pasado juntos como una danza seductora, en la que ambos se habían turnado para dirigirla, uno empujando y el otro estirando y viceversa. Se preguntó si una danza de ese tipo podría durar para siempre.

Eso había sido precisamente uno de los fiascos en sus antiguas relaciones. Incluso en las primeras etapas, ellas siempre se habían mostrado sumisas. Normalmente él acababa por asumir la mayor parte de las decisiones sobre lo que iban a hacer, lo que iban a comer, a qué casa iban a ir o qué película iban a ver. Esa parte no le importaba; lo que le molestaba era que, a medida que pasaba el tiempo, el hecho de que ellas siempre le dieran la razón acababa por definir todos los aspectos de la relación, lo cual conducía inevitablemente a que él se sintiera como si estuviera saliendo con una empleada en vez de con una pareja. Con toda la franqueza del mundo, eso lo aburría soberanamente.

Era extraño, porque nunca antes se había puesto a pensar sobre sus anteriores relaciones en esos términos. En general no solía evocarlas. Sin embargo, el hecho de haber pasado el día con Gabby le hacía pensar en todo lo que se estaba perdiendo. Rememoró las conversaciones que habían mantenido, y se dio cuenta de que ansiaba pasar más rato con ella charlando, que deseaba más de ella. Con un repentino ataque de ansiedad —nada propio en él— pensó que no debería haberla besado; se había pasado de la raya. Pero ahora lo único que podía hacer era esperar y ver, y rezar por que ella no cambiara de parecer sobre lo de salir con él a la mañana siguiente. ¿Qué podía hacer? Nada. Absolutamente nada.

—¿Qué tal con Gabby? —preguntó Stephanie.

Con una sensación de pesadez en los párpados a la mañana siguiente, Travis apenas logró entreabrir los ojos.

—¿Qué hora es?

—No lo sé. Pero es pronto, creo.

—¿Por qué me llamas?

—Porque quería saber qué tal había ido la cena con Gabby.

—¿Ya ha amanecido?

—No cambies de tema. Vamos, cuéntamelo.

—Me parece que esta vez te estás pasando de curiosa.

—Es mi naturaleza. Pero no te preocupes. Ya me has dado la respuesta.

—Pero si no he dicho nada.

—Exactamente. Supongo que has quedado con ella hoy, ¿no?

Travis apartó el teléfono de la oreja y se quedó unos instantes contemplando el aparato, preguntándose cómo era posible que su hermana siempre pareciera saberlo todo.

—Steph...

—Salúdala de mi parte. Oye, ahora tengo que irme. Gracias por mantenerme informada.

Su hermana colgó antes de que él tuviera tiempo de contestar.

El primer pensamiento de Gabby cuando se despertó a la mañana siguiente fue que se consideraba a sí misma una buena persona. Desde pequeña siempre había intentado acatar las reglas. Mantenía la habitación limpia y ordenada, estudiaba para aprobar los exámenes, se esforzaba por comportarse educadamente delante de sus padres.

No era el beso de la noche previa lo que le había hecho dudar de su integridad. Ella no había tenido nada que ver, todo lo había hecho Travis. Y el día había sido absolutamente inocente, por lo que no tendría ningún reparo en contárselo todo a Kevin. No, su sentimiento de culpa tenía más que ver con las ganas que había sentido de ir a cenar con Travis. Si hubiera sido sincera consigo misma, podría haber supuesto lo que Travis se proponía hacer y podría haber evitado la incómoda situación. Especialmente al final. ¿En qué había estado pensando?

En cuanto a Kevin..., hablar con él no había conseguido borrar el recuerdo de lo que había sucedido.

Lo llamó la noche previa, después de regresar a casa. Mientras el teléfono móvil de Kevin empezaba a sonar, ella rezó por que él no detectara el sentimiento de culpa en su tono. Pero rápidamente se dio cuenta de que eso no iba a suponer ningún inconveniente, puesto que apenas podían oírse el uno al otro, ya que él había contestado mientras estaba en una discoteca.

—¡Hola, cielo! —dijo ella—. Sólo quería llamarte para...

—¡Hola, Gabby! —la interrumpió él—. Hay mucho ruido aquí dentro, así que tendrás que gritar más para que te oiga.

Él había alzado tanto la voz que Gabby tuvo que apartar el auricular de la oreja.

—Ya veo.

—¿Qué?

—¡Digo que hay mucho ruido! —gritó ella—. Supongo que lo estás pasando bien.

—¡No te oigo! ¿Qué has dicho?

Como sonido de fondo, ella oyó una voz femenina que le preguntaba a Kevin si quería otro vodka con tónica; la respuesta de Kevin se perdió en la cacofonía.

—¿Dónde estás?

—No estoy seguro del nombre de este local. ¡Es una discoteca!

—¿Qué clase de discoteca?

—¡Oh, un sitio al que estos chicos se han empeñado en ir! ¡Nada del otro mundo!

—Me alegro de que te estés divirtiendo.

—¡Habla más alto!

Gabby se llevó los dedos hacia el puente de la nariz y se lo pellizcó suavemente.

—Sólo quería hablar contigo. Te echo de menos.

—Yo también te echo de menos, ¡pero estaré en casa dentro de un par de días! Oye, ahora...

—Lo sé, lo sé, tienes que colgar.

—Te llamaré mañana, ¿vale?

—Vale.

—¡Te quiero!

—Yo también te quiero.

Gabby colgó, enojada. Sólo quería hablar con él, pero pensó que debería habérselo imaginado. Las convenciones tenían la capacidad de convertir a los hombres hechos y derechos en adolescentes —ella misma había sido testigo de primera mano en una convención médica a la que había asistido en Birmingham unos meses antes—. Durante el día, las reuniones se sucedían una tras otra con médicos muy serios y entregados a la actividad; por la noche, había visto desde la ventana de su hotel cómo regresaban en grupos, completamente ebrios, y generalmente haciendo el payaso. No había nada de malo en eso. Gabby no creía ni por un momento que Kevin fuera tan estúpido como para meterse en un lío o hacer algo de lo que después tuviera que arrepentirse.

«¿Como besar a otra persona en los labios?»

Retiró la colcha, deseando ser capaz de dejar de pensar en eso. No quería recordar el peso de la mano de Travis sobre su cadera cuando la empujó hacia él y definitivamente no quería pensar en el tacto de sus labios contra los suyos ni en la chispa eléctrica que ese roce le había provocado. Sin embargo, mientras se dirigía a la ducha, se dio cuenta de que había algo más que la incomodaba, algo que no acertaba a atinar. Abrió el grifo y, mientras dejaba correr el agua, no pudo evitar preguntarse si —en el breve instante en que había durado el beso— ella también lo había besado.

Incapaz de volver a quedarse dormido después de la llamada de Stephanie, Travis salió a correr un rato. Después, cargó la tabla de surf en la parte trasera de su furgoneta y condujo hasta el otro lado del puente, hasta Bogue Banks. Tras aparcar en la zona de estacionamiento del hotel Sheraton, asió la tabla y enfiló hacia el agua. No estaba solo; vio a una docena de personas que habían tenido la misma idea que él y saludó a algunos que reconoció. Al igual que Travis, la mayoría no pensaba quedarse mucho rato; las mejores olas llegaban temprano y desaparecerían tan pronto como se retirase la marea. Pero, aun así, era la forma perfecta de empezar el día.

El mar estaba sólo un poco rizado —al cabo de un mes, estaría casi perfecto— y remó sobre el suave oleaje, intentando coger el ritmo. No era un gran surfista —en Bali, había estudiado algunas de las monstruosas olas y había sacudido la cabeza, consciente de que si intentaba cabalgar sobre ellas, probablemente no saldría vivo—, pero era lo bastante bueno como para disfrutar de la actividad.

Estaba acostumbrado a ir solo. Laird era el otro surfista del grupo, pero hacía años que ya no salía con Travis. Ashley y Melinda, dos de sus ex novias, habían hecho surf con él varias veces en el pasado, pero ninguna parecía ser capaz de coincidir con él de improvisto; normalmente, cuando ellas llegaban, él ya estaba recogiendo, y eso únicamente servía para fastidiarle el resto de la mañana. Y para no perder la costumbre, había sido él quien había sugerido la actividad.

Pensó que se sentía un poco decepcionado consigo mismo por elegir siempre el mismo tipo de mujeres. No le extrañaba que Allison y Megan no pararan de amonestarlo. Para ellas debía de ser como ver la misma obra teatral, pero con diferentes actores, y eso sí: siempre con el mismo final. Tumbado sobre la tabla de surf, contemplando las pequeñas ondulaciones a su alrededor, se dio cuenta de que el motivo que había hecho que inicialmente se sintiera atraído por esas mujeres —su aspecto de desvalidas— era el mismo que finalmente lo había empujado a romper la relación. ¿Cómo decía el dicho? Si te has divorciado una vez, es posible que creas que tu ex era el problema. Pero si te has divorciado tres veces, entonces, es evidente que el problema eres tú. De acuerdo, él no se había divorciado, pero de todos modos podía aplicarse el cuento.

Estaba sorprendido de que el día que había pasado con Gabby le hubiera provocado todas aquellas reflexiones acerca de su forma de ser. Gabby, la mujer que lo había acusado falsamente, que lo había evitado constantemente, que lo había contrariado abiertamente, y que después le había expresado repetidamente que estaba enamorada de otro hombre. Increíble.

Detrás de él se acercaba una ola prometedora, y Travis empezó a remar con fuerza, maniobrando hasta colocarse en la mejor posición posible. A pesar del día glorioso y de los placeres del océano, no podía escapar a la verdad: lo que realmente quería era pasar tanto rato como fuera posible con Gabby, durante tanto tiempo como fuera posible.

—Buenos días —dijo Kevin por teléfono, justo cuando Gabby se estaba preparando para salir. Gabby se pasó el auricular al otro hombro.

—¡Ah, hola! ¿Cómo estás?

—Bien. Escucha, sólo quería decirte que siento mucho lo de ayer, cuando me llamaste. Quería llamarte cuando regresé al hotel para disculparme, pero era muy tarde.

—No pasa nada. Por lo visto te lo estabas pasando muy bien.

—No tanto como piensas. La música estaba tan alta que todavía me zumban los oídos. No sé por qué fui con esos chicos. Debería haberme dado cuenta de que me estaba equivocando cuando empezaron a desmadrarse después de la cena, pero alguien tenía que controlarlos.

—Y estoy segura de que tú fuiste un modelo de sobriedad.

—Por supuesto. Ya sabes que no bebo demasiado. Y eso significa (¡cómo no!) que probablemente les daré una paliza hoy en el torneo de golf. Tendrán tanta resaca que no serán capaces ni de darle a la pelota.

—¿Quiénes son?

—Oh, unos agentes de negocios de Charlotte y Columbia. Por el modo en que se comportaban anoche, habrías pensado que hacía años que no salían de juerga.

—Es probable.

—Ya, bueno… —Gabby podía oír cómo se movía ajetreadamente y pensó que se estaba vistiendo—. ¿Y tú, qué tal? ¿Qué hiciste ayer?

Ella titubeó.

—Nada interesante.

—Sabes que no podía librarme de esta convención. Lo sabes, ¿verdad? Pero de todos modos quería decírtelo. Intentaré llamarte más tarde, ¿de acuerdo?

—Vale. Aunque es posible que salga un rato.

—Por cierto, ¿cómo está *Molly*?

—Oh, muy bien.

—Creo que me gustaría quedarme uno de los cachorros. Son muy monos.

—Sólo lo dices para complacerme, para asegurarte de que no estoy enfadada contigo.

—Es lo único que deseo: complacerte. Oye, estaba pensando… Quizá podríamos escaparnos un fin de semana largo juntos a Miami, en otoño. Uno de esos chicos de los que te hablaba acaba de volver de South Beach y me ha dicho que hay un par de campos de golf muy cerca que merece la pena visitar.

Gabby se quedó callada unos momentos.

—¿Alguna vez has pensado en ir a África?

—¿A África?

—Sí. Simplemente para cambiar de aires, ir de safari, ver

las cataratas Victoria. O si no es África, algún lugar de Europa, como Grecia.

—La verdad es que no. Y aunque quisiera, es prácticamente imposible que consiga los días de vacaciones necesarios. ¿Qué te ha hecho pensar en eso?

—Nada —contestó ella.

Mientras Gabby estaba hablando por teléfono, Travis llamó a la puerta. Un momento más tarde, ella apareció en el umbral, con el teléfono pegado a la oreja. Gabby señaló hacia el auricular y lo invitó a pasar. Él entró en el comedor, esperando que ella diera alguna excusa para colgar rápidamente el teléfono, pero en vez de eso, señaló hacia el sofá y se metió en la cocina. Las puertas batientes oscilaron detrás de ella.

Travis tomó asiento y esperó. Y esperó. Y esperó. Se sentía ridículo, como si lo estuviera tratando como a un niño pequeño. La podía oír mientras cuchicheaba y no tenía ni idea de con quién estaba hablando. Por un momento, contempló la posibilidad de levantarse del sofá y marcharse. Sin embargo, no lo hizo. ¿Cómo podía ser que ella le hiciera sentir así?

Al final, con las puertas batiéndose detrás de ella de nuevo, Gabby entró en el comedor.

—Lo siento. Sé que me he retrasado un poco, pero el teléfono no ha parado de sonar en toda la mañana.

Travis se puso de pie, pensando que Gabby se había vuelto incluso más guapa durante la noche, lo cual sabía que carecía completamente de sentido.

—No pasa nada —contestó él.

La llamada de Kevin había conseguido que nuevamente se planteara qué estaba haciendo y, a pesar de que no quería pensar en esa cuestión, le resultaba imposible apartarla de la mente.

—Dame unos segundos para ir a buscar el bolso y estaré lista. —Dio un paso hacia la puerta—. Ah, y antes quiero echar un vistazo a *Molly;* esta mañana estaba bien, pero quiero asegurarme de que no le falte agua.

Un momento más tarde, con el bolso colgado al hombro, los dos se encaminaron hacia el garaje y llenaron el cuenco de agua hasta el borde.

—Por cierto, ¿adónde vamos? —preguntó Gabby mientras volvían a salir fuera—. Espero que no se trate de un bar de motoristas en el quinto pino.

—¿Qué hay de malo con los bares de motoristas?

—No me sentiría cómoda. No voy tatuada de la cabeza a los pies.

—Estás generalizando, ¿no te parece?

—Probablemente. Pero todavía no has contestado a mi pregunta.

—Sólo a dar una vuelta —dijo Travis—. Iremos al otro lado del puente, recorreremos toda la ruta desde Bogue Banks a Emerald Isle, luego atravesaremos de nuevo el puente, y te llevaré volando hasta ese lugar que quiero enseñarte.

—¿Dónde?

—Es una sorpresa.

—¿Es un sitio de moda?

—Hmmm…, no.

—¿Se puede almorzar allí?

Él se quedó unos momentos pensativo.

—Sí, por qué no.

—¿Es un espacio cerrado o está al aire libre?

—Es una sorpresa —volvió a repetir Travis—. No quiero echarla a perder.

—Estoy intrigada.

—No esperes nada excepcional. Sólo se trata de un sitio al que me gusta ir, nada espectacular.

En aquel momento, Travis señaló hacia la moto.

—Ahí la tienes.

El reflejo del metal cromado de la motocicleta hizo que Gabby tuviera que achicar los ojos. Acto seguido, se puso las gafas de sol.

—¿Tu orgullo y tu alegría?

—Mi rabia y mi frustración.

—No empezarás de nuevo a lamentarte sobre lo difícil que es encontrar piezas de recambio, ¿eh?

Travis esbozó una mueca teatral, luego soltó una risita.

—Intentaré no darte la tabarra.

Ella señaló hacia la cesta que él había atado en la parte posterior de la moto con cuerdas elásticas.

—¿Qué hay para comer?

—Lo normal.

—¿Filete *mignon*, pastel de merengue y frutas, cordero asado, lenguado?

—Diría que no.

—¿Bollería industrial?

Él ignoró su tono irónico.

—Si estás lista, podemos irnos. Estoy seguro de que el casco te irá bien, pero, si no, tengo más en el garaje.

Ella enarcó la ceja sardónicamente.

—Y hablando de ese sitio tan especial, ¿has llevado a muchas mujeres allí?

—No —contestó él—. De hecho, tú serás la primera.

Gabby esperó a ver si Travis añadía algo más, pero por una vez parecía hablar en serio. Ella asintió levemente con la cabeza y se acercó a la moto. Se puso el casco, se lo abrochó bajo la barbilla, y pasó la pierna por encima del asiento del pasajero.

—¿Dónde tengo que poner los pies?

Travis desplegó los pedales traseros.

—Tienes uno a cada lado. Y procura no tocar el tubo de escape con la pierna. Se calienta mucho y podrías quemarte. Y te aseguro que duele mucho.

—Lo tendré en cuenta. ¿Y dónde pongo las manos?

—Alrededor de mi cintura.

—Siempre dispuesto a que te abracen las mujeres, ¿eh? —replicó ella, con tono burlón—. Pues si estuvieras un poco más delgado, probablemente no sabría dónde agarrarme.

Travis se puso el casco y con un único y ágil movimiento se montó y puso en marcha la moto; esperó unos segundos a que se calentara el motor. No era tan ruidosa como otras motos, pero Gabby podía notar la leve vibración en el asiento. Notó una inevitable emoción, anticipando la aventura, como si estuviera sentada en la vagoneta de una montaña rusa que de un momento a otro fuera a ponerse en movimiento, sólo que esta vez sin cinturón de seguridad.

Travis empezó a conducir con suavidad. Bajó de la acera y se metió en la calle. Gabby se agarró a sus caderas, pero tan pronto como lo tocó, pensó en los músculos flexores de sus caderas y notó una rigidez en el vientre. Por eso o por el hecho de estar estrechándolo entre sus brazos, pero pensó que no estaba lista para soportar aquella tensión. Mientras la moto empezaba a acelerar, se dijo a sí misma que era mejor no estrecharlo con demasiada fuerza, ni mover las manos ni un milímetro, sólo mantenerlas firmes, como una estatua.

—¿Qué has dicho? —preguntó Travis, ladeando la cabeza.

—¿Qué?

—¿Has dicho algo sobre las manos y una estatua?

Gabby no era consciente de haber expresado sus pensamientos en voz alta. Se aferró con más fuerza a sus caderas, intentándose convencer de que sólo lo estaba haciendo para no caerse.

—Decía que mantengas las manos firmes, como una estatua. No quiero sufrir un accidente.

—No vamos a sufrir ningún accidente. No me gustan los accidentes.

—¿Has tenido alguna vez un accidente?

Travis continuaba con la cabeza ladeada, lo cual la ponía nerviosa, y asintió.

—Un par de veces. Una de ellas tuve que pasar dos noches en el hospital.

—¿Y no te pareció relevante mencionarlo antes de invitarme?

—No quería asustarte.

—No apartes la vista de la carretera, ¿vale? Y no conduzcas temerariamente.

—¿Quieres que conduzca temerariamente?

—¡No!

—Vale, porque lo que de verdad me apetece es disfrutar del paseo. —Volvió a ladear la cabeza; a pesar del casco, Gabby podía jurar que había visto que le guiñaba el ojo—. Lo más importante es que tú no sufras un accidente, así que mantén las manos firmes como una estatua, ¿de acuerdo?

En el asiento trasero, Gabby se sintió empequeñecer, igual que le había pasado en la consulta veterinaria, perpleja de que él se hubiera atrevido a decir esas palabras en voz alta. Y de que, a pesar del viento en sus caras y del rugido del motor, Travis las hubiera oído. Había momentos en que, muy a su pesar, parecía como si el mundo conspirase contra ella.

En los siguientes minutos, Travis no volvió a sacar el tema a relucir, así que Gabby consiguió relajarse un poco. Con la moto circulando a una velocidad moderada, alcanzaron los confines del vecindario. Lentamente, Gabby logró cogerle el tranquillo e inclinarse hacia el lado correspondiente cuando Travis tomaba una curva, y unos minutos más tarde, atravesaron Beaufort y cruzaron el pequeño puente que los separaba de los límites de Morehead City. La carretera se ensanchó a dos carriles, pero de todos modos no absorbía la enorme cantidad de tráfico propio del fin de semana, con toda la gente que pretendía ir a pasar el día en la playa. Gabby intentó no prestar atención a la sensación de vulnerabilidad mientras adelantaban un gigantesco camión de la basura.

Viraron hacia el puente que atravesaba la vía navegable intracostera y el tráfico se tornó todavía más denso. Cuando llegaron a la autopista que dividía Bogue Banks en dos, el tráfico que se dirigía hacia Atlantic Beach se evaporó y Travis empezó a acelerar la marcha gradualmente. Completamente prensados entre dos monovolúmenes, uno delante y el otro detrás de ellos, Gabby notó que comenzaba a relajarse. A medida que iban pasando por delante de edificios de varias plantas y de casas ocultas entre los árboles del Maritime Forest, sintió el calor del sol que empezaba a traspasarle la ropa.

Se aferraba a Travis para mantenerse firme, intensamente consciente de la línea de los músculos de su espalda a través de la fina tela de su camisa. A pesar de sus buenas intenciones, estaba empezando a aceptar la inevitable realidad: se sentía atraída por él. Travis era muy diferente a ella, y sin embargo, cuando estaba con él, soñaba con la posibilidad de llevar otra clase de vida, una vida que nunca imaginó que podría ser suya. Una vida sin las limitaciones rígidas que siempre la habían acompañado.

En un estado de silencio casi hipnótico atravesaron un pueblo, luego otro: Atlantic Beach, Pine Knoll Shores y Salter Path. A su izquierda, con la mayor parte de la vista oculta por robles espectacularmente inclinados a causa del flagelo del viento incesante, Gabby vio algunas de las mansiones más del estado situadas en primera línea de la costa. Unos minutos antes habían pasado por delante del Iron Steamer Pier.

A pesar de que el viejo malecón de madera estaba deformado a causa del embate de tantas tormentas, aquel día había un montón de gente pescando.

En Emerald Isle, la población situada más al oeste de la isla, el coche que iba delante de ellos frenó de repente para girar, y Travis apretó el freno para aminorar la marcha. Gabby sintió que, súbitamente, su cuerpo se pegaba al de él. Sin querer, sus manos se deslizaron de sus caderas a su estómago, y se preguntó si él se había dado cuenta de la forma en que sus cuerpos habían quedado pegados. A pesar de que se dijo que sería mejor separarse, no lo hizo.

Algo estaba pasando entre ellos, algo que Gabby no acertaba a comprender. Quería a Kevin y deseaba casarse con él; en los dos últimos días, ese sentimiento no había cambiado, en absoluto. Sin embargo..., no podía negar que pasar el rato con Travis le parecía..., en cierto modo..., correcto. Natural y fácil, tal y como se suponía que debía ser. Le parecía una contradicción imposible y, mientras atravesaban el puente por la punta más alejada de la isla para regresar a casa, Gabby cesó en su intento de querer resolver la compleja ecuación.

Se quedó sorprendida al ver que Travis aminoraba la marcha antes de girar y entrar en una carretera de un solo carril parcialmente oculta que se adentraba en el bosque, perpendicular a la autopista. Cuando él detuvo la moto por completo, Gabby se giró hacia un lado y luego hacia el otro, desconcertada.

—¿Por qué nos hemos detenido? —quiso saber—. ¿Éste es el sitio que querías mostrarme?

Travis se apeó de la moto y se quitó el casco. Acto seguido, sacudió la cabeza.

—No, eso será de regreso a Beaufort —dijo—. Antes quería saber si te apetecía conducir un rato.

—Nunca he llevado una moto. —Gabby cruzó los brazos, sin bajar de la moto.

—Lo sé. Por eso te lo pregunto.

—No me apetece —dijo, levantándose el visor del casco.

—Vamos, será divertido. Yo me montaré detrás de ti, y no permitiré que choques contra nada. Colocaré las manos al lado de las tuyas y me encargaré de girar el manillar. Lo único que tienes que hacer es conducir recto hasta que te acostumbres.

—Pero eso es ilegal.

—Técnicamente sí. Pero no pasa nada; estamos en una carretera privada. Lleva a la casa de mi tío (un poco más arriba, se convierte en una pista de tierra, y él es la única persona que vive allí). Es donde aprendí a conducir.

Ella titubeó, dividida entre la sensación de emoción y de terror, sorprendida de que estuviera incluso considerando la posibilidad.

Travis alzó las manos.

—Confía en mí. Por esta carretera no circula ningún coche, nadie nos obligará a parar y yo estaré detrás de ti.

—¿Es difícil?

—No, aunque se necesita un poco de práctica hasta que uno se acostumbra.

—¿Como montar en bicicleta?

—En lo referente al equilibrio, sí, es muy parecido. Pero no te preocupes. Yo estaré detrás, así que nada puede salir mal. —Sonrió—. ¿Qué? ¿Te atreves?

—No sé…

—¡Genial! —exclamó él—. Veamos, lo primero que has de hacer es apretar suavemente el acelerador, ¿vale? A la derecha tienes el acelerador y el freno de delante. A la izquierda el embrague. El acelerador sirve para controlar la velocidad, ¿me sigues?

Ella asintió.

—Con el pie derecho controlas el freno de detrás. Y usas el pie izquierdo para cambiar las marchas.

—Parece fácil.

—¿De verdad?

—No. Sólo intentaba que te sintieras orgulloso de tus habilidades como profesor.

En ese momento Travis pensó que Gabby empezaba a hablar como Stephanie.

—Más cosas: cambiar de marchas es muy parecido a como lo haces en un coche. Sueltas el acelerador, pisas el embrague, cambias de marcha y luego vuelves a acelerar. Te lo demostraré, ¿vale? Pero para hacerlo, no nos quedará más remedio que pegarnos el uno al otro. No tengo las manos ni las piernas tan largas como para llegar a los pedales desde el asiento trasero.

—Una excusa muy conveniente —comentó ella.

—Que, mira por dónde, es verdad. ¿Estás lista?

—Lo que estoy es aterrada.

—Lo interpretaré como un sí. Vamos, siéntate más hacia delante.

Ella se deslizó por el sillón de la moto y Travis se montó detrás. Después de ponerse el casco, se inclinó hacia ella y se agarró al manillar, y a pesar del calor que desprendía su cuerpo varonil, ella notó un escalofrío, como una descarga eléctrica que se iniciaba en su estómago y radiaba hacia fuera.

—Ahora coloca las manos encima de las mías —la instruyó él—. Y haz lo mismo con los pies. Sólo quiero que seas consciente de los pasos que debes seguir. Son unos movimientos en cadena, y cuando le pillas el tranquillo, ya nunca se te olvida.

—¿Así es como aprendiste tú?

—No. Mi amigo no iba detrás de mí, sino que me enseñaba de pie a mi lado, gritándome las instrucciones. La primera vez que me monté solo, apreté el acelerador en lugar del freno y acabé empotrándome contra un árbol. Por eso prefiero montarme contigo la primera vez.

Plegó el caballete, le dio al embrague y puso en marcha el motor; tan pronto como la moto empezó a vibrar, Gabby notó la misma sensación de nerviosismo que la había invadido antes de elevarse por los cielos con el paracaídas, por encima de la barca. Puso las manos sobre las de Travis, solazándose en el tacto de su piel.

—¿Lista?

—¡Lista!

—No apartes las manos, ¿de acuerdo?

Travis giró el acelerador y lentamente empezó a soltar el embrague; en el instante en que la moto empezó a moverse, levantó el pie del suelo. Gabby colocó el pie encima del suyo, con suavidad.

Primero condujeron despacio, y Travis empezó a acelerar gradualmente; luego volvió a aminorar la marcha, para de nuevo volver a acelerar y finalmente cambió de marcha antes de volver a frenar hasta detenerse. Entonces empezaron otra vez. Travis le explicaba con gran detalle todo lo que estaba haciendo —frenando o preparándose para cambiar de marcha—

y le recordó que nunca debía apretar el freno de delante si se asustaba, ya que saldría disparada por encima del manillar. Poco a poco, mientras el proceso continuaba, Gabby fue familiarizándose con las instrucciones. El movimiento coreografiado de las manos y los pies de Travis le parecía similar a tocar el piano y, después de unos pocos minutos, casi ya era capaz de predecir lo que él iba a hacer. Aun así, él continuó guiándola hasta que los movimientos parecieron completamente naturales.

A continuación, Travis le pidió que cambiara de posición; ahora, las manos y los pies de Gabby controlaban la moto, y él tenía las suyas encima. Repitieron el proceso desde el principio. No era tan fácil como él le había hecho creer. A veces la moto avanzaba a tirones o ella apretaba el freno de mano con demasiado brío, pero él se mostró paciente y no dejó de animarla. Jamás alzó la voz y ella recordó la forma en que él se había comportado con los niños en la playa el día previo. No le quedaba más remedio que admitir que Travis era más especial de lo que le había parecido inicialmente.

A lo largo de los siguientes quince minutos, mientras ella continuaba practicando, el tacto de Travis se tornó más suave, hasta que finalmente apartó las manos por completo. A pesar de que ella no estaba totalmente cómoda, empezó a acelerar más rápido y con mayor precisión, sin movimientos bruscos, y también a frenar con suavidad. Por primera vez, sintió el poder y la libertad que le ofrecía la moto.

—Lo haces muy bien —la animó Travis.

—¡Es fantástico! —gritó ella, arrebolada de alegría.

—¿Estás lista para intentar conducir sola?

—Bromeas, ¿no?

—No.

Ella se debatió sólo un instante.

—¡Vale! —exclamó con entusiasmo—. ¡Creo que sí!

Gabby detuvo la moto y Travis se apeó. Después de ver que él se apartaba a un lado, aspiró aire despacio para llenar los pulmones, ignoró los latidos acelerados en su pecho y puso la moto en marcha. Un momento más tarde, disfrutaba de la conducción. Sola, detuvo la moto y volvió a arrancar una docena de veces, gradualmente reduciendo las distancias. Travis se quedó sorprendido al ver que ella giraba la moto lentamente, formando un amplio arco, y enfilaba hacia él acelerando considerablemente. Por un momento, pensó que había perdido el control de la moto, pero ella condujo con suavidad y paró elegantemente a tan sólo unos pocos pasos delante de él. Incapaz de ocultar su sonrisita, Gabby expresó su emoción con una energía cinética.

—¡No puedo creer que lo haya hecho!

—¡Lo has hecho muy bien!

—¿Has visto cómo giraba? ¡Ya sé que iba muy despacio, pero lo he hecho!

—Lo he visto.

—¡Es increíble! ¡Ahora entiendo por qué te gusta tanto montar en moto! ¡Es una pasada!

—Me alegro de que te haya gustado.

—¿Puedo volver a intentarlo?

Él señaló hacia la carretera.

—Adelante.

Gabby corrió hacia un lado y hacia otro de la carretera durante un buen rato, mientras Travis observaba su absoluta confianza cada vez que se detenía y volvía a arrancar. Realizaba los giros con gran facilidad —incluso empezó a conducir en un círculo—, y cuando se detuvo delante de él, tenía la cara sofocada. Cuando se quitó el casco, Travis tuvo la certeza de que jamás había visto algo tan vivo y tan bello.

—Ya está —anunció Gabby—. Ya puedes volver a conducir.

—¿Estás segura?

—Hace mucho tiempo aprendí que es mejor abandonar cuando todavía lo estoy pasando bien. No me gustaría chocar contra algo y echar a perder esta magnífica sensación.

Gabby se apartó hasta el asiento trasero y Travis se montó en la moto, encantado de volver a sentir las manos de ella alrededor de su cintura. Mientras enfilaba nuevamente hacia la autopista, se sintió con las pilas recargadas, como si sus sentidos estuvieran completamente alerta, atento a las curvas del cuerpo de Gabby contra el suyo. Recorrieron el trayecto hasta la autopista, giraron y atravesaron Morehead City, cruzaron el puente de Atlantic Beach y completaron la vuelta pasando por Beaufort.

Unos minutos más tarde, atravesaban el casco antiguo, dejando atrás numerosos restaurantes y el puerto deportivo de camino hacia Front Street. Finalmente Travis aminoró la marcha, y se detuvo en un gran terreno cubierto de hierba casi al final de la manzana. El terreno vacío lindaba, por un lado, con una deslustrada mansión georgiana que, por lo menos, debía de tener cien años, y por el otro, una casa parecida, pero de estilo victoriano. Apagó el motor y se quitó el casco.

—Ya hemos llegado —anunció, al tiempo que la ayudaba a apearse de la moto—. Esto es lo que te quería enseñar.

Había algo en su voz que hizo que Gabby se contuviera para no expresar que allí no había nada más que un solar vacío; por un momento, se limitó a observar a Travis mientras éste avanzaba unos pasos en silencio. Él mantenía la vista fija en el otro lado de la carretera, en dirección a Shackeford Banks, con las manos en los bolsillos. Gabby se quitó el casco y se pasó una mano por el pelo para acicalárselo, después caminó hacia él. Cuando estuvo a su lado, tuvo la impresión de que Travis le confesaría todo el misterio cuando se sintiera preparado.

—Desde este lugar se goza de una de las panorámicas más bonitas de toda la costa —dijo finalmente—. No es una magnífica vista del océano, de las olas y del agua que se extiende hasta el horizonte, que también es fantástico, pero después de un tiempo resulta aburrido, porque la vista es casi siempre la misma. Pero aquí, siempre hay algo que ver. Siempre hay veleros y yates surcando el agua hacia el puerto deportivo; si vienes por la noche, puedes ver los numerosos grupitos de gente congregados a lo largo de la orilla y escuchar la música. He visto marsopas y rayas pasando a través del canal, y especialmente me encanta ver los caballos salvajes mientras pacen libremente en la isla. No sé cuántas veces los he visto, pero siempre me fascinan.

—¿Vienes aquí a menudo?

—Unas dos veces por semana. Cuando quiero estar solo para pensar.

—Estoy segura de que a los vecinos no les debe de hacer mucha gracia que te metas en este terreno.

—No pueden hacer nada. Es mío.

—¿De veras?

—¿A qué viene tu sorpresa?

—No lo sé. Supongo que me ha dado la impresión de que realmente eres una persona... hogareña.

—Ya tengo una casa...

—Sí, y tengo entendido que tu vecina es fantástica.

—¡No me digas!

—Me refería a que el hecho de comprar un terreno da a entender que eres la clase de chico con planes a largo plazo.

—¿Y eso no te gusta?

—Bueno...

—Si lo que intentas es adularme, te advierto de que no te está saliendo nada bien.

Ella soltó una carcajada.

—Veamos qué te parece esto: no dejas de sorprenderme.

—¿De un modo positivo?

—Sí.

—¿Como la vez que llevaste a *Molly* a la clínica y te diste cuenta de que yo era el veterinario?

—Preferiría no hablar de eso.

Él se echó a reír.

—Entonces, ¿qué tal si comemos?

Ella lo siguió de vuelta hasta la moto, donde Travis desató la cesta y una manta. Después de guiarla hasta un pequeño montículo situado en la parte posterior de la propiedad, Travis extendió la manta en el suelo y la invitó a sentarse. Cuando los dos estuvieron cómodos, él empezó a sacar las fiambreras.

—¿Fiambreras?

Él parpadeó varias veces seguidas.

—Mis amigos me llaman: «Míster Doméstico».

Travis sacó dos latas frías de té helado con sabor a fresa. Abrió una y se la pasó a Gabby.

—¿Qué has preparado?

Él señaló hacia diversos recipientes mientras hablaba:

—He traído tres tipos distintos de queso, galletitas saladas, aceitunas negras de Kalamata y uvas. Es más un aperitivo que una comida propiamente dicha.

—Me parece perfecto. —Gabby cogió las galletitas saladas y cortó un trozo de queso—. Aquí había una casa antes, ¿verdad? —Cuando vio su cara de sorpresa, señaló con la mano hacia las mansiones a ambos lados del terreno—. No puedo imaginar que este solar haya permanecido vacío durante ciento cincuenta años.

—Tienes razón —asintió él—. Se quemó cuando yo era pequeño. Sé que te parece que Beaufort es un pueblo de reducidas dimensiones ahora, pero cuando yo era niño, no era más que una mancha diminuta en el mapa. La mayor parte de estas mansiones históricas estaban prácticamente abandonadas, igual que la que ocupaba este solar. Recuerdo que era una casa enorme con el tejado medio derrumbado y se rumoreaba que estaba encantada, lo cual todavía le confería un aspecto más llamativo cuando éramos niños. Solíamos colarnos aquí de noche. Era como nuestro fuerte y nos gustaba jugar al escondite por las habitaciones durante horas. Tenía un sinfín de increíbles recovecos para escondernos. —Con aire ausente, arrancó un puñado de hierba, como si se dejara arrastrar por los recuerdos—. Pero una noche de invierno, supongo que una pareja de vagabundos encendió una hoguera en el interior para no pasar frío. El fuego se propagó por toda la casa en apenas unos minutos, y al día siguiente sólo quedaba una pila de escombros. Pero la cuestión es que nadie sabía cómo contactar con el dueño. El propietario anterior había muerto y se lo había dejado a su hijo. Éste murió y se sabía que se lo había dejado a alguien más, y así seguía la lista, por lo que la pila de escombros permaneció intocada durante un año, aproximadamente, hasta que el Ayuntamiento decidió retirarlos. Después, todo el mundo se olvidó de este terreno, hasta que finalmente conseguí dar con el dueño en Nuevo México y le hice una propuesta verdaderamente barata para comprar el terreno. Él aceptó de inmediato. Dudo que hubiera pisado este suelo siquiera una vez y no sabía qué valor tenía lo que estaba vendiendo.

—¿Y piensas edificar una casa aquí?

—Forma parte de mi plan a largo plazo, por supuesto, dado que soy un tipo tan hogareño. —Travis cogió una aceituna y se la echó a la boca—. ¿Estás lista para hablarme de tu novio, o todavía no?

Gabby recordó la conversación telefónica que había mantenido aquella mañana con Kevin.

—¿Qué quieres saber?

—Oh, sólo intento que no decaiga la conversación.

Gabby también cogió una aceituna.

—Entonces hablemos de una de tus ex novias.

—¿Cuál de ellas?

—La que quieras.

—De acuerdo. Te hablaré de la que me dio unos carteles de películas.

—¿Era guapa?

Travis consideró la respuesta.

—La mayoría de la gente dice que sí.

—¿Y tú que dirías?

—Diría que…, que tienes razón. Quizá no deberíamos hablar de estos temas.

Ella se echó a reír, luego señaló las aceitunas.

—Están buenísimas. De hecho, todo lo que has traído está muy bueno.

Él colocó otro trozo de queso sobre una de las galletitas saladas.

—¿Cuándo regresará tu novio?

—¿Otra vez?

—Sólo estaba pensando en ti y no quiero que te metas en ningún lío.

—Aprecio tu interés, pero ya soy mayorcita. Y no es que importe, pero regresará el miércoles. ¿Por qué te interesa saberlo?

—Porque me lo he pasado muy bien contigo estos dos últimos días.

—Yo también.

—Pero eres consciente de que esto se acaba, ¿no?

—No tiene por qué acabarse. Seguimos siendo vecinos.

—Y estoy seguro de que a tu novio no le importará si te invito a pasear en moto otra vez, o si salimos juntos a disfrutar de una comida campestre, o si te metes en la bañera para hidromasaje conmigo, ¿no?

La respuesta era obvia, y la expresión en la cara de Gabby se tornó más seria.

—No, seguramente no le hará ni pizca de gracia.

—Así que sí que es el final.

—Todavía podemos ser amigos.

Él se la quedó mirando fijamente durante un momento, entonces, de repente, se llevó la mano al pecho como si acabaran de dispararle.

—Realmente sabes cómo herir a un chico, ¿eh?

—¿Se puede saber de qué estás hablando?

Travis sacudió la cabeza.

—No existe esa posibilidad de ser amigos. No entre un hombre y una mujer solteros de nuestra edad. Simplemente no funciona, a menos que te estés refiriendo a alguien que conoces desde hace mucho tiempo. Pero no entre desconocidos.

Gabby abrió la boca para replicar, pero no había realmente nada que decir.

—Y además —prosiguió él—, no estoy seguro de que quiera ser tu amigo.

—¿Por qué no?

—Porque deseo ser algo más.

De nuevo, ella no dijo nada. Travis la observó, incapaz de leer su expresión. Finalmente se encogió de hombros.

—Y tampoco creo que tú quieras que seamos amigos. No sería conveniente para tu relación con tu novio, ya que sin duda tú también acabarías por enamorarte locamente de mí y cometerías alguna estupidez de la que seguramente después te arrepentirías. Y entonces me echarías la culpa, y transcurrido un tiempo, probablemente te irías a vivir a otro sitio, ya que no podrías soportar la gran tensión.

—¡No me digas!

—Es una de las maldiciones de mi vida, por ser un chico tan arrebatadoramente encantador.

—Vaya, hablas como si le hubieras dado muchas vueltas al asunto.

—Así es.

—Excepto por la parte que se refiere a que yo me enamore de ti.

—¿No puedes imaginártelo?

—Tengo novio.

—¿Y piensas casarte con él?

—Tan pronto como me lo pida. Por eso me mudé a vivir aquí.

—¿Y por qué no te lo ha pedido todavía?

—Eso no es asunto tuyo.

—¿Lo conozco?

—¿Por qué eres tan curioso?

—Porque —empezó a decir, con los ojos fijos en los de Gabby— si yo estuviera en su lugar y tú te hubieras mudado a vivir aquí para estar conmigo, ya te habría pedido que te casaras conmigo.

Gabby detectó algo en su tono de voz que le hizo darse cuenta de que estaba diciendo la verdad y apartó la vista. Cuando habló, lo hizo con una voz suave:

—No lo eches a perder, por favor.

—¿El qué?

—Esto. Hoy. Ayer. Ayer por la noche. Todo. No lo eches a perder.

—No sé a qué te refieres.

Gabby aspiró aire despacio.

—Este fin de semana ha sido muy especial para mí, aunque sólo sea porque por fin tengo un amigo aquí. De hecho, un par de amigos. No era consciente de lo mucho que echaba de menos contar con amigos en mi vida. El rato que he pasado contigo y con tu hermana me ha hecho pensar en todo lo que he abandonado para venir aquí. Quiero decir, sabía lo que hacía, y no me arrepiento de la decisión que tomé. Lo creas o no, amo a Kevin. —Hizo una pausa, intentando ordenar sus pensamientos—. Pero a veces resulta duro. Y es muy poco probable que vuelva a repetirse un fin de semana como éste, y en parte no me importa, porque pienso en Kevin. Pero una parte de mí se niega a aceptar que esto sólo pase una vez, a pesar de que ambos lo sabemos. —Titubeó—. Cuando dices cosas como las que acabas de decir, sé que no hablas en serio, que en realidad no las sientes, y entonces, todo el sacrificio que estoy haciendo pierde el sentido.

Travis la escuchó atentamente, reconociendo la intensidad en su voz, algo que ella no le había permitido escuchar antes. Y a pesar de que sabía que simplemente debería haber asentido y pedirle disculpas, no podía hacerlo.

—¿Qué te hace pensar que no siento lo que te he dicho? —contraatacó—. Reitero cada palabra. Pero comprendo que no quieras escucharme. Digamos que espero que tu novio sepa lo afortunado que es al tener a una persona como tú en su vida. Sería un verdadero idiota si no lo hiciera. Lo siento si te incomodo, por eso no lo volveré a repetir. —Sonrió levemente—. Pero, por lo menos, tenía que decirlo una vez.

Gabby desvió la vista. Muy a su pesar, le gustaba lo que acababa de escuchar. Travis se giró para contemplar el agua, otorgándole a Gabby una parcela de silencio que ella sentía que necesitaba; a diferencia de Kevin, él siempre parecía saber cómo tenía que responder.

—Será mejor que regresemos a casa, ¿no te parece? —Él señaló hacia la moto—. Además, deberías echar un vistazo a *Molly*.

—Sí —convino ella—. Probablemente sea una buena idea.

Recogieron las sobras de la comida y colocaron los recipientes de nuevo dentro de la cesta, luego doblaron la manta y enfilaron hacia la moto. Por encima de su hombro, Gabby vio que la gente empezaba a inundar los restaurantes para comer, y súbitamente sintió envidia por la simplicidad de sus decisiones.

Travis volvió a atar la cesta y la manta con la cuerda elástica, luego se puso el casco. Gabby hizo lo mismo y unos momentos más tarde abandonaban el lugar. Ella se aferró a las caderas de Travis, intentando sin éxito convencerse de que él había soltado las mismas palabras lisonjeras a docenas de mujeres en el pasado.

Llegaron al garaje de Gabby y Travis detuvo la moto. La chica se soltó de él mientras se apeaba y luego se quitó el casco. De pie delante de él, sintió una incomodidad como no había experimentado desde el instituto, una sensación que le pareció ridícula, y tuvo el presentimiento de que él se preparaba para besarla de nuevo.

—Gracias por este día tan especial —dijo, deseando mantener la escasa distancia que los separaba—. Y gracias también por enseñarme a conducir la moto.

—Ha sido un placer. Lo haces muy bien. ¿Por qué no te decides a comprarte una?

—Quizás algún día.

En el silencio, Gabby podía oír el constante ronroneo del motor. Le pasó el casco a Travis y observó que él lo colocaba en el asiento.

—Muy bien —dijo él—. Ya nos veremos, ¿no?

—Por supuesto. Somos vecinos.

—¿Quieres que le eche un vistazo a *Molly*?

—No, gracias. Estoy segura de que está bien.

Travis asintió con la cabeza.

—Oye, siento lo que te dije antes. No debería haberlo dicho, lo sé, ni tampoco haberte incomodado de ese modo.

—Tranquilo, no lo has hecho.

—¿Y quieres que me lo crea?

—Bueno, puesto que tú estabas mintiendo, pensé que no pasaría nada si yo también lo hacía.

A pesar de la tensión, él se puso a reír.

—¿Me harás un favor? Si toda esa historia con tu novio no acaba de funcionar, llámame.

—No sé... Vale, lo haré.

—Y por tu respuesta, deduzco que será mejor que me marche. —Giró el manillar y empezó a retroceder empujando la moto con los pies, preparándose para marcharse. Estaba a punto de poner el motor en marcha cuando la volvió a mirar.

—¿Quieres cenar conmigo mañana por la noche?

Ella cruzó los brazos.

—¡No puedo creer que me lo hayas propuesto!

—Un hombre tiene que aprovechar cada momento disponible. Es mi lema.

—Por qué será que no me extraña.

—¿Es eso un sí o un no?

Gabby retrocedió un paso, pero a pesar de sus reservas, no pudo evitar sonreír ante su insistencia.

—¿Y si en vez de eso te invito yo a cenar esta noche? En mi casa. A las siete.

—Genial —contestó él, y un momento más tarde ella todavía permanecía de pie, sin moverse, delante del garaje, preguntándose si había perdido la chaveta por completo.

13

Con el sol cayendo inclemente y el agua de la manguera totalmente helada, a Travis le costaba mucho mantener a *Moby* quieto en el mismo sitio. La corta correa tampoco parecía ayudar demasiado; el perro detestaba que lo bañaran, lo que a Travis le parecía una ironía, considerando cómo adoraba perseguir las pelotas de tenis que le lanzaba adentro del océano.

En dichas ocasiones, *Moby* saltaba por encima de las olas, remaba con las patas con furia y no mostraba ningún reparo en hundir la cabeza dentro del agua para agarrar entre sus fauces la pelota de tenis que se alejaba arrastrada por el oleaje. Pero si detectaba que Travis abría el cajón donde guardaba su correa, *Moby* no perdía la ocasión para explorar el vecindario durante horas y normalmente no regresaba hasta que había oscurecido.

Travis estaba acostumbrado a las evasivas de *Moby* y por eso ocultaba la correa hasta el último instante; entonces la enganchaba al collar de *Moby* antes de que éste tuviera tiempo de reaccionar. *Moby*, como de costumbre, le había ofrecido su mejor expresión de «¿cómo has podido hacerme esto a mí?», mientras Travis lo llevaba a rastras hasta la parte trasera de la casa sin hacer caso de su carita de pena.

—Yo no tengo la culpa. Yo no te he dicho que te revolcaras encima de un pescado apestoso, ¿verdad que no?

A *Moby* le encantaba revolcarse sobre los peces muertos —cuanto más pestilentes fueran, mejor—, y mientras Travis estaba aparcando la moto en el garaje, *Moby* había trotado contento hacia él, con la lengua fuera, mostrándose absolutamente orgulloso de sí mismo. Travis sólo había sonreído un instante antes de percibir el mal olor y de fijarse en los repugnantes trozos de pescado pegados al pelaje de *Moby*. Tras darle a *Moby* una palmadita tentativa en la cabeza, se metió sigilosamente en casa para cambiarse, ponerse unos pantalones cortos y esconder la correa en el bolsillo trasero.

Ahora, con la correa atada a la barandilla de la terraza, *Moby* no paraba de moverse de un lado a otro, intentando sin éxito no mojarse más de lo que ya estaba.

—Sólo es un poco de agua, niño grandullón —lo regañó Travis, a pesar de que lo cierto era que llevaba casi cinco minutos bañando al perro.

A pesar de que adoraba los animales, no quería empezar a aplicarle el jabón hasta que toda la... «inmundicia» hubiera desaparecido del pelaje. Los trozos de pescado eran repugnantes.

Moby gimió y siguió danzando, tirando de la correa hacia delante y hacia atrás. Cuando finalmente estuvo listo, Travis dejó a un lado la manguera y vertió un tercio de la botella de jabón líquido sobre el lomo de *Moby*. Lo enjabonó durante unos minutos y lo lavó con agua abundante, entonces olisqueó a su perro y arrugó la nariz. Repitieron el proceso dos veces más y llegados a ese punto *Moby* ya se había rendido. Con los ojos fijos en Travis y con una expresión abatida, parecía decirle: «¿No te das cuenta de que me he revolcado sobre las vísceras de pescado como un regalo personal para ti?».

Cuando Travis quedó finalmente satisfecho, llevó a *Moby* hasta otra parte de la terraza y volvió a atarlo. Había aprendido que si lo soltaba inmediatamente después del baño, *Moby* regresaba a la escena del crimen tan pronto como podía. Su única esperanza era mantenerlo atado el tiempo suficiente como para que se olvidara de su objetivo. *Moby* se sacudió enérgicamente para librarse del exceso de agua y —al darse cuenta de que estaba atado— finalmente se sentó, derrotado, y lanzó un gruñido de resignación.

Después del arduo esfuerzo, Travis cortó el césped. A diferencia de la mayoría de sus vecinos, que usaban cortacéspedes eléctricos, Travis todavía usaba uno manual. Necesitaba un poco más de tiempo para realizar el trabajo, pero no sólo era un ejercicio decente, sino que el movimiento repetitivo hacia delante y hacia atrás le parecía una actividad relajante. Mientras cortaba el césped, no podía apartar la vista de la casa de Gabby, con aire reflexivo.

Unos minutos antes, la había visto salir del garaje y subirse al coche. Si ella lo había visto, no lo había demostrado. Simplemente había dado marcha atrás y luego se había perdido calle abajo en dirección al pueblo. Nunca antes había conocido a una mujer como aquélla. Y ahora ella lo había invitado a cenar.

No sabía cómo interpretar su invitación y había estado intentando hallarle el sentido desde que se había despedido de ella. Lo más probable era que hubiera accedido por cansancio, después de su insistencia. Era cierto que Travis no había dejado de tirarle los tejos desde que se habían conocido, pero mientras cortaba el césped deseó haber sido un poco más sutil con ella. Si supiera que no lo hacía porque se sentía coaccionada, hubiera estado más tranquilo con aquella invitación a cenar.

Plantearse todas esas cuestiones era algo totalmente nuevo para él. Pero, claro, no podía recordar la última vez que lo había pasado tan bien con una chica. Se había reído más con Gabby que con Monica, Joelyn, Sara o con cualquier otra mujer con la que había salido en el pasado. Encontrar una chica con buen sentido del humor había sido un consejo vital que su padre le había dado cuando empezó a tomarse en serio lo de empezar a salir con chicas, y finalmente comprendía por qué su padre consideraba que el humor era una premisa tan importante. Si la conversación era como la letra de la canción, la risa era la música, que confería al tiempo compartido el aspecto de una melodía que podía ser escuchada una y otra vez, sin sentirse hastiado.

Cuando acabó con el césped, arrastró la máquina hasta el garaje y constató que Gabby todavía no había regresado. Había dejado la puerta del garaje entreabierta, y de repente vio que *Molly* salía a pasear unos instantes por la terraza y que luego daba media vuelta y volvía a enfilar hacia el garaje.

Ya en la cocina, Travis se tomó un vaso de té helado de un solo trago. Aunque sabía que no sacaría nada positivo, la verdad era que no le importaba, así que se puso a pensar en el novio de Gabby. Se preguntó si conocía a Kevin. Le parecía extraño que ella le hubiera contado tan poco acerca de él y que le hubiera costado tanto decirle, simplemente, su nombre. Sería más fácil atribuirlo a un sentimiento de culpa, salvo por el hecho de que ella había evitado el tema desde el principio. No sabía cómo interpretarlo y se preguntó cómo era Kevin o qué había hecho para conseguir que Gabby se enamorase de él. Mentalmente imaginó varios perfiles —atlético, estudioso o un poco de cada—, pero ninguno de ellos le parecía adecuado.

Consultó el reloj y se dijo que todavía le quedaba tiempo para llevar la barca de paravelismo hasta el puerto deportivo antes de ducharse y vestirse. Cogió las llaves de la barca y se dirigió a la terraza, desató a *Moby*, y observó que su perro lo adelantaba corriendo y bajaba los peldaños disparado como una flecha. Travis se detuvo en el borde del embarcadero y señaló hacia la barca.

—Vamos, sube.

De un salto, *Moby* se montó en la barca, moviendo la cola alegremente. Travis lo siguió. Unos minutos más tarde, navegaban por el río, siguiendo la estela que les marcaba la dirección correcta. Al pasar por delante de la casa de Gabby, echó una mirada furtiva hacia las ventanas, pensando de nuevo en la cena y preguntándose qué iba a suceder. Se dio cuenta de que, por primera vez en toda su experiencia con chicas, estaba nervioso ante la idea de cometer algún error.

Gabby condujo hasta el supermercado que había cerca de su casa y entró en el aparcamiento. Los domingos siempre estaba abarrotado de coches y no le quedó más remedio que estacionar en la esquina más alejada, por lo que se preguntó por qué había decidido ir en coche en lugar de a pie.

Se colgó el bolso en el hombro, salió del coche, buscó un carrito y entró en la tienda.

Al salir de su casa había visto que Travis estaba cortando el césped, pero había fingido no verlo porque tenía la necesidad de sentirse en pleno control de los sentimientos que la abordaban. El mundo apacible y ordenado que había creado se había desmoronado y necesitaba desesperadamente más tiempo para recuperar su integridad.

Gabby se dirigió a la sección de verduras y cogió unos puñados de judías verdes y diversas hortalizas para preparar una ensalada. Avanzando rápidamente por el pasillo, cogió una caja de pasta y una bolsa de picatostes, luego se encaminó hacia el fondo del supermercado.

Sabía que a Travis le gustaba el pollo, por lo que puso una bandeja de pechugas en el carrito y luego pensó que una botella de Chardonnay sería adecuada. No estaba segura de si a Travis le gustaba el vino —no sabía por qué, pero lo dudaba—, pero a ella le apetecía y echó un vistazo a la limitada sección en busca de algún vino que reconociera. Había dos del valle de Napa, pero escogió uno de Australia, tras pensar que le daría un toque un poco más exótico a la cena.

Las filas en las cajas registradoras eran largas y se movían lentamente, pero por fin consiguió pagar y regresar al coche. Al echar un vistazo por el espejo retrovisor, se vio a sí misma reflejada y se quedó quieta un momento, observándose como si lo estuviera haciendo a través de los ojos de otra persona. ¿Cuánto tiempo hacía desde que alguien que no fuera Kevin la había besado? Por más que intentaba olvidar el incidente, no podía evitarlo, y lo volvía a revivir una y otra vez, como un secreto prohibido.

Se sentía atraída por Travis; no podía negarlo. Y no sólo porque fuera atractivo y porque la hiciera sentir de nuevo una mujer deseable; era más bien por la exuberancia natural que desprendía y transmitía, hasta el punto de conseguir que se sintiera totalmente cómoda con esa actitud, como si ella también fuera de ese modo. El hecho de que él hubiera vivido una vida tan diferente a la suya y, sin embargo, que se comprendieran y compenetraran tan bien, otorgaba a aquella relación una familiaridad que contradecía el corto periodo de tiempo que había pasado desde que se conocían. Nunca antes había conocido a nadie como él. La mayoría de la gente —por ejemplo sus compañeros en la universidad— parecía vivir la vida como si se marcara unos objetivos y una vez conseguidos los fuera tachando de una lista. Estudiar mucho, conseguir un trabajo, casarse, comprar una casa, tener niños... Y hasta aquel fin de semana, se daba cuenta de que ella no era diferente. En cierto modo, comparado con las decisiones que Travis había tomado y los lugares que había visitado, su vida parecía... banal.

Pero ¿viviría de un modo diferente, si pudiera? Lo dudaba. Sus experiencias la habían ido cincelando hasta constituir la mujer en que se había convertido, del mismo modo que Travis se había moldeado a partir de sus propias experiencias, y Gabby no se arrepentía de nada. Sin embargo, mientras giraba la llave y encendía el motor, sabía que ésa no era la cuestión importante. Mientras ponía el coche en marcha, cayó en la cuenta de que la decisión que tenía que afrontar era: ¿qué dirección iba a tomar, a partir de ese momento?

«Nunca es demasiado tarde para cambiar.»

El pensamiento la asustó y a la vez le provocó una extraña emoción. Unos minutos más tarde, conducía hacia Morehead City. Se sentía como si le estuvieran concediendo la oportunidad de empezar de nuevo.

El sol había recorrido prácticamente toda la bóveda celeste cuando Gabby llegó a casa y vio a *Molly* tumbada sobre la hierba del jardín, con las orejas tiesas y moviendo la cola animadamente. La perrita trotó hasta Gabby cuando ésta abrió la puerta trasera del coche, y la saludó lamiéndole las manos.

—Ya estás casi completamente recuperada —dijo Gabby, contenta—. ¿Cómo están tus cachorros?

Como si *Molly* la hubiera entendido, emprendió la marcha hacia el garaje.

Gabby agarró las bolsas y las llevó dentro, después colocó las verduras sobre la encimera. Había tardado más de lo previsto, pero todavía le quedaba tiempo para empezar a preparar la cena. Puso un cazo con agua en uno de los fogones para cocer la pasta. Mientras el agua se calentaba, troceó los tomates y los pepinos para la ensalada. Cortó la lechuga y mezcló todos los ingredientes con un poco de queso y la misma clase de aceitunas que Travis había usado en la comida campestre el día previo.

Agregó la pasta al agua con una pizca de sal, desenvolvió las pechugas de pollo y empezó a sazonarlas con aceite de oliva, al tiempo que se lamentaba por no haber preparado una cena más sugestiva. Añadió un poco de pimienta y otras especias, pero cuando hubo acabado, pensó que todo tenía el mismo aspecto insulso que antes de empezar. ¡Qué se le iba a hacer! Ya estaba preparado. Encendió el horno para que se calentara, añadió un poco de caldo a la bandeja donde había puesto las pechugas de pollo y la metió en el horno, con la esperanza de haber echado suficiente caldo como para evitar que las pechugas se resecaran. Escurrió la pasta y la guardó en un cuenco en la nevera, con la intención de añadir un poco de hierbas aromáticas antes de servirla.

Ya en la habitación, eligió la ropa que se iba a poner y se dirigió a la ducha. El agua cálida le sentó de maravilla. Se pasó la cuchilla por las piernas, procurando no ir demasiado deprisa para no cortarse, se lavó el pelo y se puso suavizante, y finalmente salió de la ducha y se secó.

Encima de la cama había unos pantalones vaqueros nuevos y una blusa de manga corta adornada con unas vistosas cuentas de colores. Había elegido el atuendo con un cuidado esmero; no quería parecer ni demasiado formal ni demasiado desenfadada, y esas prendas le parecían simplemente pertinentes. Se vistió, se calzó un nuevo par de sandalias y se puso unos pendientes largos. Se colocó delante del espejo, se giró primero hacia un lado y después hacia el otro, y quedó complacida con su aspecto.

Ya eran casi las siete. Distribuyó varias velas por toda la casa, y cuando ya estaba colocando las últimas sobre la mesa, oyó que Travis llamaba a la puerta. Irguió la espalda, intentando mantener el control de sí misma y se dirigió hacia la puerta.

Molly había escoltado a Travis y él le estaba acariciando la cabeza cuando se abrió la puerta. Travis se sintió incapaz de darse la vuelta. Y encima se había quedado sin habla. Se quedó mirando fijamente a Gabby, intentando ordenar el cúmulo de emociones que empezaban a asaltar su corazón.

Gabby sonrió al verlo tan obviamente incómodo.

—Pasa. Estaba acabando de preparar la cena.

Travis la siguió, intentando no mirarla descaradamente mientras ella caminaba delante de él.

—Estaba a punto de abrir una botella de vino. ¿Te apetece una copa?

—Sí, gracias.

En la cocina, ella asió la botella y el abridor, y Travis avanzó un paso.

—¿Quieres que la abra?

—Te lo agradezco. Tengo una desagradable tendencia a partir el corcho y no me gusta nada ver luego los trocitos flotando en la copa.

Mientras él abría la botella, vio que la chica sacaba dos copas de un armario. Gabby las depositó en la encimera y Travis clavó la vista en la etiqueta de la botella, mostrando más interés del que realmente sentía, procurando controlar los nervios.

—Es la primera vez que pruebo este vino. ¿Es bueno?

—No tengo ni idea.

—Entonces supongo que será una experiencia nueva para los dos. —Vertió un poco en una de las copas y se la pasó a Gabby, intentando leer su expresión.

—No estaba segura de qué te apetecía cenar —soltó ella, para romper el silencio—, pero sé que te gusta el pollo. Sin embargo, tengo que avisarte que nunca he sido la mejor cocinera de la familia.

—Estoy seguro de que estará delicioso. No soy un tiquismiquis.

—Mientras no esté demasiado condimentado, ¿no?

—Has acertado.

—¿Tienes hambre? —Gabby sonrió—. Sólo necesito unos minutos para calentarlo…

Travis se debatió un momento antes de apoyarse en la encimera.

—¿Te importa si esperamos un poco? Primero preferiría saborear la copa de vino.

Ella asintió, y permaneció de pie frente a él, en silencio, preguntándose qué se suponía que tenía que hacer a continuación.

—¿Te apetece salir fuera?

—Sí, perfecto.

Tomaron asiento en las mecedoras que Gabby había colocado cerca de la puerta. Ella tomó un sorbo de vino, agradecida de tener algo entre las manos que la ayudara a controlar los nervios.

—Me gusta la vista desde aquí —comentó Travis decididamente, meciéndose hacia delante y hacia atrás con energía—. Me recuerda a la mía.

Gabby rio, sintiéndose un poco aliviada.

—Lamentablemente, no he aprendido a disfrutarla igual que haces tú.

—Casi nadie lo hace. Es como una tarea inútil estos días. Contemplar cómo fluye el agua en el río es un poco como oler rosas.

—Quizá sea algo propio de la actitud de la gente en los pueblos pequeños —especuló ella.

Travis la observó con interés.

—Dímelo con franqueza: ¿te gusta vivir en Beaufort?

—Tiene sus puntos positivos.

—He oído que los vecinos son fantásticos.

—Yo sólo he conocido a uno.

—¿Y?

—Bueno, muestra una incómoda tendencia a interrogarme sin parar.

Travis sonrió abiertamente. Le encantaba su sentido del humor.

—Pero, contestando a tu pregunta, sí —continuó Gabby—. Me gusta vivir aquí. Me gusta que todo esté a un tiro de piedra. Además, es un pueblo muy bonito y diría que estoy aprendiendo a valorar el ritmo de vida más pausado.

—Hablas como si Savannah fuera una ciudad tan cosmopolita como Nueva York o París.

—No, no lo es. —Ella lo observó por encima de la copa—. Pero sí que considero que Savannah está más cerca de Nueva York que de Beaufort. ¿Has estado allí alguna vez?

—¡Uf! ¡Montones de veces! ¡Incluso antes de conocerte, ya era mi ciudad favorita!

—Qué mono. Por lo menos podrías intentar ser más ingenioso.

—Es que me cuesta demasiado trabajo.

—Tienes aversión al trabajo, ¿no?

—¿Cómo lo has adivinado? —Travis se recostó en la mecedora—. Pero ahora hablando en serio, ¿crees que algún día te irás de aquí y volverás a Savannah?

Ella tomó un sorbo de vino antes de contestar.

—No, no lo creo. No me malinterpretes. Considero que es un lugar fantástico, realmente una de las ciudades más bellas del sur. Me encanta la disposición urbanística. Tiene unas plazas preciosas (me refiero a los parques tan bonitos que uno encuentra en casi cada grupo de manzanas), y algunas de las mansiones de delante de esos parques son impresionantes. Cuando era pequeña, solía imaginar que vivía en una de ellas. Durante mucho tiempo, ése fue uno de mis sueños.

Travis permaneció callado, esperando a que ella continuara. Gabby se encogió de hombros.

—Pero cuando crecí, me di cuenta de que no era tanto mi sueño como el de mi madre. Ella siempre ha querido vivir en una de esas mansiones, y recuerdo que siempre atosigaba a papá para que contactara con los dueños, en cuanto veía que había una en venta. A mi padre siempre le han ido bien los negocios, pero sé que le molestaba la idea de no poder comprar una de esas increíbles mansiones, y con el tiempo, empecé a mirarlas con inquina. —Hizo una pausa—. De todos modos, supongo que lo que yo quería era algo diferente. Y eso precisamente es lo que me llevó primero al instituto y luego a la universidad y a Kevin, y al final aquí.

A lo lejos, *Moby* se puso a ladrar frenéticamente. A continuación, oyeron un ruido de arañazos en la corteza de un árbol. Travis echó un vistazo al imponente roble cerca de los setos y vio que una ardilla trepaba por el tronco. A pesar de que no podía ver a *Moby*, sabía que estaba dando vueltas alrededor del roble, esperando que el pequeño animal resbalara y cayera del tronco. Al darse cuenta de que Gabby se había girado hacia el ruido, Travis alzó la copa en aquella dirección.

—Mi perro se vuelve loco persiguiendo ardillas. Es como si creyera que ha nacido para ese fin.

—La mayoría de los perros lo hacen.

—¿*Molly* también?

—No. Su dueña ejerce un poco más de control sobre ella y consiguió frenarle esos impulsos antes de que el problema se le escapase de las manos.

—Comprendo —concluyó Travis con una fingida mueca de seriedad.

Sobre la superficie del agua se iniciaba el impresionante espectáculo del descenso del sol. Dentro de una hora, el río adoptaría una tonalidad anaranjada, pero de momento había algo extraordinario y misterioso en su color dorado. Más allá de la línea de cipreses que bordeaban la orilla, Travis vio un águila pescadora flotando plácidamente sobre la marea y observó la pequeña embarcación pesquera que surcaba las aguas cargada de pescado. El capitán era un hombre tan anciano que podría haber sido el abuelo de Travis, y al pasar los saludó. Travis le devolvió el saludo, luego tomó otro sorbo de vino.

—Con todo lo que me acabas de contar, siento curiosidad por saber si te imaginas a ti misma pasando el resto de tus días en Beaufort.

Gabby reflexionó, con la impresión de que la pregunta era más profunda de lo que realmente parecía.

—Supongo que eso depende —contestó finalmente—. No es un lugar muy animado que digamos, pero, por otro lado, no me parece un mal sitio para criar a los hijos.

—¿Y eso es importante?

Ella se giró hacia él con cierto aire retador.

—¿Acaso hay algo más importante?

—No —admitió Travis con un tono pausado—. No hay nada más importante. Yo mismo soy una prueba de que creo lo que digo, porque crecí aquí. Beaufort es la clase de sitio donde un partido de béisbol del equipo local despierta más tema de conversación que la gran final nacional, y me gusta pensar que puedo criar a mis hijos en un lugar donde el pequeño mundo que habitan es todo lo que conocen. Cuando era más joven solía pensar que era el pueblo más aburrido del planeta, pero cuando rememoro mi infancia, me doy cuenta de que me equivocaba, porque cualquier acontecimiento suponía toda una aventura para mí. Nunca me aburría, como les pasa a tantos niños en las grandes ciudades. —Hizo una pausa—. Recuerdo que cada sábado por la mañana iba a pescar con mi padre, y aunque he de admitir que mi padre es el pescador más lamentable que jamás haya conocido, me lo pasaba fenomenal. Ahora comprendo que para él, por lo menos, se trataba de pasar un rato conmigo, y no tengo palabras para expresar lo agradecido que le estoy por el tiempo que me ha dedicado. Me gusta pensar que algún día podré ofrecer las mismas experiencias a mis hijos.

—Cómo me gusta oírte hablar así —confesó Gabby—. No hay mucha gente que opine del mismo modo.

—Amo este pueblo.

—No me refería a eso —apostilló ella, sonriendo—. Me refería a cómo quieres criar a tus hijos. Parece que le has dado muchas vueltas al asunto.

—Es cierto —admitió él.

—No sé cómo lo haces, pero siempre logras sorprenderme.

—Pues la verdad es que no soy consciente de hacer nada. ¿De veras te sorprendo?

—Sí. Cuanto más te conozco, más íntegro me pareces.

—Lo mismo digo —respondió él—. Quizá por eso nos compenetramos tanto.

Gabby lo miró fijamente, sintiendo que nuevamente incrementaba la tensión entre ellos.

—¿Todavía no tienes hambre?

Él tragó saliva, esperando que Gabby no se diera cuenta de lo que sentía por ella.

—Sí, ahora sí —contestó con un tono de animación forzada.

Cogieron las copas de vino y regresaron a la cocina. Gabby hizo una señal a Travis para que se sentara mientras ella preparaba la mesa y, al observarla moverse alrededor de la cocina, se sintió invadido por una sensación de bienestar.

Durante la cena, Travis se comió dos trozos de pollo, saboreó las judías verdes y la pasta, y no dejó de ensalzar a Gabby de una forma exagerada por sus dotes culinarias, hasta que ella se rio incómoda y le pidió que parase. No cesó de interrogarla sobre su infancia en Savannah, y al final ella accedió a contarle un par de anécdotas que consiguieron arrancarle unas sonoras carcajadas. Poco a poco, el cielo se volvió gris, azul y finalmente negro. Las velas conferían una luz tenue, y se sirvieron el resto del vino en las copas, ambos plenamente conscientes de que se hallaban sentados delante de una persona que podría cambiar el cauce de sus vidas para siempre si no iban con cuidado.

Después de la cena, Travis ayudó a Gabby a despejar la mesa, y a continuación se sentaron en el sofá, acunando sus copas de vino al tiempo que seguían compartiendo anécdotas de su pasado. Gabby intentó imaginar a Travis de chiquillo, preguntándose también qué habría opinado de él si se hubieran conocido en el instituto o en la universidad.

Mientras el tiempo transcurría plácidamente, Travis se fue arrimando más a ella, hasta que al final la rodeó con un brazo por encima del hombro. Gabby inclinó la cabeza hacia él, sintiéndose cómoda con ese contacto, y observó satisfecha el juego de la luz plateada de la luna que se filtraba a través de las nubes.

—¿En qué piensas? —le preguntó Travis al cabo de un rato, rompiendo un silencio particularmente largo, aunque grato.

—Estaba pensando en que este fin de semana ha pasado de una forma natural. —Gabby lo miró a los ojos—. Es como si nos conociéramos de toda la vida.

—Supongo que eso significa que un par de mis anécdotas eran aburridas, ¿no?

—No te infravalores —bromeó ella—. Muchas de tus anécdotas eran aburridas.

Travis se echó a reír y la abrazó con más fuerza.

—Cuanto más te conozco, más me sorprendes. Y eso me gusta.

—¿Para qué están los vecinos?

—¿Es eso todavía lo único que soy para ti? ¿Nada más que un vecino?

Gabby apartó la vista sin responder, y Travis continuó:

—Ya sé que te incomoda, pero no puedo marcharme esta noche de aquí sin decirte que no tengo suficiente con ser sólo tu vecino.

—Travis...

—Déjame acabar, por favor. Este mediodía, mientras hablábamos, me has comentado que echabas de menos tener amigos aquí, y durante toda la tarde no he podido dejar de pensar en eso, pero no de la forma que probablemente te imaginas. Tu comentario ha hecho que me dé cuenta de que, a pesar de que yo sí que tengo amigos aquí, lo que realmente echo de menos es algo que mis amigos tienen. Laird y Allison, Joe y Megan,

Matt y Liz, se tienen el uno al otro. Yo no tengo eso en mi vida, y hasta que apareciste tú, ni tan sólo estaba seguro de si lo quería. Pero ahora...

Gabby empezó a jugar con las cuentas que adornaban su blusa, resistiéndose a sus palabras, pero aceptándolas de buen grado a la vez.

—No quiero perderte, Gabby. No puedo imaginar ver que te marchas en coche cada mañana y fingir que nada de esto ha sucedido. No puedo imaginar no estar aquí sentado contigo, en el sofá, tal y como estamos ahora. —Tragó saliva—. Y en estos momentos, no puedo imaginarme enamorado de otra mujer.

Gabby no estaba segura de si lo había oído bien, pero cuando vio el modo en que él la miraba fijamente, comprendió a qué se refería. Y sin poder remediarlo, sintió que sus últimas defensas la abandonaban y supo que ella también se había enamorado de Travis.

El antiguo reloj de pared dio la hora a sus espaldas. La luz de las velas titilaba, sumiendo la habitación en un juego de sombras. Travis podía notar el rítmico movimiento en el pecho de Gabby mientras ella respiraba, y continuaron mirándose fijamente, incapaces de hablar.

El teléfono empezó a sonar, rompiendo en mil pedazos los pensamientos de Gabby, y Travis se giró hacia el otro lado. Ella se inclinó hacia delante y cogió el teléfono inalámbrico. Contestó con una voz que no mostraba ninguna clase de sentimiento.

—Ah, hola, ¿cómo estás?... No gran cosa... Ya... He salido a dar una vuelta... ¿Qué tal por ahí?

Mientras ella escuchaba la voz de Kevin, súbitamente se sintió asaltada por una desapacible sensación de culpa. Sin embargo, no pudo evitar emplazar una mano sobre la pierna de Travis. Él no se había movido ni había hecho ningún ruido, y ella podía notar la tensión en los músculos debajo de los pantalones vaqueros mientras deslizaba la mano a lo largo de su muslo.

—Oh, fantástico. Enhorabuena. Me alegro de que hayas ganado... Vaya, por lo visto te lo estás pasando bien... Ah, ¿yo? Nada interesante.

Al escuchar la voz de Kevin mientras se hallaba tan cerca de

Travis, se sentía empujada en dos direcciones opuestas. Intentó concentrarse y escuchar a Kevin, a la vez que procuraba comprender lo que acababa de suceder con Travis. La situación era demasiado surrealista para poder digerirla.

—Oh, cuánto lo siento… Lo sé. Yo también me quemé una vez tomando el sol…, ya…, sí…, sí, le he estado dando vueltas al viaje a Miami, pero no podré tomarme unos días de vacaciones hasta finales de año… Quizá, no lo sé…

Gabby apartó la mano del muslo de Travis y apoyó la espalda en el sofá, intentando mantener el tono de voz impasible, deseando no haber contestado, deseando que él no la hubiera llamado. Consciente de que cada vez se sentía más y más confundida.

—Ya veremos, ¿de acuerdo? Ya hablaremos cuando vuelvas… No, no pasa nada. Sólo es que estoy un poco cansada, supongo… No, nada importante. Ha sido un fin de semana muy largo…

No estaba mintiendo, aunque tampoco decía la verdad, y ella lo sabía, lo cual sólo conseguía que se sintiera peor. Travis mantenía la vista fija en el suelo, escuchando pero fingiendo no escucharla.

—Lo haré —continuó ella—. Sí, yo también…, ya…, sí, estaré en casa…, vale…, yo también. Que te diviertas mañana. Adiós.

Tras colgar, Gabby se mostró inquieta por un momento antes de inclinarse hacia delante para dejar el teléfono sobre la mesa. Travis sabía que era mejor no decir nada.

—Era Kevin —indicó finalmente.

—Lo suponía —contestó Travis, incapaz de interpretar la expresión en la cara de Gabby.

—Hoy ha ganado el torneo de golf.

—Me alegro.

Nuevamente, el silencio se instaló entre ellos.

—Creo que necesito tomar un poco de aire fresco —dijo finalmente ella, que se levantó del sofá. Se dirigió hacia la puerta corredera y salió al exterior.

Travis la observó, preguntándose si debería seguirla o si era mejor dejarla sola. Desde su posición en el sofá, la imagen de ella contra la barandilla era difusa a causa de las sombras. Por un momento, imaginó que se ponía de pie y la seguía, pero entonces ella le sugería que era mejor que se marchase, y a pesar de que ese pensamiento le daba miedo, necesitaba estar con ella, más que nunca.

Avanzó hasta la puerta corredera y se puso a su lado, junto a la barandilla. Bajo la luz de la luna, la piel de Gabby había adoptado un color nacarado y sus ojos desprendían una oscura luminosidad.

—Lo siento —dijo él.

—No tienes que disculparte. No hay nada de lo que tengas que arrepentirte. —Esbozó una sonrisa forzada—. La culpa es mía y no tuya. Sabía dónde me estaba metiendo.

Gabby podía notar que él quería tocarla, pero ella se debatía entre si quería que la tocara o no. Sabía que debería acabar con esa historia, que no debería permitir que la noche progresara más, pero no podía romper el hechizo que la declaración de Travis había provocado. Carecía de sentido. Enamorarse requería su tiempo, más tiempo que un simple fin de semana y, sin embargo, a pesar de sus sentimientos por Kevin, había sucedido. Percibió el nerviosismo de Travis mientras él permanecía de pie a su lado, y vio que él intentaba recuperar la compostura tomando el último sorbo de vino de su copa.

—¿Realmente sentías lo que has dicho antes? —le preguntó ella—. ¿Sobre tu deseo de formar una familia?

—Sí.

—Me alegro. Porque creo que serás un padre estupendo. No te lo había dicho antes, pero eso es precisamente lo que pensé ayer cuando te vi con los niños. Parecías disfrutar con ellos.

—Me sobra experiencia, con tantos cachorros como me ha tocado cuidar.

A pesar de la tensión, Gabby rio. Dio un pequeño paso hacia Travis, y cuando él se giró para mirarla, le pasó un brazo alrededor del cuello. Gabby podía escuchar la vocecita en su interior avisándola de que no siguiera adelante, recordándole que todavía no era demasiado tarde para poner fin a esa locura. Pero otra necesidad se había apoderado de ella y sabía que de nada serviría negar la evidencia.

—Quizá sí, pero lo encontré muy *sexy* —le susurró ella.

Travis la abrazó con fuerza y se fijó en cómo el cuerpo de Gabby parecía acoplarse perfectamente al suyo. Podía oler el leve perfume a jazmín que emanaba de su piel y, mientras permanecían así, sin moverse, abrazados el uno al otro, todos sus sentidos empezaron a cobrar vida. Travis sintió como si hubiera llegado al final de un largo trayecto, sin que se hubiera dado cuenta hasta ese momento de que Gabby había sido su destino desde el inicio. Cuando le susurró al oído: «Te quiero, Gabby Holland», supo que jamás había estado tan seguro de nada en toda su vida.

Gabby hundió la cabeza en su pecho.

—Yo también te quiero, Travis Parker —le susurró, y mientras seguían abrazados, sólo podía pensar que no deseaba nada más en el mundo que lo que estaba sucediendo en aquel momento, y todos los remordimientos y reservas se esfumaron en un abrir y cerrar de ojos.

Él la besó y luego volvió a besarla, una y otra vez, explorando su cuello con avidez y el hueco de la garganta, antes de buscar sus labios de nuevo. Gabby deslizó las manos por su pecho y por sus hombros, sintiendo la fuerza en esos brazos que la estrechaban, y cuando él hundió los dedos en su pelo, ella tembló con un escalofrío, consciente de que aquel desenlace era fruto de lo que se había estado gestando inevitablemente durante todo el fin de semana.

Se besaron en la terraza durante un largo rato. Finalmente ella se apartó, tomó su mano y lo llevó hasta el interior, atravesaron el comedor y se dirigieron a la habitación. Gabby señaló la cama, y mientras Travis se tumbaba, ella sacó un encendedor de un cajón y empezó a encender las velas que había colocado previamente. La habitación, oscura al principio, se fue iluminando con una tenue luz que la bañó de oro líquido.

Las sombras acentuaban cada uno de sus movimientos, y Travis la observó mientras ella cruzaba los brazos, en busca de la parte inferior de la blusa. Con un solo movimiento, Gabby se quitó la blusa por encima de la cabeza. Sus pechos emergieron ceñidos bajo el satinado contorno del sujetador, y sus manos se deslizaron lentamente hacia la bragueta de los pantalones vaqueros. Un momento más tarde, ella se apartó de la pila de ropa arrugada a sus pies.

Travis parecía hipnotizado cuando ella empezó a avanzar hacia la cama y con un movimiento manso lo empujó para que se tumbara. Gabby empezó a desabrocharle los botones de la camisa y se la quitó por los hombros. Mientras él acababa de liberarse de la camisa, ella le desabrochó el cinturón de los pantalones vaqueros, y un momento más tarde, él notó el calor del vientre de ella pegado al suyo.

Travis buscó su boca con una pasión controlada. Gabby se sentía cómoda, con su cuerpo acoplado al de él, más cómoda que en ninguna otra ocasión similar que hubiera experimentado antes, como si las piezas que faltaban en el rompecabezas finalmente hubieran acabado por encajar.

Un poco más tarde, Travis se tumbó a su lado y le dijo las palabras que habían resonado en su cabeza durante toda la noche.

—Te quiero, Gabby —susurró—. Eres lo mejor que me ha pasado en la vida.

Travis notó que ella lo buscaba.

—Yo también te quiero —le susurró, y al oírle decir esas palabras, Travis supo que el viaje solitario que había recorrido durante tantos años estaba a punto de tocar a su fin.

Con la luna todavía alta en el cielo y la luz plateada iluminando la habitación, Travis se dio la vuelta y al instante supo que Gabby no estaba en la cama. Eran casi las cuatro de la madrugada y, después de constatar que no estaba en el cuarto de baño, se levantó y se puso los pantalones. Recorrió el pasillo y asomó la cabeza por el cuarto de los invitados antes de echar un vistazo a la cocina. Todas las luces estaban apagadas, y se quedó un momento desconcertado antes de fijarse en la puerta corredera de cristal, que estaba completamente abierta.

Al salir a la terraza, divisó una figura entre las sombras apoyada en la barandilla. Dio un paso incierto hacia ella, sin saber si Gabby deseaba estar sola.

—Hola. —Travis escuchó una voz que lo saludaba en la oscuridad. Gabby se había puesto el albornoz que había visto antes colgado en el cuarto de baño.

—¿Qué tal? —respondió él sosegadamente—. ¿Estás bien?

—Sí. Me he despertado y no conseguía volver a dormirme, pero no quería despertarte.

Travis se detuvo cerca de ella, se apoyó en la barandilla, ninguno de los dos habló. En vez de eso, se dedicaron a contemplar el cielo. Todo estaba en una calma absoluta; incluso los grillos y las ranas mantenían el silencio.

—Se está tan bien aquí fuera... —apuntó finalmente ella.

—Sí —contestó él.

—Me encantan las noches como ésta.

Cuando Gabby no dijo nada más, él se acercó un poco más y le cogió la mano.

—¿Estás afligida por lo que ha pasado?

—No. No me arrepiento de nada —declaró, con voz segura.

Travis sonrió.

—¿En qué piensas?

—En mi padre —musitó ella, al tiempo que apoyaba la cabeza en su hombro—. En muchos sentidos, me recuerda a ti. Seguro que te gustaría.

—Seguro que sí —convino Travis, sin saber hacia dónde iba la conversación.

—Me preguntaba qué sintió cuando conoció a mi madre por primera vez. Lo que le pasó por la cabeza al verla, si estaba nervioso, lo que le dijo cuando se le acercó...

Travis la miró fijamente a los ojos.

—¿Y?

—No tengo ni idea.

Cuando él se puso a reír, ella lo rodeó con un brazo.

—¿Todavía está caliente el agua en tu bañera para hidromasaje?

—Probablemente. No la he tocado, pero seguro que está bien.

—¿Te apetece darte un baño?

—Tengo que ir a buscar el bañador, pero me parece una idea genial.

Gabby lo abrazó con fuerza, y entonces se inclinó hacia él y le susurró al oído:

—¿Quién ha dicho que necesites bañador?

Y

Travis no dijo nada mientras atravesaron la terraza en dirección a la bañera de hidromasaje. Mientras quitaba el plástico cobertor, vio que el albornoz se deslizaba por los hombros de Gabby y se fijó en su cuerpo desnudo, consciente de lo que sentía por ella y de cómo ese par de días iban a marcar su vida para siempre.

14

Aunque los dos fueron a trabajar el lunes, los dos días siguientes Travis y Gabby pasaron juntos todos sus ratos libres. Hicieron el amor el lunes por la mañana antes de ir a trabajar, almorzaron en un pequeño bar regentado por una familia en Morehead City, y aquella tarde, puesto que *Molly* ya se sentía mejor, salieron a pasear por la playa con los dos perros, cerca de Fort Macon.

Mientras caminaban cogidos de la mano, *Moby* y *Molly* deambulaban por la playa delante de ellos como dos viejos amigos que se hubieran acostumbrado a sus diferencias. Cuando *Moby* se ponía a perseguir charranes y a embestir bandadas de gaviotas, *Molly* seguía su paseo con paso tranquilo, actuando como si no quisiera tener nada que ver. Después de un rato, *Moby* se daba cuenta de que *Molly* no estaba a su lado y retrocedía a su encuentro, y los dos se ponían a trotar juntos y felices hasta que *Moby* perdía de nuevo el mundo de vista y otra vez se repetía la escena.

—Se parecen a nosotros, ¿eh? —remarcó Gabby mientras le estrujaba cariñosamente la mano a Travis—. Uno siempre en busca de aventura, y el otro conteniéndose.

—¿Cuál de ellos soy yo?

Ella rio y apoyó la cabeza en su hombro. Travis se detuvo un momento y la estrechó entre sus brazos tiernamente, sorprendido y asustado por la fuerza de sus sentimientos. Pero cuando ella alzó la cara para besarlo, sintió que sus temores se disipaban y se trocaban en un creciente sentimiento de plena satisfacción. Se preguntó si todo el mundo que estaba enamorado sentía lo mismo.

Después, realizaron una parada en el supermercado. Ninguno de los dos tenía hambre, así que Travis compró los ingredientes para preparar una ensalada con pollo y picatostes. En la cocina, asó el pollo y observó a Gabby mientras ella lavaba las hojas de lechuga en el fregadero. Acurrucados en el sofá después de la cena, Gabby le contó a Travis más cosas acerca de su familia, despertando una mezcla de simpatía hacia Gabby y rabia hacia su madre por no ser capaz de reconocer a la mujer increíble en que Gabby se había convertido. Aquella noche se quedaron tumbados y abrazados hasta pasadas las doce.

El martes por la mañana, Travis estaba a su lado justo en el momento en que ella se despertó.

—¡Uf! ¿Ya es hora de levantarme? —Gabby entreabrió un ojo.

—Creo que sí —murmuró él.

Se quedaron tumbados cara a cara sin moverse, antes de que Travis sugiriera:

—¿Sabes lo que me apetece? Café recién hecho y un bollo de canela.

—Mmm… ¡Qué pena que no tengamos tiempo! He de estar en la consulta a las ocho. No debería haberme quedado despierta hasta tan tarde anoche.

—Cierra los ojos y formula el deseo con todas tus fuerzas y quizá se cumpla.

Demasiado cansada para hacer nada más, Gabby hizo lo que él sugería, pidiendo poder quedarse un par de minutos más en la cama.

—¡Tachán! —Oyó que él exclamaba.

—¿Qué? —murmuró, desconcertada.

—Tu café. Y tu bollo de canela.

—No me tortures. Estoy hambrienta.

—Pero si lo tienes aquí. Mira hacia el otro lado y lo verás.

Ella tuvo que hacer un esfuerzo para sentarse y entonces se le hizo la boca agua al ver dos humeantes tazas de café y unos apetitosos bollos de canela en una bandeja sobre la mesita de noche.

—¿Cuándo has…, quiero decir, cómo…?

—Hace unos minutos. —Travis sonrió socarronamente—. De todos modos, estaba despierto, así que me he acercado a la panadería.

Ella asió las dos tazas y le pasó una a Travis, sonriendo.

—Te besaría ahora mismo, pero esto tiene pinta de estar muy rico y me muero de hambre. Ya te besaré luego.

—¿En la ducha, quizá?

—Tú y tus sutilezas, ¿eh?

—Oye, no me regañes, que acabo de servirte el desayuno en la cama.

—Lo sé —respondió Gabby mientras le guiñaba un ojo. Acto seguido tomó el bollo—. Y pienso disfrutar de este desayuno.

El martes por la tarde, Travis llevó a Gabby a navegar con la barca y juntos contemplaron el atardecer sobre las aguas cerca de Beaufort. Gabby había estado callada desde que había regresado del trabajo, y por eso él había sugerido aquel plan; era su forma de intentar relegar la inevitable conversación que sabía que tenían que abordar.

Una hora más tarde, sentados en la terraza de Travis con *Molly* y *Moby* tendidos a sus pies, Travis finalmente sacó el tema a colación.

—¿Qué pasará ahora? —preguntó.

Gabby hizo rotar el vaso de agua en sus manos.

—No estoy segura —contestó en voz baja.

—¿Quieres que hable con él?

—No es tan sencillo. —Ella sacudió la cabeza—. Me he pasado todo el día devanándome los sesos y todavía no estoy segura de lo que voy a hacer, ni tan sólo de lo que le voy a decir.

—Pero piensas contarle lo nuestro, ¿no?

—No lo sé. De verdad, no lo sé. —Se giró hacia Travis con los ojos llenos de lágrimas—. No te enfades conmigo. Por favor, no te enfades. Créeme si te digo que sé cómo te sientes, porque yo me siento igual. En estos últimos días, has hecho que me sienta… viva. Me haces sentir atractiva, inteligente y deseada y, por más que lo intento, sé que nunca seré capaz de expresarte lo mucho que eso significa para mí. Pero por más intensa que haya sido nuestra relación, por más enamorada que esté de ti, somos dos personas distintas, y tú no te estás enfrentando a la misma decisión que yo. Para ti es fácil: nos queremos, así que deberíamos estar juntos. Pero para mí, Kevin también es importante.

—¿Y qué hay de todo lo que me dijiste? —preguntó Travis, intentando que su tono no delatara su miedo creciente.

—Kevin no es perfecto. Lo sé. Y también sé que las cosas no van muy bien entre nosotros. Pero no puedo evitar pensar que también es culpa mía. ¿No lo ves? Con él, tengo todos esos sueños respecto al futuro, pero contigo... no los tengo. Y si le das la vuelta a la ecuación, ¿crees que todo esto habría sucedido? ¿Qué pasaría si yo hubiera esperado casarme contigo, pero con él sólo me hubiera permitido disfrutar del momento? Tú no me habrías dirigido la palabra y probablemente yo no habría querido que lo hicieras.

—No digas eso.

—Pero es cierto, ¿no? —Sonrió, apenada—. En eso estaba pensando hoy, aunque me duela aceptarlo. Te quiero, Travis, de verdad, te quiero. Si interpretara que lo que ha pasado entre nosotros ha sido únicamente un devaneo de fin de semana, me olvidaría de la cuestión y volvería a imaginar un futuro con Kevin. Pero no será tan fácil. Tengo que tomar una decisión entre vosotros dos. Con Kevin, sé lo que puedo esperar. O, como mínimo, creía saberlo hasta que apareciste tú. Pero ahora...

Ella hizo una pausa, y Travis se fijó en su pelo, que se mecía ligeramente por la brisa. Gabby se abrazó a sí misma, con semblante triste.

—Sólo hace unos días que nos conocemos y, mientras estábamos en la barca, no he podido evitar pensar con cuántas mujeres habrás salido a pasear en barca. Y no es que esté celosa, sino me preguntaba por qué motivo no funcionaron tus relaciones anteriores. Y entonces me he empezado a cuestionar si sentirás lo mismo que ahora sientes por mí en el futuro, o si esta atracción también se acabará, como con todas tus relaciones pasadas. Por más que creamos que nos conocemos, no es cierto. O por lo menos, yo no te conozco. Lo único que sé es que me he enamorado de ti y, nunca antes, en toda mi vida, había estado tan aterrorizada por nada.

Gabby se calló. Travis permaneció en silencio, permitiendo que las palabras penetraran antes de decir nada.

—Tienes razón —admitió—. Tu decisión es diferente a la mía. Pero te equivocas si crees que para mí no ha sido nada más que un devaneo. Quizá sí que empecé por esa línea, pero… —Le cogió la mano—. Ha acabado de un modo completamente distinto. Los días que he pasado contigo me han enseñado lo que realmente me falta en la vida. Cuanto más rato pasábamos juntos, más podía imaginar que nuestra relación tenía futuro. Nunca antes me había sucedido y no estoy seguro de si me volverá a pasar. Jamás había estado enamorado de nadie hasta que apareciste tú (por lo menos, nunca había conocido el amor verdadero). No de este modo, y sería un idiota si te dejara escapar sin luchar por ti.

Travis le acarició el pelo, totalmente abatido.

—No sé qué más puedo decirte, a no ser que puedo imaginarme pasando el resto de mi vida contigo. Sé que parece una locura. Sé que únicamente estamos empezando a conocernos y también debo admitir que lo que he hecho probablemente sólo te empuje a pensar que estoy loco, pero jamás he estado más seguro de algo en mi vida. Y si me das una oportunidad (si nos das una oportunidad) me pasaré el resto de mi vida demostrándote que has tomado la decisión correcta. Te quiero, Gabby. Y no sólo por cómo eres, sino por cómo me haces pensar que «podemos» ser.

Durante un largo momento, ninguno de los dos dijo nada. En la oscuridad, Gabby podía oír los grillos cantando entre la hierba. Su mente daba vueltas como un torbellino —quería escapar y a la vez quería quedarse para siempre—. Sus instintos opuestos eran un reflejo del lío imposible de desenredar en el que se había metido.

—Me gustas —se sinceró Gabby. Entonces, al darse cuenta de que eso podía haber sonado insustancial, se apresuró a añadir—: Y también te quiero, por supuesto, pero espero que ya lo sepas. Lo que intentaba decirte es que me gusta cómo hablas. Me gusta saber a qué te refieres realmente, cuando dices algo. Me gusta poder distinguir entre cuándo hablas en serio o cuándo hablas en broma. Es otra de tus entrañables cualidades. —Le propinó una palmadita afectuosa en la rodilla—. Y ahora, ¿te importa si te pido un favor?

—En absoluto.

—¿Sea lo que sea?

Él dudó.

—Sí..., supongo que sí.

—¿Me harás el amor? ¿Y no pensarás que quizás es la última vez que lo hacemos?

—Me estás pidiendo dos favores.

Gabby ni se esforzó en contestar. En vez de eso, le ofreció la mano. Mientras caminaban hacia la habitación, esbozó una sonrisa casi imperceptible. Finalmente estaba segura de lo que tenía que hacer.

SEGUNDA PARTE

15

Febrero, 2007

Travis intentó apartar de la mente aquellos recuerdos de lo que había pasado hacía casi once años, preguntándose por qué habían emergido con tanta claridad. ¿Se trataba quizá de que ahora era lo bastante maduro como para comprender lo inusual que era enamorarse con tanta rapidez? ¿O simplemente porque echaba de menos la intimidad de aquellos días? No lo sabía.

Últimamente, tenía la impresión de que no sabía muchas cosas. Había gente que afirmaba tener todas las respuestas, o por lo menos las respuestas a las preguntas fundamentales en la vida, pero Travis nunca los había creído. Había algo en la seguridad con que hablaban o escribían que le hacía pensar que tenían la necesidad de justificarse ante sí mismos. Pero si realmente existía una persona que pudiera responder cualquier pregunta, la pregunta de Travis sería: ¿hasta dónde se debería llegar en nombre del amor verdadero?

Podía proponer la pregunta a cien individuos y obtener cien respuestas diferentes. La mayoría eran obvias: una persona debería sacrificarse, o aceptar, o perdonar, o incluso luchar si era necesario..., la lista era inacabable. Sin embargo, a pesar de que sabía que todas aquellas respuestas eran válidas, ninguna le servía en esos momentos. No era posible comprender ciertas cosas. Al echar la vista atrás, rememoraba situaciones que deseaba poder cambiar, lágrimas que quería que nunca se hubieran derramado, momentos a los que podría haber sacado más jugo y frustraciones que debería haber desechado. La vida, por lo visto, estaba llena de contriciones, y anheló poder retroceder en el tiempo para poder vivir determinados momentos de su vida de nuevo. De una cosa estaba seguro: debería haber sido mejor esposo. Y mientras consideraba la pregunta de hasta dónde se debería llegar en nombre del amor, supo cuál sería su respuesta. A veces significaba que una persona tenía incluso que mentir.

Y pronto, muy pronto, debería tomar una decisión que implicaba precisamente eso: mentir.

Las luces fluorescentes y los azulejos blancos resaltaban aún más el ambiente aséptico del hospital. Travis avanzó despacio por el pasillo, con la seguridad de que, a pesar de que había visto a Gabby un poco antes, ella no lo había visto. Vaciló, procurando cobrar ánimo antes de ir a hablar con ella. A eso iba, después de todo, pero la procesión de los recuerdos tan vívidos lo había dejado extenuado. Se detuvo, consciente de que unos minutos más para ordenar sus pensamientos no alteraría la situación en absoluto.

Se refugió en una pequeña sala de espera y se sentó. Observando el movimiento constante y rítmico en el pasillo, se dio cuenta de que, a pesar de que las urgencias nunca se acababan, el personal mantenía una rutina, del mismo modo que él tenía las suyas en casa. Era inevitable que la gente intentara mantener una sensación de normalidad en un lugar donde nada era normal. Ayudaba a soportar mejor el día, si se añadía una sensación predecible a una vida que era inherentemente impredecible. Sus mañanas eran un claro ejemplo, y suponía que para todo el mundo era lo mismo. La alarma a las seis y cuarto; un minuto para levantarse de la cama y nueve minutos en la ducha, otros cuatro minutos para afeitarse y lavarse los dientes, y siete minutos para vestirse. Un desconocido podría saber qué hora era con tan sólo seguir la sombra de sus movimientos a través de la ventana. Después, bajaba rápidamente las escaleras para servirse un tazón con cereales; revisaba las carteras para ver que sus hijas no se habían olvidado los deberes y preparaba unos bocadillos con mantequilla de cacahuete y mermelada para la hora de comer mientras sus hijas todavía medio adormiladas se tomaban el desayuno.

Exactamente a las siete y cuarto, salía con ellas por la puerta y esperaba en la acera a que llegara el autocar escolar, conducido por un hombre de aspecto zafio que le recordaba a Shrek. Cuando sus hijas se habían acomodado en sus asientos, él les sonreía y les decía adiós con la mano, tal y como se suponía que tenían que hacer los padres. Lisa y Christine tenían seis y ocho años respectivamente, y mientras observaba cómo se encaraban a un nuevo día, a menudo sentía una leve opresión en el pecho. Quizás eso era normal —la gente siempre decía que ser padre significaba estar todo el tiempo preocupado—, pero últimamente sus inquietudes se habían pronunciado aún más. Reflexionaba acerca de cuestiones en las que nunca antes había pensado. Pequeños detalles. Detalles ridículos. ¿Se reía Lisa tanto con los dibujos animados como solía hacer antes? ¿Estaba Christine más deprimida que de costumbre? A veces, mientras el autocar se alejaba, no podía evitar revivir minuciosamente cada minuto de aquella mañana, buscando pistas que denotaran si sus hijas eran felices. La jornada anterior, Travis se había pasado la mitad del día preguntándose si Lisa lo había puesto a prueba al pedirle que le atara los cordones de los zapatos en vez de hacerlo ella, o si simplemente era que estaba cansada. A pesar de que sabía que rozaba el preocupante límite de la obsesión, al entrar sigilosamente en sus habitaciones la noche previa para cubrirlas bien con las mantas, no había podido evitar preguntarse si aquel estado de agitación que las dos mostraban por la noche era nuevo o era algo en lo que antes no había reparado.

No debería ser así. Gabby debería estar con él; Gabby debería ser la que les atara los cordones de los zapatos y las tapara bien con las mantas. Se le daban muy bien esas tareas, tal y como él había estado seguro que sería desde el principio. Recordó que en los días que siguieron a su primer fin de semana juntos, no podía evitar quedarse mirando a Gabby, ensimismado, con la certeza de que aunque se pasara el resto de su vida buscando, no encontraría otra madre mejor ni un complemento más perfecto para él. Esa verdad a menudo lo asaltaba en los lugares más insólitos —mientras empujaba el carrito por la sección de la fruta en el supermercado o mientras estaba haciendo cola en el cine para comprar las entradas para ver una película—, pero siempre que le pasaba, hacía que algo tan simple como estrecharle la mano a Gabby se convirtiera en un placer exquisito, algo tanto momentáneo como gratificante.

Su noviazgo no había estado exento de complicaciones para ella. Gabby era la que se debatía entre dos hombres que suspiraban por su amor.

«Un pequeño inconveniente», era como él lo describía en las fiestas, pero a menudo se preguntaba en qué momento exacto los sentimientos de Gabby por él habían superado a lo que sentía por Kevin. ¿Fue cuando se hallaban sentados, el uno junto al otro, contemplando el cielo nocturno, y, sosegadamente, ella empezó a nombrar las constelaciones que reconocía? ¿O fue al día siguiente, cuando ella lo abrazó mientras iban en moto antes de la comida campestre? ¿O fue más tarde, aquella noche, cuando él la estrechó entre sus brazos?

No estaba seguro; capturar un instante específico de ese modo no resultaba menos complicado que encontrar una gota de agua concreta en el océano. Pero la cuestión era que fue Gabby la que tuvo que explicarle la situación a Kevin. Travis podía recordar la expresión de angustia en su cara cuando ella se enteró de que Kevin llegaría aquel día. Se acababa la certeza que los había guiado durante los días previos; en su lugar surgía la cruda realidad de lo que tenía delante. Gabby apenas había probado bocado durante el desayuno y cuando él le dio un beso de despedida, ella respondió con una leve sonrisa. Las horas se hicieron eternas, y Travis intentó mantenerse todo el rato ocupado en el trabajo y también hizo varias llamadas para encontrar familias que quisieran adoptar a los cachorros, pues sabía que eso era sumamente importante para Gabby. Al final, después del trabajo, Travis fue a ver cómo estaba *Molly*. Como si la perrita supiera que más tarde la necesitarían, no regresó al garaje cuando él le abrió la puerta. En vez de eso, se tumbó en la hierba crecida que demarcaba la propiedad de Gabby y clavó la vista en la calle mientras el sol iniciaba su lento descenso en el cielo.

Ya había oscurecido cuando Gabby aparcó el coche al lado de su casa. Travis recordaba la seriedad con que lo miró cuando se apeó del auto. Sin una palabra, ella se sentó a su lado en los peldaños del porche. *Molly* se le acercó y empezó a hacerle carantoñas con el hocico. Gabby le pasó la mano por el pelaje, acariciándola distraídamente.

—Hola —la saludó él, rompiendo el silencio.

—Hola. —Su voz sonaba fatigada.

—Creo que he encontrado familias para todos los cachorros.

—¿Sí?

Travis asintió, y los dos se quedaron sentados juntos sin hablar, como dos personas a las que no se les ocurría ningún tema de conversación.

—Siempre te amaré —confesó él, buscando sin éxito las palabras adecuadas para animarla.

—Te creo —susurró ella. Enlazó el brazo con el de él y apoyó la cabeza en su hombro—. Por eso estoy aquí.

A Travis nunca le habían gustado los hospitales. A diferencia de la clínica veterinaria, que cerraba sus puertas por la noche, le daba la impresión de que el Hospital General Carteret siempre estaba vertiginosamente en funcionamiento, como una noria que nunca se detenía, con pacientes y empleados montándose y apeándose cada minuto de cada día. Desde su posición en la silla de la pequeña sala de espera, podía ver a las enfermeras entrando y saliendo de las habitaciones, o arracimándose alrededor de la sección reservada al personal al final del pasillo. Algunas parecían agotadas, mientras que otras parecían aburridas; y lo mismo se podía decir de los médicos. En otras plantas, Travis sabía que había mujeres dando a luz y ancianos que exhalaban su último suspiro, un microcosmos del mundo. A pesar de que todo aquello le parecía opresivo, Gabby se había sentido muy bien trabajando allí, llena de energía por el ajetreo de la actividad constante.

Unos meses antes, había encontrado una carta en el buzón de casa, de parte de la Oficina de Administración, en la que les anunciaban que el hospital planeaba conmemorar los diez años que Gabby había trabajado en el hospital. La carta no hacía alusión a nada específico que ella hubiera conseguido; se trataba de una carta estándar, igual que la que sin duda habían enviado a una docena de otros empleados que habían empezado a trabajar allí más o menos por la misma época que ella. La carta prometía que iban a colgar una pequeña placa conmemorativa en uno de los pasillos, en la que figuraría el nombre de Gabby junto con el de otros homenajeados, a pesar de que el acto todavía no se había celebrado.

Travis no creía que a Gabby le importara. Ella había aceptado el trabajo en el hospital no por la posibilidad de que algún día su nombre apareciera en una placa, sino porque no le había quedado más remedio. A pesar de que Gabby había aludido a ciertos problemas en la clínica pediátrica durante su primer fin de semana juntos, no había sido muy específica. Él no había insistido para que se lo contara, pero incluso entonces sabía que el problema simplemente no iba a desaparecer.

Al final, acabó por contárselo. Lo hizo al final de un largo día. La noche previa lo habían avisado desde el centro ecuestre, y cuando se personó se encontró con un caballo árabe sudoroso que pateaba furiosamente contra el suelo, y tras palparle el estómago constató que tenía fuertes dolores de vientre. Los signos clásicos de un cólico equino, aunque con un poco de suerte, no pensaba que tuviera que intervenirlo quirúrgicamente. Sin embargo, dado que los dueños del animal tenían más de setenta años, Travis no se sentía cómodo con la idea de pedirles que sacaran a pasear al caballo durante quince minutos cada hora, por si el caballo se ponía más nervioso o su estado empeoraba. En vez de eso, decidió quedarse él a vigilar el caballo, y a pesar de que el animal gradualmente mejoró a medida que el día daba paso a la tarde, cuando Travis finalmente se marchó del centro ecuestre se sentía exhausto.

Llegó a casa, sudando y lleno de mugre, y encontró a Gabby llorando desconsoladamente en la mesa de la cocina. Tuvieron que pasar unos minutos antes de que ella fuera capaz de referirle lo que había sucedido: se había tenido que quedar hasta tarde con un paciente que estaba esperando una ambulancia por lo que ella creía que era una apendicitis; cuando al final llegó la ambulancia, la mayoría del personal ya se había ido a casa. El médico de guardia, Adrian Melton, no se había marchado. Salieron juntos del edificio, y Gabby no se dio cuenta de que Melton iba andando con ella hacia el aparcamiento hasta que fue demasiado tarde. Allí, él le puso la mano en el hombro y le dijo que si quería, podía acompañarla un tramo más, y que, de camino, la pondría al corriente del estado de uno de sus pacientes. Cuando ella esbozó una sonrisa forzada, él se inclinó para besarla.

Fue un movimiento torpe, que le recordó la época del instituto, y Gabby retrocedió antes de que él pudiera acabar. Melton la miró fijamente, desconcertado: «Pensaba que esto era lo que querías».

En la mesa, Gabby se estremeció.

—Lo dijo de una forma como si la culpa fuera mía.

—¿Había sucedido antes?

—No, no de este modo. Pero…

Cuando ella no continuó, Travis se inclinó hacia delante y le cogió la mano.

—Vamos, soy yo. Puedes contármelo.

Ella permaneció con la vista fija en la superficie de la mesa, pero su tono era sosegado cuando le contó el comportamiento habitual de Melton con ella. Cuando terminó, Travis tenía las facciones tan crispadas que apenas podía contener la rabia.

—Yo lo arreglaré —dijo sin esperar respuesta.

Sólo tuvo que realizar dos llamadas telefónicas para averiguar dónde vivía Melton. En cuestión de minutos, las ruedas de su coche chirriaron cuando se detuvo delante de la casa de Melton. Su dedo insistente en el timbre de la puerta consiguió atraer al médico hasta la puerta de la entrada. Melton apenas tuvo tiempo de mostrar su desconcierto antes de que Travis le asestara un puñetazo en la mandíbula. Una mujer que Travis dedujo que era la esposa de Melton se materializó justo en el instante en que Melton caía al suelo y sus chillidos resonaron en el pasillo.

Cuando la Policía llegó a la casa, arrestaron a Travis por primera y última vez en su vida. Lo llevaron a la comisaría, donde la mayoría de los agentes lo trataron con un relajado respeto. Cada uno de ellos había llevado sus animales de compañía a la clínica y se mostraban claramente escépticos ante el alegato de la señora Melton de que «¡un psicópata ha agredido a mi marido!».

Cuando Travis llamó a su hermana, Stephanie apareció con un semblante más divertido que preocupado. Encontró a Travis sentado en una celda, enzarzado en una intensa conversación con el *sheriff*; cuando ella se les acercó, se dio cuenta de que estaban hablando del gato del *sheriff*, al que le había salido una afección cutánea, que hacía que no pudiera dejar de rascarse.

—Qué lástima —se lamentó ella.

—¿Qué?

—¡Y yo que pensaba que iba a encontrarte embutido en una camisa de rayas!

—Siento haberte decepcionado.

—Quizá todavía estemos a tiempo. ¿Qué opina, *sheriff*?

El *sheriff* no sabía qué pensar; un momento más tarde, dejó a los dos hermanos solos.

—Gracias por tu colaboración —dijo Travis cuando el *sheriff* se hubo marchado—. Ahora probablemente está considerando tu sugerencia.

—A mí no me eches la culpa. Yo no soy quien anda por ahí atacando a médicos en la mismísima puerta de su casa.

—Se lo merecía.

—De eso no me cabe la menor duda.

Travis sonrió.

—Gracias por venir.

—No me lo habría perdido por nada del mundo, Rocky. ¿O prefieres que te llame Apollo Creed?

—¿Qué tal si intentas sacarme de aquí en lugar de ponerme más apodos?

—Pero es que ponerte apodos es más divertido.

—Quizá debería haber llamado a papá.

—¡Ah! Pero no lo has hecho. Me has llamado a mí. Y te aseguro que no te arrepentirás de tu decisión. Ahora deja que vaya a hablar con el *sheriff*, ¿vale?

Más tarde, mientras Stephanie estaba hablando con el *sheriff*, Adrian Melton visitó a Travis. Nunca antes había tenido ninguna relación con el veterinario de la localidad y había exigido saber el motivo por el que éste lo había asaltado. Aunque Travis nunca le confesó a Gabby lo que le dijo, Adrian Melton retiró rápidamente los cargos, a pesar de las protestas de la señora Melton. Al cabo de unos pocos días, Travis se enteró por medio del típico cotilleo que circulaba por la pequeña localidad que el doctor y la señora Melton habían ido a ver a un consejero matrimonial. Sin embargo, a Gabby le resultaba extremamente tenso ir a trabajar a la clínica pediátrica y, unas pocas semanas más tarde, el doctor Furman citó a Gabby en su despacho y le sugirió que intentara buscarse otro trabajo.

—Sé que no es justo —le dijo el doctor Furman—. Y si te quedas, haremos lo que esté en nuestras manos con tal de zanjar el asunto. Pero tengo sesenta y seis años, y mi intención es retirarme el año que viene. El doctor Melton ha accedido a hacerse cargo de la consulta y dudo que él quiera que tú te quedes o que tú misma desees trabajar con él. Creo que sería más fácil y más conveniente que te tomes un tiempo para buscar otro trabajo donde te sientas más cómoda y puedas olvidar este desagradable episodio en tu vida. —Se encogió de hombros—. No digo que su comportamiento no sea reprobable; lo es. Pero aunque sea un desgraciado, es el mejor pediatra que se presentó para cubrir el puesto vacante y el único que mostró ganas de trabajar en una pequeña localidad como ésta. Si te marchas voluntariamente, no dudaré en redactar la mejor carta de recomendación que puedas imaginar. Estoy seguro de que encontrarás otro trabajo sin dificultad. No me cabe la menor duda.

Gabby reconoció la manipulación a la que el doctor Furman la estaba sometiendo, y a pesar de que por dentro clamaba que se le hiciera justicia —tanto a ella como a todas las mujeres que habían sufrido acoso sexual—, su lado pragmático se puso en funcionamiento. Al final, aceptó un trabajo en el Departamento de Urgencias del hospital.

Sólo había habido un problema: cuando Gabby se enteró de lo que él había hecho, se indignó. Fue la primera pelea que tuvieron como pareja y Travis todavía podía recordar su porte afrentado cuando le exigió que le contestara si él creía que ella «no era lo bastante mayorcita como para lidiar con sus propios problemas», y que por qué había actuado como si ella fuera «una damisela tontita en apuros». Travis ni tan sólo intentó defenderse. En el fondo, sabía que no dudaría en actuar otra vez del mismo modo en las mismas circunstancias, pero intuitivamente mantuvo la boca cerrada.

A pesar de todas las muestras de contrariedad de Gabby, Travis sospechaba que en cierto modo ella había admirado lo que él había hecho. La simple lógica del acto —«¿Ese tipo ha abusado de ti? ¡Ya le daré yo!»— le había gustado, por más que ella se hubiera puesto hecha una furia, ya que más tarde, aquella noche, mientras hacían el amor, se mostró particularmente apasionada.

O por lo menos, así lo recordaba Travis. ¿Había pasado aquello esa noche? No estaba seguro. Últimamente, tenía la impresión de que de lo único que estaba seguro era de la certeza de que no cambiaría esos años con Gabby por nada en el mundo. Sin ella, su vida no tenía sentido. Él era un esposo provinciano con un trabajo en un pueblecito y sus preocupaciones no divergían de las del resto de los habitantes de aquella pequeña localidad. Nunca había sido ni un líder ni un seguidor, ni tampoco había destacado por ser alguien a quien seguramente todos recordarían después de su muerte. Era el hombre más normal y corriente de todos los hombres que poblaban la Tierra, con una única excepción: se había enamorado de una mujer que se llamaba Gabby, y su amor por ella se había ido acrecentado a lo largo de los años que habían estado casados. Pero el destino había conspirado para arruinar esa bella historia, y ahora Travis pasaba horas y horas, día tras día, preguntándose si era humanamente posible arreglar la situación entre ellos.

16

—Hola, Travis —lo saludó una voz desde el umbral de la puerta—. Pensé que te encontraría aquí.

El joven doctor Stallings, de unos treinta años, se dedicaba a hacer rondas cada mañana. Con el paso de los años, él y su esposa se habían convertido en buenos amigos de Gabby y de Travis, y el verano previo los cuatro se habían ido juntos de vacaciones a Orlando, con los niños a cuestas.

—¿Más flores?

Travis asintió, notando la rigidez en la espalda.

Stallings titubeó unos instantes sin moverse de la puerta de la sala de espera.

—Supongo que eso significa que todavía no la has visto.

—Bueno, la vi hace un rato, pero…

Cuando no acabó la frase, Stallings la terminó por él.

—¿Necesitabas estar un rato solo? —Entró en la sala y se sentó al lado de Travis—. Es una reacción normal.

—Pues yo no me siento nada normal. Nada de esto me parece normal.

—No, supongo que no.

Travis cogió nuevamente las flores, intentando apartar esos pensamientos que tanto lo atormentaban, consciente de que había ciertas cosas de las que no podía hablar.

—No sé qué hacer —admitió finalmente.

Stallings le puso la mano en el hombro.

—Cómo me gustaría poder ayudarte.

Travis se giró hacia él.

—¿Qué harías tú en mi lugar?

Stallings permaneció en silencio durante un largo momento.

—¿Si estuviera en tu posición? —Frunció los labios, considerando las cuestiones, con un aspecto mucho más viejo de la edad que realmente tenía—. Sinceramente, no lo sé.

Travis asintió. No había esperado que Stallings le diera una respuesta.

—Sólo quiero obrar de forma correcta.

Stallings entrelazó las manos.

—Eso es lo que todos pretendemos.

Cuando Stallings se marchó, Travis empezó a removerse nervioso en la silla, consciente de los papeles que llevaba en el bolsillo. A pesar de que hasta hacía poco los había guardado en el escritorio, ahora le parecía imposible seguir adelante con su día a día sin tenerlos cerca, aunque anunciaran el final de lo que él más quería.

El viejo notario que los había redactado no pareció encontrar nada inusual en la petición de Gabby y Travis. Tenía el pequeño bufete familiar en Morehead City, lo bastante cerca del hospital donde trabajaba Gabby como para poder ver el edificio desde las ventanas y divisar las paredes cubiertas con paneles de madera de la sala de conferencias. El encuentro no había durado demasiado; el notario les había explicado los estatutos relevantes y les había contado varias anécdotas personales; más tarde, Travis sólo podía recordar la languidez con que el anciano le había estrechado la mano de camino a la puerta.

Le parecía extraño que aquellos papeles pudieran marcar el final oficial de su matrimonio. Eran palabras codificadas, nada más, pero el poder que ahora contenían parecía casi malévolo. ¿Dónde estaba la humanidad en aquellas frases? ¿Dónde estaba la emoción administrada por aquellas leyes? ¿Dónde estaba el reconocimiento de la vida que habían compartido, hasta que todo se torció? ¿Y por qué, en nombre de Dios, había querido Gabby redactarlos?

Su historia no debería acabar de aquel modo, y desde luego no era una posibilidad que él hubiera contemplado cuando se declaró a su mujer. Recordó el viaje en otoño a Nueva York; mientras que Gabby se estaba dejando mimar en el balneario del hotel con un masaje y un servicio de pedicura, él se había escabullido hasta la calle 47 Oeste, donde había comprado el anillo de compromiso. Después de cenar en el conocido restaurante Tavern on the Green, habían disfrutado de un paseo por Central Park en una carroza tirada por caballos. Y bajo un cielo nublado y con luna llena, Travis le había pedido que se casara con él, y lo cierto es que se quedó sorprendido por el modo apasionado en que ella lo rodeó con sus brazos mientras le susurraba que sí una y otra vez.

¿Y después? «La vida», pensó él. Entre los turnos de Gabby en el hospital, ella planeó la boda: a pesar de que sus amigos le aconsejaron que se dejara llevar por la corriente, Travis deseaba intervenir en el proceso. La ayudó a elegir las invitaciones, las flores y el pastel; se sentó a su lado mientras ella hojeaba un gran número de álbumes en las tiendas de fotos en la zona comercial, esperando encontrar el fotógrafo adecuado que inmortalizara el día. Al final, invitaron a ochenta personas a una pequeña y ajada capilla en Cumberland Island la primavera de 1997; se fueron a Cancún de luna de miel, un lugar que acabó por ser una decisión idílica para ambos. Gabby deseaba un sitio tranquilo, y se pasaron horas tumbados bajo el sol, disfrutando de la buena comida; él quería un poco más de aventura, así que ella se animó a bucear y también fue con él a una excursión de un día para ver las ruinas aztecas cercanas al hotel.

El toma y daca durante la luna de miel estableció el tono del matrimonio. Erigieron la casa de sus sueños no sin la correspondiente dosis de estrés, y ésta estuvo acabada justo cuando se cumplía su primer aniversario de boda; cuando Gabby pasó el dedo por el borde de su copa de champán y se preguntó en voz alta si había llegado el momento de empezar a pensar en formar una familia, la idea le pareció a Travis no sólo razonable, sino algo que él deseaba desesperadamente. Al cabo de un par de meses, Gabby estaba embarazada, un embarazo desprovisto de complicaciones o incluso de demasiadas molestias. Después de que naciera Christine, Gabby redujo las horas de trabajo en el hospital y juntos organizaron un horario para conseguir que uno de ellos siempre estuviera en casa con el bebé. Cuando Lisa nació dos años más tarde, ninguno de ellos notó demasiado la diferencia en sus vidas, a no ser por el hecho de que aquel nacimiento añadió más alegría y entusiasmo al hogar.

Las Navidades y los cumpleaños llegaban y se iban, las niñas crecían tanto que la ropa se les quedaba pequeña de una temporada a otra. Disfrutaban de vacaciones familiares, pero Travis y Gabby también intentaban pasar algunos ratos solos, para que la llama de su amor no se apagara. Max acabó por retirarse, y dejó a Travis al cargo de la clínica veterinaria; Gabby limitó las horas incluso más, y aún sacó tiempo para dedicarse a labores de voluntariado en la escuela de sus hijas. En su cuarto aniversario de boda, fueron a Italia y a Grecia; en su sexto aniversario, se fueron de safari a África una semana. En su séptimo aniversario, Travis le construyó a Gabby una pérgola en el jardín para que ella pudiera sentarse a leer y solazarse con la relajante panorámica del sol reflejándose en el agua. Él enseñó a sus hijas esquí náutico y *wakeboard* cuando cada una de ellas cumplió cinco años; hizo de entrenador en sus equipos de fútbol en otoño. En las pocas ocasiones en que él se paraba a reflexionar sobre su vida, se preguntaba si había alguien en el mundo entero que se sintiera tan afortunado como él.

Y no era que todo fuera perfecto. Unos años antes, él y Gabby habían atravesado una etapa difícil. Los motivos le parecían ridículos ahora, con el efecto balsámico del paso del tiempo, pero incluso en aquellos momentos, nunca hubo un instante en que él verdaderamente pensara que su matrimonio estaba en peligro. Y tenía la impresión de que Gabby pensaba igual. De una forma intuitiva, cada uno de ellos había llegado a la conclusión de que el matrimonio consistía en un compromiso y también en saber perdonar. Se trataba de hallar un equilibrio, en el que una persona complementaba a la otra. Él y Gabby habían gozado de ese estado durante años, y Travis deseaba que pudieran volver a tenerlo. Pero en esos momentos no era así. Deseaba hallar cualquier posibilidad para restablecer aquel delicado equilibrio que hubo entre los dos.

Travis sabía que no podía demorar la espera por más tiempo, y se levantó de la silla. Sosteniendo las flores, empezó a recorrer el pasillo, sintiéndose casi incorpóreo. Vio que varias enfermeras lo miraban, y a pesar de que a veces se cuestionaba qué debían pensar, nunca lo había considerado detenidamente. En vez de eso, reunió coraje. Le temblaban las piernas y podía notar el inicio de un dolor de cabeza, unas incipientes punzadas justo sobre la nuca. Sabía que si cerraba los ojos, podría dormir durante horas. Se sentía completamente exhausto, lo cual carecía de sentido. Tenía cuarenta y tres años, y no setenta y tres, y a pesar de que últimamente comía muy poco, todavía se imponía a sí mismo la obligación de ir al gimnasio: «No puedes dejar de hacer ejercicio —insistía su padre—, porque si no, acabarás por volverte loco». Había perdido ocho kilos en las últimas doce semanas, y en el espejo podía ver que se le habían hundido las mejillas. Agarró el tirador de la puerta y la abrió, y al verla, esbozó una sonrisa forzada.

—Hola, cielo.

Travis esperó a que ella se moviera, esperó ver cualquier señal que le confirmara que las cosas estaban volviendo a la normalidad. Pero no pasó nada, y en el largo y vacío silencio que siguió, sintió una intensa punzada de sufrimiento en el corazón, como un dolor físico. Siempre sucedía lo mismo. Entró en la habitación y continuó con los ojos fijos en Gabby, como si intentara memorizar todos sus rasgos, a pesar de que sabía que era un ejercicio infructuoso. Conocía aquella cara mejor que la suya propia.

Avanzó hasta la ventana y subió la persiana para permitir que la luz del sol se extendiera por la estancia. La vista no era muy interesante; la habitación daba a una autovía que partía el pueblo en dos. Los coches pasaban despacio por delante de los restaurantes de comida rápida, y Travis se imaginó a los conductores escuchando música o la radio, o hablando por el teléfono móvil, o dirigiéndose al trabajo, o realizando encargos, o simplemente dando una vuelta, o de camino a casa de algún amigo. Personas que seguían su rutina, personas sumidas en sus propias preocupaciones, todas ellas ajenas a lo que sucedía dentro de las paredes de aquel hospital. Una vez él había sido una de esas personas, y sintió pena por no haber valorado más su vida previa.

Depositó las flores en la repisa de la ventana, y se arrepintió de no haberse acordado de traer un jarrón. Había elegido un ramo de flores de invierno, y los colores naranja tostado y violeta parecían apagados, casi melancólicos. El florista se consideraba a sí mismo un artista con grandes dotes de creación, y en todos los años que Travis había recurrido a él, jamás había salido decepcionado de la floristería. El florista era un buen hombre, un tipo afable, y a veces Travis se preguntaba cuántos detalles sabía sobre su matrimonio. En el transcurso de los años, había comprado ramos de flores para cumpleaños y aniversarios; también para pedir disculpas o simplemente movido por un impulso, como una sorpresa romántica. Cada vez, le había dictado al florista lo que quería que escribiera en la tarjeta. A veces había recitado un poema que había encontrado en un libro o que había escrito él mismo; otras veces, se había plantado delante del mostrador y simplemente había soltado lo que le pasaba por la mente. Gabby guardaba todas aquellas tarjetas en una pequeña pila, atadas con una goma. Constituían en cierto modo la historia de la vida de Travis y Gabby juntos, descrita en pequeños trozos de papel.

Se sentó en la silla junto a la cama y le cogió la mano. Ella tenía la piel pálida, casi como la cera, su cuerpo parecía más pequeño, y se fijó en las finísimas líneas que se le habían empezado a formar en las comisuras de los ojos. Sin embargo, seguía pareciéndole tan especial como la primera vez que la vio. Se sorprendía al pensar que hacía casi once años que la conocía. No porque fuera mucho tiempo, sino porque aquellos años parecían contener más… «vida» que los primeros treinta y dos años sin ella. Ése era el motivo por el que había ido al hospital ese día; era la razón por la que iba al hospital cada día. Era la única decisión viable. Y no porque fuera lo que se suponía que tenía que hacer —a pesar de que eso también era cierto—, sino porque no podía imaginarse pasar el día en ningún otro sitio. Pasaban muchas horas juntos, pero por la noche dormían separados. Irónicamente, no le quedaba más remedio, porque no podía dejar a sus hijas solas. Aquellos días, el destino se encargaba de tomar todas las decisiones por él.

Salvo una.

Habían transcurrido ochenta y cuatro días desde el accidente y había llegado el momento de tomar una decisión.

Todavía no tenía ni idea de lo que iba a hacer. Últimamente había estado buscando la respuesta en la Biblia y en los escritos de santo Tomás de Aquino y san Agustín. A veces, encontraba un pasaje que lo conmovía, pero nada más que eso; cerraba la tapa del libro y se quedaba con la vista perdida en la ventana, con la mente en blanco, como si esperase encontrar la solución en algún punto del cielo.

Casi nunca regresaba a casa directamente desde el hospital. En vez de eso, conducía hasta el otro lado del puente y luego paseaba por las playas de Atlantic Beach. Se quitaba los zapatos y escuchaba el ruido de las olas al estrellarse contra la orilla. Sabía que sus hijas estaban tan afligidas como él y, después de sus visitas al hospital, necesitaba tiempo para recomponerse. Sería injusto someterlas a su estado de desesperación. Para Travis sus hijas eran una válvula de escape necesaria. Cuando se centraba en ellas, no pensaba en sí mismo, y la alegría de sus hijas todavía rezumaba una pureza no adulterada. Todavía tenían la habilidad de concentrar todas sus energías en el juego, y el sonido de sus risitas conseguía que Travis deseara reír y llorar al mismo tiempo. A veces, mientras las observaba, se quedaba sorprendido de lo mucho que se parecían a su madre.

Siempre le preguntaban por ella, pero normalmente él no sabía qué contestarles. Eran lo bastante maduras como para comprender que su mami no estaba bien y que tenía que quedarse en el hospital; lo comprendían cuando cada vez que iban a visitarla veían que mami estaba dormida. Pero Travis no conseguía reunir las fuerzas necesarias para confesarles la verdad. En vez de eso, se acurrucaba con ellas en el sofá y les contaba con qué ilusión había vivido Gabby los dos embarazos, o les recordaba aquel día en que la familia se había pasado toda la tarde jugando con unos surtidores. Normalmente, sin embargo, ojeaban los álbumes de fotos que Gabby había ido montando con tanto esmero. En ese aspecto estaba chapada a la antigua, y las fotos siempre conseguían arrancarles una sonrisa. Travis les contaba anécdotas asociadas a cada instantánea y, mientras contemplaba la cara radiante de Gabby en las fotos, se le formaba un nudo en la garganta al pensar que nunca había visto a nadie más bello.

Para escapar de la tristeza que se apoderaba de él en tales

momentos, a veces alzaba la vista del álbum y la clavaba en la foto ampliada y enmarcada que se habían hecho en la playa el verano anterior. Los cuatro iban vestidos con pantalones de color beis y camisetas blancas con cuello abotonado y estaban sentados entre la hierba de las dunas. Era el típico retrato de familia en Beaufort y, sin embargo, a Travis le daba la impresión de que era completamente único. No sólo porque se tratara de su familia, sino porque estaba seguro de que incluso un desconocido se sentiría lleno de esperanza y optimismo ante tal imagen, ya que los cuatro protagonistas de la foto posaban como debería hacerlo una familia feliz.

Más tarde, cuando sus hijas ya se habían acostado, Travis guardaba los álbumes. Una cosa era estudiarlos con sus hijas y contarles anécdotas en un intento de mantenerles el ánimo bien alto, pero otra cosa distinta era ojear esas fotos solo. No podía hacerlo. En vez de eso, se quedaba sentado solo en el sofá, abatido por la tristeza que sentía en su interior. A veces Stephanie lo llamaba. La charla siempre giraba en torno a las típicas trivialidades, pero en cierto modo se notaba que no era una conversación natural, ya que Travis sabía que ella quería que él se perdonara a sí mismo. A pesar de sus comentarios poco serios y sus bromas eventuales, él sabía que lo que ella realmente le estaba diciendo era que nadie le echaba la culpa de lo sucedido, que no era culpa suya. Que ella y los demás estaban preocupados por él. Adelantándose a los ánimos que Stephanie pretendía infundirle, él siempre le decía que estaba bien, aunque eso no era cierto, porque sabía que ella no quería escuchar la verdad: no sólo dudaba de que alguna vez consiguiera recuperarse de aquel golpe, sino que ni tan sólo estaba seguro de si quería recuperarse.

17

Los cálidos rayos de sol continuaban extendiéndose hacia ellos. En el silencio, Travis le estrechó la mano a Gabby y cerró los ojos instintivamente ante el dolor en la muñeca. La había llevado enyesada hasta hacía un mes, y los médicos le habían recetado analgésicos. Se había fracturado varios huesos de los brazos y se había hecho un esguince en los ligamentos, pero después de su primera dosis, se había negado a tomar más analgésicos, pues odiaba el estado de somnolencia en que lo sumían.

La mano de Gabby era tan suave como de costumbre. La mayoría de los días, la sostenía durante horas, imaginando cómo reaccionaría si ella se la estrujara de repente. Permaneció sentado, contemplándola, preguntándose qué estaría ella pensando o incluso si aún tenía la capacidad de pensar. El mundo en su interior era un misterio.

—Nuestras hijas están bien —empezó a contarle—. Christine se ha acabado todo el tazón de cereales durante el desayuno, y a Lisa le ha faltado muy poco. Ya sé que te preocupa que no coman bastante, porque no son muy altas que digamos, pero poco a poco se van acabando toda la merienda que les pongo después de la escuela.

Al otro lado de la ventana, una paloma se posó en la repisa. Caminó unos pasos hacia un lado y luego hacia el otro, antes de quedarse finalmente quieta como lo hacía la mayoría de días. En cierto modo, parecía como si supiera a qué hora acudía Travis de visita. A veces tenía la impresión de que se trataba de un presagio, aunque no sabía de qué.

—Después de la cena, nos ponemos a hacer los deberes. Sé que tú prefieres hacerlo justo después de clase, pero a mí me parece que así también funciona. Te encantará saber los progresos que Christine ha hecho con las matemáticas. ¿Te acuerdas a principios de año, cuando parecía que no entendía nada? Pues ha habido un gran cambio. Hemos estado usando esas tarjetas ilustradas que compraste prácticamente cada noche, y en el último examen no se dejó ni una sola pregunta sin contestar. Ahora es incluso capaz de hacer los deberes sin que yo tenga que ayudarla. Seguro que te sientes muy orgullosa de ella.

El sonido del arrullo de la paloma apenas era audible a través del cristal.

—Y a Lisa también le van bien los estudios. Cada noche vemos un episodio de *Dora la exploradora* o de *Barbie*. Es increíble su inagotable capacidad para ver una y otra vez el mismo DVD, pero es que le encantan. Y para su cumpleaños quiere que la fiesta tenga como motivo principal las princesas de Disney. Estaba pensando en encargar un pastel helado, pero ella dice que quiere que la fiesta sea en el parque y no estoy seguro de que el pastel aguante sin derretirse, así que probablemente tendrá que ser otro tipo de pastel.

Travis carraspeó.

—¡Ah! ¿Te he contado que Joe y Megan están pensando en ir a por otro hijo? Lo sé, lo sé, es una locura, si tenemos en cuenta los numerosos problemas que Megan tuvo durante su último embarazo y, además, ya supera los cuarenta años, pero según Joe, después de las dos niñas, ella se muere de ganas de tener un niño. Pero ¿quieres saber mi opinión? Creo que es Joe el que quiere un hijo y que a Megan no le importa, aunque con ese par, uno nunca está seguro del todo, ¿no estás de acuerdo?

Travis se obligaba a mantener un tono distendido. Desde que ella estaba en el hospital, había intentado actuar con tanta naturalidad como podía. Puesto que antes del accidente los dos hablaban incesantemente de sus hijas y comentaban lo que pasaba en las vidas de sus amigos, Travis siempre intentaba hablar sobre esos mismos temas cuando iba a visitarla. No tenía ni idea de si ella lo oía; la comunidad médica parecía dividida en aquella cuestión. Algunos aseguraban que los pacientes en coma podían oír —y posiblemente recordar— conversaciones; otros decían justo todo lo contrario. Travis no sabía a quién creer, pero decidió decantarse por el lado de los optimistas.

Por esa misma razón, después de echar un vistazo al reloj, asió el mando a distancia. En los ratos robados cuando ella no estaba trabajando, a Gabby le encantaba ver —no sin remordimientos— *La juez Judy* en televisión, y Travis siempre le había tomado el pelo por el modo en que mostraba un placer casi perverso riéndose de las payasadas de todos aquellos pobres desafortunados que iban a caer en la sala del tribunal de la juez Judy.

—Voy a poner la tele, ¿vale? Están dando tu serie favorita. Con un poco de suerte, aún podremos ver los últimos minutos.

Un momento más tarde, la juez Judy estaba sermoneando tanto al abogado del acusado como al fiscal, antes de exhortarlos a que se callasen, lo cual parecía ser el tema predecible y recurrente de la serie.

—No está en plena forma, ¿eh?

Cuando se acabó la serie, él apagó la tele. Se le ocurrió acercarle un poco más las flores, con la esperanza de que pudiera olerlas. Quería mantenerle los sentidos estimulados. Ayer se había pasado un buen rato peinándola; y el día previo había traído su frasco de perfume y le había echado un poquito en cada muñeca. Hoy, sin embargo, cualquiera de esas tareas le parecía que requerían más esfuerzo del que podía concebir.

—Aparte de eso, no hay mucho más que contar —dijo con un suspiro. Las palabras le sonaban tan vacías como seguramente le sonaban a Gabby—. Mi padre sigue sustituyéndome en la clínica. Te sorprendería ver lo bien que se le da, si tenemos en cuenta que ya hace bastantes años que se retiró. Es como si nunca se hubiera ido. La gente todavía lo adora, y creo que se siente feliz de poder estar allí. Si quieres saber mi opinión, nunca debería haber dejado de trabajar.

Travis oyó unos golpes en la puerta y vio que entraba Gretchen. En el último mes, se había acostumbrado tanto a ella que no sabía si sobreviviría sin su ayuda. A diferencia de otras enfermeras, ella mantenía una inagotable esperanza de que Gabby despertara de su coma completamente ilesa, y por eso la trataba como si estuviera consciente.

—Hola, Travis —lo saludó animadamente—. Siento interrumpirte, pero tengo que cambiarle el suero.

Cuando Travis asintió, ella se acercó a Gabby.

—Supongo que debes de estar hambrienta, cielo —dijo Gretchen—. En un segundo lo solucionaremos, ¿de acuerdo? Y luego os dejaré solos a Travis y a ti. Ya sabes que no me gusta nada interrumpir a un par de tortolitos como vosotros.

Gretchen actuó con presteza, quitando una bolsa de suero y reemplazándola por otra, y mientras lo hacía, seguía hablando animadamente.

—Ya sé que estás entumecida por los ejercicios de esta mañana. Realmente nos hemos esforzado, ¿eh? Parecíamos esos tipos que salen en los espacios de publicidad. Ahora estiramos los músculos por aquí y ahora por allá. Estoy muy orgullosa de ti.

Cada mañana y cada tarde, una de las enfermeras iba a flexionar y a estirar las extremidades de Gabby. Le doblaba la rodilla, y luego se la estiraba; le doblaba el pie hacia arriba, y luego lo tensaba hacia abajo. Realizaban ese ejercicio con cada articulación y cada músculo del cuerpo de Gabby.

Después de reemplazar la bolsa, Gretchen revisó el goteo y le estiró las sábanas, después se giró hacia Travis.

—¿Cómo te encuentras hoy?

—No lo sé —contestó él.

Gretchen pareció arrepentirse de haber preguntado.

—Me alegro de que hayas traído flores —comentó, señalando con la cabeza hacia la repisa de la ventana—. Estoy segura de que a Gabby le gustan.

—Espero que sí.

—¿Piensas traer a las niñas?

Travis tragó saliva a través del nudo que sentía en la garganta.

—Hoy no.

Gretchen frunció los labios y asintió. Un momento más tarde, se había marchado.

Doce semanas antes, Gabby había ingresado en Urgencias en camilla, inconsciente y sangrando mucho a causa de una herida en el hombro. Los médicos se concentraron primero en la herida por la gran cantidad de sangre que estaba perdiendo, aunque en retrospectiva, Travis se preguntó si una intervención diferente habría cambiado las cosas.

No lo sabía, nunca lo sabría. Al igual que Gabby, a él también lo habían llevado corriendo hasta allí; al igual que Gabby, se había pasado la noche inconsciente. Pero allí acababan las similitudes. Al día siguiente, él se despertó con un terrible dolor y un brazo destrozado, pero Gabby ya no volvió a despertarse.

Los médicos se mostraron muy atentos, aunque no intentaron ocultar su preocupación. Le dijeron que los daños cerebrales eran siempre serios, pero albergaban esperanzas de que la herida se curara y que se recuperase completamente con el tiempo.

Con el tiempo.

A veces se preguntaba si los médicos eran conscientes de la intensidad emocional del tiempo, o del calvario que él estaba pasando, o incluso de que el tiempo era un concepto finito. Lo dudaba. Nadie podía entender lo que él estaba pasando, ni realmente comprender la decisión que yacía en sus manos. A simple vista, parecía sencillo. Travis haría exactamente lo que Gabby quería, exactamente lo que ella le había pedido que le prometiera.

«Pero y si...»

Ahí estaba la cuestión. Había pensado largo y tendido sobre todo aquello; se había pasado noches en vela considerando la cuestión. Se preguntaba incesantemente qué significaba realmente amar a alguien. Y en la oscuridad, sin dejar de moverse agitadamente de un lado a otro de la cama, deseaba que fuera otra persona la que tomara la decisión por él. Pero tenía que decidirlo él solo, y muy a menudo se despertaba por la mañana con una almohada empapada de lágrimas en el lugar que Gabby debería haber ocupado. Y las primeras palabras que salían por su boca siempre eran las mismas:

—Lo siento, amor mío.

La decisión que Travis tenía que adoptar partía de dos cosas que habían pasado antes. El primer suceso estaba relacionado con una pareja: Kenneth y Eleanor Baker. El segundo, con el accidente en sí, que había sucedido una noche ventosa y lluviosa doce semanas antes.

Era fácil relatar el accidente, similar a numerosos accidentes en que una serie de errores aislados que parecían inconsecuentes habían confluido y explotado de la forma más horrible que uno pudiera imaginar. A mitad de noviembre, habían ido al RBC Center en Raleigh para ver a David Copperfield actuar en directo. Solían ir a ver uno o dos espectáculos al año, aunque sólo fuera una excusa para salir juntos una noche, solos. Normalmente antes iban a cenar, pero aquella noche no fue así. A Travis se le había hecho tarde en la clínica, salieron tarde de Beaufort, y cuando aparcaron el coche, sólo faltaban unos minutos para que empezara la función. Con tantas prisas, Travis se había olvidado del paraguas, a pesar de los nubarrones y del viento que cada vez arreciaba con más fuerza. Ése fue el error número uno.

Vieron el espectáculo y lo disfrutaron, pero el tiempo había empeorado notablemente cuando salieron del recinto. Llovía a cántaros y Travis recordaba que se había quedado de pie al lado de Gabby preguntándose por la mejor manera de llegar hasta el coche. Por casualidad se encontraron a unos amigos que también habían visto el espectáculo, y Jeff le ofreció a Travis acompañarlo hasta el coche para evitar que se quedara empapado. Pero Travis no quería molestarlo y rechazó la sugerencia de Jeff. En vez de eso, atravesó corriendo la cortina de lluvia de camino hacia el coche, pisando inevitablemente charcos que le cubrían hasta el tobillo. Estaba empapado hasta los huesos cuando se metió dentro del auto, especialmente los pies. Ése fue el error número dos.

Ya que se había hecho tarde, y puesto que los dos tenían que trabajar a la mañana siguiente, Travis condujo rápido a pesar del viento y de la lluvia, intentando ahorrarse unos pocos minutos en un trayecto que normalmente duraba dos horas y media. A pesar de que le costaba ver a través del parabrisas, no se movió del carril de aceleración, excediendo el límite de velocidad, adelantando como si estuviera en una carrera de coches, con unos conductores que se mostraban más cautos con los posibles peligros derivados del mal tiempo. Ése fue el error número tres. Gabby le pidió repetidamente que aminorase la marcha; más de una vez, él hizo lo que le pedía, pero tan pronto como podía volvía a acelerar. Cuando llegaron a Goldsboro, todavía a una hora y media de casa, ella estaba tan enfadada que dejó de dirigirle la palabra. Apoyó la cabeza en el respaldo y entornó los ojos, negándose a hablar, frustrada por el comportamiento temerario de Travis. Ése fue el error número cuatro.

El accidente sucedió a continuación y podría haberlo evitado si no hubiera cometido ninguno de los otros errores. Si él hubiera llevado un paraguas o si hubiera ido con su amigo hasta el coche, no habría tenido que correr bajo la lluvia. Sus pies estarían secos. Si hubiera conducido más despacio, quizá podría haber controlado el coche. Si hubiera respetado los deseos de Gabby, no se habrían peleado, y ella habría estado atenta a la carretera y habría visto lo que él pretendía hacer y lo habría detenido antes de que fuera demasiado tarde.

Cerca de Newport hay una curva amplia y de fácil acceso en la intersección de la autovía con una señal de «stop». En ese punto del trayecto —a menos de veinte minutos de casa—, Travis sentía un hormigueo en los pies realmente molesto. Llevaba zapatos con cordones y los nudos se habían endurecido a causa de la humedad, así que por más que intentaba desatarlos para librarse de los zapatos empapados, el dedo de un pie resbalaba en el talón del otro pie. Se inclinó hacia delante, y quedó con la vista a escasos centímetros por encima del tablero, buscando con la mano uno de los zapatos. Apartó la vista de la carretera para mirar hacia abajo y mientras intentaba desatarse el nudo no vio que la luz del semáforo se ponía en ámbar.

No conseguía desatar el nudo. Cuando finalmente lo logró, alzó los ojos, pero ya era demasiado tarde. La luz se había puesto roja, y una furgoneta plateada estaba entrando en la intersección. Instintivamente, pisó el freno, pero la cola del coche empezó a derrapar en la carretera resbaladiza por culpa de la lluvia. Perdió el control del automóvil. En el último instante, las ruedas reaccionaron y evitó chocar contra la furgoneta en la intersección, pero continuó patinando hacia la curva; el coche se salió de la autovía, y fue hacia los pinos.

A Gabby ni tan sólo le dio tiempo a gritar.

ϒ

Travis apartó un mechón de la cara de Gabby y se lo puso detrás de la oreja; oyó que su propio estómago rugía de hambre. A pesar de que estaba hambriento, no podía pensar en comer. Su estómago estaba constantemente agarrotado, y en los poquísimos momentos en los que no lo estaba, la imagen de Gabby llegaba precipitadamente para llenar el espacio vacío.

Era una forma irónica de castigarlo, ya que durante el segundo año de casados, Gabby se había tomado la molestia de enseñar a Travis a comer otras cosas que la comida suave que durante tanto tiempo había constituido su base alimentaria. Travis suponía que eso había sucedido porque ella se había cansado de sus gustos tan limitados. Debería haberse dado cuenta de los cambios que se avecinaban cuando ella empezó a soltar algún que otro comentario oportuno acerca de las insípidas tortitas que tomaban los sábados por la mañana o de que nada resultaba más satisfactorio en los fríos días de invierno que un buen estofado de ternera casero.

Hasta ese momento, él había sido el cocinero de la familia, pero poco a poco ella empezó a abrirse paso en la cocina. Compró dos o tres libros de cocina; por las noches, Travis veía que se tumbaba en el sofá y que de vez en cuando doblaba la esquina de alguna página. A veces ella le preguntaba si no le parecía que una receta en particular era particularmente apetitosa. Previamente le había leído en voz alta los ingredientes del jambalaya cajún o del marsala de ternera y, a pesar de que Travis le aseguraba que sí que tenía buena pinta, el tono de su voz denotaba obviamente que aunque ella preparase esos platos, él probablemente no los probaría.

Sin embargo, a Gabby nadie la ganaba en tenacidad, así que de todos modos empezó a aplicar una serie de pequeños cambios. Preparaba salsas con mantequilla o nata o vino y regaba con ellas su propia porción de pollo que él preparaba casi cada noche. Su única petición era que como mínimo lo oliera y habitualmente él tenía que admitir que el aroma era tentador. Más adelante, Gabby se acostumbró a dejar una pequeña cantidad en la bandeja, y después de servirse ella misma, simplemente añadía un poco al plato de Travis, tanto si él quería como si no. Él mismo se quedó sorprendido al ver que poco a poco iba aceptando los nuevos sabores.

En su tercer aniversario de boda, Gabby preparó un pastel de carne al estilo italiano, relleno de mozzarella; como regalo de aniversario, Gabby le pidió que comiera un poco con ella; en su cuarto aniversario, a veces ya cocinaban juntos. A pesar de que su desayuno y su almuerzo eran tan aburridos como siempre y que la mayoría de las noches sus cenas eran tan suaves como de costumbre, Travis tenía que admitir que había algo romántico en el hecho de preparar la cena juntos y, a medida que pasaban los años, empezaron a hacerlo por lo menos dos veces a la semana. A menudo, Gabby tomaba un vaso de vino y, mientras cocinaban, les pedían a las niñas que se quedaran jugando en la salita, en la que el elemento más prominente era una alfombra bereber color esmeralda. Ellos lo llamaban «la hora de la alfombra verde». Mientras Gabby y Travis troceaban y removían y conversaban tranquilamente acerca de lo que les había sucedido durante el día, él disfrutaba de aquella nueva rutina que ella había instaurado.

Travis se preguntó si tendría la oportunidad de volver a cocinar con ella. Durante las primeras semanas después del accidente, él se había obsesionado con la idea de que la enfermera del turno de noche tuviera a mano el número de teléfono de su móvil. Después de un mes, puesto que Gabby podía respirar sin ayuda artificial, la trasladaron de la Unidad de Cuidados Intensivos a una habitación privada y él tuvo la certeza de que ese cambio conseguiría que ella se despertara. Pero a medida que pasaban los días y que no se producía ningún cambio, su energía desbordante se trocó en una apatía silenciosa. Gabby una vez le había dicho que la fecha límite eran seis semanas —que, después, las posibilidades de recuperarse de un coma caían en picado—. Sin embargo, él todavía tenía fe. Se decía a sí mismo que ella era una madre, que Gabby era una luchadora, que era diferente al resto. Las seis semanas llegaron y pasaron, y luego dos semanas más. Travis sabía que, a los tres meses, a la mayoría de los pacientes que permanecían en coma los trasladaban a una clínica para cuidados a largo plazo. Aquel día había llegado y se suponía que Travis tenía que comunicar a la administración del hospital lo que quería hacer. Pero ésa no era la decisión a la que se enfrentaba. Su decisión tenía que ver con Kenneth y Eleanor Baker, y a pesar de que sabía que no podía acusar a Gabby por haberlos metido en sus vidas, no estaba preparado para pensar en ellos; todavía no.

18

La casa que erigieron era la clase de hogar en el que Travis podía imaginarse pasando el resto de su vida. A pesar de que la construcción era absolutamente nueva, desde el momento en que se mudaron adoptó un aire íntimo y acogedor. Él lo atribuía a que Gabby se había esforzado mucho en crear un espacio en el que todos se sintieran cómodos tan pronto como abrían la puerta.

Ella fue la que supervisó todos los detalles que conferían esa cualidad hogareña. Mientras que Travis concebía la estructura en términos de metros cuadrados y materiales de construcción resistentes a los efectos corrosivos de la sal del mar y los veranos húmedos, Gabby introdujo elementos eclécticos que a él nunca se le habrían ocurrido. Una vez, mientras estaban construyendo la casa, pasaron en coche por delante de una granja en ruinas que llevaba mucho tiempo abandonada y Gabby insistió en que él parase el coche. En aquella época, Travis ya se había acostumbrado a las impulsivas corazonadas de su esposa. Se burló de ella, pero al cabo de unos instantes estaban atravesando lo que antaño había sido una puerta. Pasearon por los suelos cubiertos de escombros y sortearon las plantas trepadoras que habían ido ganando terreno a través de las ventanas rotas y los huecos en las paredes. En la pared del fondo, sin embargo, se erigía la chimenea, llena de mugre, y Travis recordó haber tenido la impresión de que ella sabía que estaba allí. Gabby se dirigió hacia la chimenea y pasó la mano por ambos lados y por debajo de la repisa.

—¿Lo ves? Creo que está hecha con un mosaico pintado a mano —comentó—. Debe de haber cientos de piezas, quizá más. ¿Puedes imaginar lo bonita que era? —Ilusionada, Gabby le cogió la mano a Travis—. Deberíamos hacer algo parecido.

Poco a poco, la casa fue tomando unos acentos que él nunca habría imaginado. No se limitaron únicamente a copiar el estilo de la chimenea; Gabby encontró a los dueños de la granja en ruinas, se presentó un día en su casa y los convenció para que le vendieran la chimenea completa por menos de lo que costaba limpiarla. Ella quería unas enormes vigas de roble y un techo abovedado de pino en el comedor, lo cual parecía hacer juego con el tejado a dos aguas. Las paredes estaban escayoladas o con ladrillos o cubiertas con texturas de vivos colores, algunas que simulaban piel, y todas en general parecían obras de arte. Gabby se pasó muchas horas durante innumerables fines de semana comprando muebles antiguos y baratijas, y a veces Travis tenía la impresión de que la propia casa sabía lo que ella intentaba conseguir. Cuando descubría un punto en el suelo de madera que crujía, pasaba mil veces por encima, con cara de absoluta concentración, para asegurarse de que no se lo estaba imaginando. Le encantaban las alfombras, cuanto más colorido tuvieran mejor, y había varias esparcidas por la casa con un generoso abandono.

Gabby también era una mujer muy práctica. La cocina, los cuartos de baño y las habitaciones eran amplios y luminosos y destacadamente modernos, con enormes ventanales que enmarcaban las impresionantes vistas. La habitación de matrimonio tenía una bañera con cuatro patas en forma de garra y una ducha espaciosa con las paredes de cristal. Ella quería un garaje amplio, con mucho espacio para Travis. Puesto que suponía que pasarían muchas horas en el porche, insistió en comprar una hamaca y unas mecedoras a juego, junto con una barbacoa para el exterior y una zona donde pudieran sentarse al resguardo de la lluvia. El efecto final obtenido fue que cualquier persona no sabía si estaba más cómoda dentro o fuera de la casa; era la clase de hogar en el que alguien podía entrar con los zapatos llenos de barro sin que por ello recibiera una reprimenda. Y en la primera noche que pasaron en su nueva casa, mientras se hallaban tumbados en la cama con dosel, Gabby se giró hacia Travis con una expresión de absoluta felicidad y con una voz que era casi un susurro le dijo:

—Este lugar, contigo a mi lado, es donde siempre quiero estar.

Últimamente sus hijas estaban atravesando una fase difícil, a pesar de que Travis no se lo había mencionado a Gabby.

No era sorprendente, por supuesto, pero en la mayoría de las ocasiones, Travis no sabía qué hacer. Christine le había preguntado en más de una ocasión si mami regresaría a casa y, aunque él le había asegurado que sí, la niña lo miraba con cara insegura, probablemente porque Travis no estaba seguro de si él mismo lo creía. Los niños eran muy sensibles a esa clase de situaciones y, a los ocho años, su hija había llegado a una edad en la que sabía que el mundo no era tan simple como había imaginado cuando era más pequeña.

Era una niña adorable con unos enormes ojos azules a la que le encantaba lucir cintas en el pelo. Siempre ponía esmero en que su habitación estuviera limpia y ordenada y no quería ponerse ropa que no fuera de conjunto. No pillaba rabietas cuando las cosas no salían bien; en vez de eso, era la clase de niña que ordenaba sus juguetes o elegía un par de zapatos nuevos. Pero desde el accidente se frustraba con facilidad, y las rabietas se habían convertido ahora en la norma general. Su familia, incluida Stephanie, le había recomendado que la llevara a un psicólogo y, tanto Christine como Lisa iban dos veces por semana, pero las rabietas parecían ir a peor. Y la noche previa, cuando Christine se acostó, la habitación estaba completamente desordenada.

Lisa, que siempre había sido bajita para su edad, tenía el pelo del mismo color que Gabby y una disposición generalmente alegre y pizpireta. Tenía una mantita que llevaba a todas partes y seguía a Christine por toda la casa como si fuera su perrito faldero. Pegaba adhesivos en todas sus carpetas y normalmente siempre llevaba a casa los trabajos que realizaban en la escuela con notas de la profesora felicitándola por lo bien que lo había hecho. Sin embargo, hacía bastante tiempo que lloraba cada vez que se iba a dormir. Desde el piso inferior, Travis podía oírla llorar a través del monitor y tenía que pellizcarse el puente de la nariz varias veces para evitar ponerse él también a llorar. En esas noches, subía las escaleras para ir a la habitación de sus hijas —desde el accidente, otro cambio era que ahora querían dormir en la misma habitación— y Travis se tumbaba a su lado, acariciándole el pelo mientras oía cómo ella susurraba: «Quiero estar con mamá» una y otra vez, las palabras más tristes que Travis jamás había oído. Con un nudo en la garganta que le impedía hablar, a duras penas le contestaba: «Lo sé. Yo también».

No podía empezar a usurpar el sitio de Gabby, y no lo intentó; lo que eso dejó, sin embargo, fue un agujero que Gabby ocupaba, una sensación de vacío que él no sabía cómo llenar. Al igual que la mayoría de los padres, cada uno de ellos había ido perfilando unos dominios de experiencia en lo que concernía al cuidado de sus hijos. Travis ahora se daba cuenta de que Gabby había asumido una mayor parte de responsabilidad que él. Había muchas cosas que él no sabía cómo hacer, cosas que a Gabby probablemente le parecían muy fáciles. Pequeñas cosas. Podía peinar a sus hijas, pero cuando tenía que hacerles trenzas, no conseguía hacerlas bien. No sabía a qué clase de yogur se refería Lisa cuando le decía que quería «el del plátano azul». Cuando se resfriaban, se quedaba de pie indeciso plantado delante del mostrador de la farmacia sin saber qué jarabe para la tos debía pedir. Christine nunca se ponía la ropa que él le elegía. Y no tenía ni idea de que a Lisa le gustara llevar zapatos de charol los viernes. Cayó en la cuenta de que, antes del accidente, ni tan sólo sabía el nombre de sus maestras ni tampoco dónde estaban exactamente ubicadas sus clases en el edificio de la escuela.

Las Navidades fueron lo peor, ya que siempre habían sido las fiestas favoritas de Gabby. Le encantaba todo lo relacionado con la Navidad: elegir el árbol, decorarlo, hornear galletas e incluso realizar todas las compras. Normalmente Travis se quedaba sorprendido al ver la capacidad de su esposa por mantener el buen humor mientras se abría paso entre el hervidero frenético de gente que inundaba los centros comerciales, pero, por la noche, después de que las niñas se hubieran ido a dormir, ella sacaba sigilosamente los regalos con una risita y una satisfacción propias de una colegiala y los dos juntos envolvían todas las cosas que había comprado. Más tarde, Travis escondía los paquetes en la buhardilla.

En cambio, las últimas Navidades no habían sido alegres. Travis se había esforzado todo lo que había podido, procurando animar el ambiente cuando era evidente que no había alegría. Intentó hacer todo lo que Gabby hacía, pero el esfuerzo de mantener un semblante feliz resultaba agotador, especialmente porque ni Christine ni Lisa se lo ponían fácil. No era culpa de ellas, pero lo cierto era que Travis no sabía cómo responder cuando en la primera línea de la carta para Papá Noel leyó la petición de que mamá se pusiera buena. Tampoco era que pudiera reemplazarla por una Nintendo DS o por una casa de muñecas.

En las últimas dos semanas, las cosas habían mejorado. Por lo menos un poco. Christine todavía pillaba sus rabietas y Lisa seguía llorando por las noches, pero se habían adaptado a la vida en la casa sin mami. Cuando llegaban a casa después de la escuela, ya no la llamaban; cuando caían y se arañaban los codos, automáticamente recurrían a él para que les pusiera una tirita. En un dibujo de la familia que Lisa dibujó en la escuela, Travis sólo vio tres imágenes; se le cortó la respiración al ver que había otra imagen horizontal en una esquina, una que parecía añadida como en el último momento. Dejaron de preguntar por mamá con tanta insistencia y ya casi no iban a visitarla. Les resultaba muy duro ir al hospital, porque no sabían qué decir ni cómo comportarse. Travis lo comprendía e intentaba allanar el terreno.

—Sólo tenéis que hablarle —les decía, y ellas lo intentaban, pero pronto se quedaban sin palabras al ver que no recibían ninguna respuesta.

Normalmente, cuando iban a verla, Travis hacía que le llevaran cosas —piedras bonitas que habían encontrado en el jardín, hojas de los árboles que habían pegado en un trozo de papel, tarjetas hechas a mano y decoradas con purpurina—. Pero incluso el acto de llevarle regalos no se libraba del peso de la incertidumbre. Lisa depositaba el regalo sobre la barriga de Gabby y retrocedía; un momento más tarde, lo colocaba en la mano de Gabby para, al cabo de un rato, recogerlo y dejarlo en la mesita. Christine, por otro lado, no paraba de moverse inquieta. Se sentaba en la cama y luego se acercaba a la ventana, escrutaba atentamente la cara de su madre y, en todas las ocasiones en que lo hacía, jamás decía ni una sola palabra.

—¿Qué has hecho hoy en la escuela? —le preguntó Travis la última vez que su hija estuvo allí—. Estoy seguro de que a mamá le gustará oírlo.

En lugar de contestar, Christine se giró hacia él.

—¿Por qué? —preguntó, con un tono de tristeza desafiante—. Sabes que no puede oírme.

En la planta baja del hospital había una cafetería y Travis se pasaba por allí prácticamente todos los días, más que nada para escuchar otras voces que no fueran la suya. Normalmente, iba a la hora de comer y, en las últimas semanas, había llegado a familiarizarse con los clientes habituales. La mayoría de ellos eran empleados del hospital, pero había una anciana que parecía estar allí perpetuamente, por lo menos, cada vez que él entraba. A pesar de que no había hablado con ella, se enteró por Gretchen de que su marido ya estaba en la Unidad de Cuidados Intensivos cuando ingresaron a Gabby. Era algo relacionado con unas complicaciones por diabetes y, cada vez que veía a la anciana tomándose una taza de consomé, Travis pensaba en su marido en alguna de las habitaciones de los pisos superiores. Era fácil imaginar lo peor: un paciente enchufado a una docena de máquinas, inacabables intervenciones quirúrgicas, posiblemente con alguna amputación, un hombre que apenas seguía con vida. No era asunto suyo y tampoco estaba seguro de si quería saber la verdadera historia, quizá porque notaba que no podría mostrar la pena que sabía que debería mostrar en dichos casos. Tenía la sensación de que su habilidad por sentir empatía se había evaporado.

Sin embargo, no podía evitar observarla, sintiendo curiosidad por lo que podría aprender de ella. Mientras que el nudo en su estómago nunca parecía aflojarse lo bastante como para permitirle ingerir más de unos pocos bocados de comida, la anciana no sólo comía todo lo que había en el plato, sino que además parecía saborear la comida. Mientras que a él le parecía imposible concentrarse durante un largo rato en cualquier cosa que no fuera sus propias necesidades y la existencia diaria de sus hijas, ella leía novelas durante la hora de comer y, en más de una ocasión, la había visto reírse silenciosamente tras leer algún párrafo que le había hecho gracia. Y, a diferencia de él, todavía mantenía la habilidad para sonreír y por eso siempre sonreía afablemente a todos aquellos que pasaban por delante de su mesa.

A veces, Travis creía detectar en aquella sonrisa un rastro de soledad, a pesar de que se regañaba a sí mismo por imaginar algo que probablemente no era cierto. No podía evitar preguntarse cómo debía de haber sido su matrimonio. Porque a la edad de aquella anciana, él suponía que ya debían de haber celebrado las bodas de plata o quizás incluso las de oro. Seguramente tenían hijos, aunque él no los había visto por el hospital. Pero aparte de eso, no podía intuir nada más. Se preguntó si habían sido felices juntos, porque ella parecía tomarse la enfermedad de su esposo con absoluta tranquilidad, mientras que él recorría los pasillos del hospital como si un mal paso pudiera derribarlo al suelo.

Se preguntó, por ejemplo, si su marido había plantado rosales para ella, algo que Travis había hecho para Gabby cuando ella se quedó embarazada de Christine. Travis recordaba su expresión mientras estaba sentada en el porche, con una mano sobre su vientre, y entonces mencionó que faltaban más flores en el patio. Mirándola fijamente mientras ella hablaba, Travis tuvo la certeza de que le estaba pidiendo que lo hiciera y, a pesar de que tenía las manos llenas de arañazos y las puntas de los dedos enrojecidas cuando acabó de plantar los arbustos, las rosas estaban floreciendo el día que nació Christine. Él le llevó un ramo al hospital.

Travis se preguntó si su marido la había observado de soslayo tal y como Travis hacía con Gabby cuando sus hijas se montaban en los columpios en el parque. Le encantaba ver cómo las facciones de Gabby se iluminaban con orgullo. A menudo, le cogía la mano y sentía el impulso de permanecer así para siempre.

Se preguntó si su marido la encontraba hermosa cuando se despertaba, con el pelo revuelto, tal y como le pasaba a él con Gabby. A veces, a pesar del caos estructurado siempre asociado a las mañanas, simplemente se quedaban tumbados juntos en la cama, el uno en los brazos del otro, durante unos pocos minutos más, como si pretendieran coger fuerzas para encararse al nuevo día.

Travis no sabía si su matrimonio había sido especialmente afortunado o si todos los matrimonios eran así. Lo único que sabía era que sin Gabby estaba totalmente perdido, mientras que otros, incluyendo la anciana de la cafetería, hallaban en cierto modo la fuerza para seguir adelante. No sabía si admirarla o sentir pena por ella. Siempre se daba la vuelta antes de que ella lo pillara mirándola descaradamente. A su espalda, una familia entró en la cafetería, charlando con animación y llevando varios globos de colores; en la caja registradora, se fijó en un joven que hundía las manos en los bolsillos en busca de monedas. Travis apartó la bandeja a un lado, sintiendo náuseas. Sólo se había comido la mitad del bocadillo. Se debatió entre subir el resto a la habitación o no, pero sabía que, aunque lo hiciera, no se lo acabaría. Se giró hacia la ventana.

La cafetería daba a un pequeño parque y contempló el mundo cambiante en el exterior del recinto. Pronto llegaría la primavera y supuso que los pequeños capullos estaban ya floreciendo en los rosales plantados en los parterres. En los últimos tres meses había visto todas las posibles variantes del tiempo desde aquel mismo espacio. Había visto llover y también brillar el sol y había visto cómo los vientos huracanados de más de ochenta kilómetros por hora doblaban los pinos a lo lejos, casi hasta el punto de arrancarlos del suelo. Tres semanas antes, había visto cómo caía granizo del cielo, sólo para ser reemplazado unos minutos más tarde por un espectacular arcoíris que enmarcaba las azaleas. Los colores, tan vívidos que parecían casi dinámicos, le hicieron pensar que la naturaleza a veces nos envía señales, que es importante recordar que la alegría siempre puede ir seguida de la desesperación. Pero un momento más tarde, el arcoíris se había desvanecido y volvió el granizo, y Travis se dio cuenta de que la alegría a veces no era más que una ilusión.

19

A media tarde, el cielo se estaba nublando y se acercaba la hora de iniciar la tabla de ejercicios con Gabby. A pesar de que ella había completado los ejercicios rutinarios por la mañana y que una enfermera vendría al atardecer a realizar más ejercicios, Travis le había preguntado a Gretchen si no le importaba que él hiciera lo mismo por la tarde también.

—Creo que a ella le gustará —le había contestado.

La enfermera le enseñó todo el proceso, asegurándose de que él entendía que cada músculo y cada articulación necesitaban atención. Mientras que Gretchen y las otras enfermeras empezaban por los dedos de las manos, Travis empezaba por los de los pies. Apartó la sábana y le cogió el pie, a continuación empezó a flexionar uno de los dedos rosados hacia arriba y hacia abajo y después repitió el ejercicio antes de pasar a otro dedo.

Travis se había acostumbrado y le gustaba hacer eso por ella. El tacto de su piel contra la suya bastaba para activar una docena de recuerdos: la forma en que él le masajeaba los pies mientras ella estaba embarazada; los lentos y seductores masajes en la espalda a la luz de las velas, a los que ella respondía con un ronroneo de satisfacción; los masajes en el brazo después de que ella sufriera una vez una contractura muscular al levantar con una sola mano un saco de comida de perro. A veces, creía que aparte de echar de menos el hecho de poder hablar con Gabby, el simple acto de tocarla era lo que más añoraba. Travis había necesitado un mes entero antes de atreverse a pedirle permiso a Gretchen para colaborar con los ejercicios y desde entonces cada vez que le masajeaba la pierna a Gabby se sentía, en cierto modo, como si se estuviera aprovechando de ella. No importaba que estuvieran casados; lo que importaba era que sólo él tomaba parte en aquel acto, algo absolutamente falto de respeto hacia la mujer que adoraba.

Pero esos ejercicios...

Ella necesitaba esos ejercicios. Los «requería». Sin ellos, se le atrofiaría la musculatura y aunque despertara —cuando despertara, rápidamente se corrigió a sí mismo— se sentiría permanentemente anquilosada. Por lo menos, eso era lo que Travis se decía siempre a sí mismo. En el fondo, sabía que él también necesitaba tocarla, aunque sólo fuera para sentir la calidez de su piel o el pulso suave en su muñeca. Era en esos momentos cuando tenía la absoluta certeza de que ella se recuperaría; que su cuerpo simplemente requería algo más de tiempo para ajustarse.

Acabó con los dedos de los pies y empezó con los tobillos; cuando hubo acabado, le flexionó las rodillas, doblándolas hacia el pecho y luego estirándolas. A veces, mientras ella se hallaba tumbada en el sofá ojeando alguna revista, estiraba la pierna distraídamente, exactamente del mismo modo. Era un movimiento propio de una bailarina y Gabby lo hacía con la misma gracia con que lo habría hecho una bailarina.

—¿Te gusta, amor mío?

«Mmm... me encanta. Gracias. Me sentía un poco rígida.»

Él sabía que se había imaginado la respuesta, que Gabby no se había movido. Pero su voz parecía emerger de la nada cada vez que él se aplicaba en esos ejercicios físicos con ella. A veces se preguntaba si se estaba volviendo loco.

—¿Cómo te encuentras?

«Muerta de aburrimiento, si quieres que te diga la verdad. Ah, por cierto, gracias por las flores. Son preciosas. ¿Las has comprado en Frick's?»

—¿Dónde si no?

«¿Qué tal están las niñas? Pero esta vez dime la verdad.»

Travis empezó con el otro pie.

—Están bien. Te echan de menos, claro. Para ellas es muy duro. A veces no sé qué hacer.

«Lo importante es que estás haciéndolo tan bien como puedes, ¿no? ¿No es eso lo que siempre nos decimos el uno al otro?»

—Tienes razón.

«Entonces, no puedo pedirte nada más. Y ellas se recuperarán. Son más fuertes de lo que aparentan.»

—Lo sé. En eso han salido a ti.

Travis se la imaginó mirándolo a los ojos, con una expresión preocupada.

«Estás muy delgado. Demasiado delgado.»

—Es que últimamente no tengo apetito.

«Estoy preocupada por ti. Tienes que cuidarte. Por las niñas. Por mí.»

—Siempre estaré aquí, a tu lado.

«Lo sé. Y eso también me preocupa. ¿Te acuerdas de Kenneth y Eleanor Baker?»

Travis dejó de flexionarle el pie.

—Sí.

«Entonces, ya sabes a qué me refiero, ¿no?»

Él suspiró y reanudó el ejercicio.

—Sí.

En su mente, el tono de Gabby se suavizó.

«¿Recuerdas cuando insististe en que todos fuéramos de acampada a las montañas el año pasado? ¿Cómo prometiste que a las niñas y a mí nos encantaría?»

Él empezó a masajearle los dedos de las manos y los brazos.

—¿A qué viene eso ahora?

«Desde que estoy aquí, le doy muchas vueltas a todo. ¿Qué más puedo hacer? Pero a lo que iba, ¿recuerdas que cuando llegamos allí ni tan sólo nos preocupamos en montar la tienda, sino que simplemente descargamos la furgoneta —a pesar de que habíamos oído un trueno a lo lejos— porque tú querías enseñarnos el lago? ¿Y cómo tuvimos que caminar ocho kilómetros para llegar al lago, y que justo cuando llegamos a la orilla, los cielos se abrieron y empezó a diluviar? El agua caía del cielo como si nos hubiéramos colocado debajo de una manguera. Y cuando finalmente llegamos otra vez a la tienda de campaña, todo el material estaba empapado. Yo me enfadé mucho contigo y te exigí que nos llevaras a un hotel.»

—Lo recuerdo.

«Te pido perdón por mi reacción. No debería haberme enojado tanto. A pesar de que la culpa era tuya.»

—¿Cómo es posible que siempre tenga yo la culpa?

Él imaginó que Gabby le guiñaba el ojo mientras le masajeaba el cuello, haciéndolo girar, con mucho cuidado, primero hacia un lado y luego hacia el otro.

«Porque me gusta ver cómo te sulfuras cuando lo digo.»

Travis se inclinó hacia ella y la besó en la frente.

—Te echo mucho de menos.

«Yo también.»

Notó un nudo en la garganta cuando acabó la tabla de ejercicios, consciente de que la voz de Gabby empezaría a disiparse, como siempre. Acercó la cara a la de su esposa.

—Sabes que tienes que despertarte, ¿verdad? Las niñas te necesitan. Yo te necesito.

«Lo sé. Lo estoy intentando.»

—Tienes que darte prisa.

Ella no dijo nada y Travis supo que la había presionado demasiado.

—Te quiero, Gabby.

«Yo también te quiero.»

—¿Necesitas algo? ¿Quieres que baje las persianas? ¿Que te traiga algo de casa?

«¿Por qué no te quedas un ratito más aquí, sentado a mi lado? Me siento muy cansada.»

—De acuerdo.

«¿Y me cogerás la mano?»

Él asintió y acto seguido cubrió su cuerpo con la sábana de nuevo. Se sentó en la silla junto a la cama y le cogió la mano, luego deslizó el dedo pulgar por encima de su palma con suavidad. Fuera, la paloma había regresado, y más allá podía ver los nubarrones que empezaban a invadir el cielo, adoptando formas de otros mundos. Travis amaba a su esposa, pero odiaba en qué se había convertido la vida con ella y enseguida se regañaba a sí mismo por pensar de ese modo. Le besó la punta de los dedos uno a uno y se llevó la mano a la mejilla. Notó la calidez de su tacto y deseó percibir el más leve movimiento, pero cuando nada sucedió, la retiró y ni tan sólo se dio cuenta de que la paloma parecía estar mirándolo fijamente.

ϒ

Eleanor Baker tenía treinta y ocho años, era ama de casa y madre de dos hijos a los que adoraba. Ocho años antes, había llegado a Urgencias vomitando y quejándose de un intenso dolor en la parte posterior de la cabeza. Gabby, que había accedido a cambiar su turno de guardia con una amiga, estaba de servicio aquel día, aunque no asistió a Eleanor. La mujer se quedó ingresada en el hospital y Gabby no supo nada de ella hasta el lunes siguiente, cuando se dio cuenta de que habían trasladado a Eleanor a la Unidad de Cuidados Intensivos cuando no se despertó el domingo por la mañana. Una de las enfermeras le dijo: «Simplemente se quedó dormida y ya no despertó».

Su coma tenía por origen un severo caso de meningitis vírica.

Su marido, Kenneth, un profesor de Historia en el Instituto East Carteret, era un tipo entrañable y simpático y se pasaba los días en el hospital. Con el tiempo, Gabby llegó a conocerlo; al principio sólo intercambiaban las típicas frases cordiales, pero a medida que transcurrían los días sus conversaciones se fueron ampliando. Él adoraba a su esposa y a sus hijos; siempre llevaba un jersey impecable y unos pantalones bien planchados cuando iba al hospital y tenía por costumbre ponerse al lado de la papelera a beber un refresco cítrico. Era un católico devoto y Gabby a menudo se lo encontraba rezando el rosario al lado de la cama de su esposa. Sus hijos se llamaban Matthew y Mark.

Travis sabía todo eso porque Gabby se lo contaba después del trabajo. Al principio no, pero más tarde, cuando ella y Kenneth entablaron amistad, Gabby siempre le decía a Travis que se sorprendía al verlo en el hospital cada día, sin falta, y se preguntaba qué debía de estar pensando mientras permanecía sentado en silencio al lado de su esposa.

—Siempre parece triste —le había comentado Gabby.

—Claro, es que está triste. Su mujer está en coma.

—Pero se pasa todas las horas con ella. ¿Con quién deben de quedarse sus hijos?

Las semanas dieron paso a los meses y al final trasladaron a Eleanor Baker a una residencia. Los meses se convirtieron en un año, luego en otro. Gabby se habría olvidado de Eleanor Baker de no ser porque coincidía con Kenneth Baker en el supermercado. A veces se encontraban por casualidad y la conversación siempre giraba en torno al estado de Eleanor. Nunca había ningún cambio.

Pero con el paso de los años, mientras seguían encontrándose en el supermercado, Gabby se fijó en que Kenneth había cambiado.

—Igual que siempre. —Era la forma en que él solía empezar a describir la condición de su esposa. Allí donde un día había habido luz en sus ojos cuando hablaba de Eleanor, ahora sólo había un vacío; donde una vez había habido amor, ahora sólo parecía quedar apatía. Su pelo negro se había vuelto cano en tan sólo un par de años y se había quedado tan delgado que la ropa le bailaba.

Gabby siempre se lo encontraba en la sección de los congelados, en el pasillo de los cereales, donde él parecía esperarla. Tenía la impresión de que la necesitaba para contarle lo que sucedía, y en aquel rato en que charlaban, Kenneth mencionaba una tragedia tras otra: que había perdido su trabajo, que había perdido su casa, que estaba desesperado por que sus hijos se marcharan de casa, que el mayor había abandonado los estudios en el instituto y que al pequeño lo habían vuelto a arrestar por traficar con drogas. «Otra vez.» Ésa era la expresión que Gabby resaltaba cuando se lo contaba a Travis más tarde. También decía que estaba prácticamente segura de que Kenneth estaba borracho cuando lo había visto.

—Siento tanta pena por él —decía Gabby, afligida.

—Me lo puedo imaginar —contestaba Travis.

Gabby se quedaba entonces callada, antes de concluir:

—A veces pienso que habría sido mejor que su esposa hubiera muerto.

Con la vista fija en la ventana, Travis pensó en Kenneth y Eleanor Baker. No tenía ni idea de si la mujer continuaba en la residencia o si ni tan sólo seguía viva. Desde el accidente, había rememorado aquellas conversaciones mentalmente casi cada día, recordando las palabras que Gabby le había dicho. Se preguntó si era posible que Eleanor y Kenneth Baker hubieran entrado en sus vidas por algún motivo. ¿Cuánta gente, después de todo, conocía a alguien que hubiera estado en coma? Le parecía tan... ficticio, más o menos como visitar una isla llena de dinosaurios o ver cómo una nave espacial derribaba el Empire State Building.

Sin embargo, Gabby trabajaba en un hospital y claramente ése podía ser el motivo por el que el matrimonio Baker había entrado en sus vidas, ¿no? ¿Para avisarlo de que estaba condenado? ¿De que sus hijas se descarriarían? Esos pensamientos lo aterraban y por esa razón siempre iba a esperarlas a la salida del colegio. Por ese motivo las llevaba al parque de aventuras Bush Gardens cuando tenían algún día de fiesta en la escuela, y por esa razón dejaba que Christine pasara la noche en casa de su mejor amiga. Se despertaba cada mañana con la determinación de que, aunque lo estuvieran pasando mal —lo cual era normal—, debía insistir para que se comportaran debidamente en casa y en la escuela, y por eso cuando no le hacían caso las castigaba a dormir cada una en su habitación, separadas. Porque eso era lo que Gabby habría hecho.

Sus suegros a veces le decían que quizás era demasiado severo con las niñas. No le sorprendía en absoluto. Su suegra, en particular, siempre tenía que soltar su opinión. Mientras que Gabby y su padre podían pasarse una hora charlando relajadamente por teléfono, las conversaciones con su madre siempre eran telegráficas. Al principio de casados, Travis y Gabby habían ido a pasar las vacaciones en Savannah y Gabby siempre regresaba a casa estresada; cuando nacieron sus hijas, finalmente les dijo a sus padres que quería iniciar sus propias tradiciones durante las vacaciones y que, a pesar de que le encantaría ir a verlos, ahora serían sus padres los que tendrían que viajar a Beaufort. Nunca lo hicieron.

Después del accidente, sin embargo, se hospedaron en un hotel en Morehead City para permanecer cerca de su hija y durante el primer mes, los tres coincidieron a menudo en la habitación de Gabby. Aunque jamás dijeron abiertamente que lo culparan del accidente, Travis lo sentía así, por la forma en que ellos mantenían las distancias. Cuando pasaban un rato con Christine y Lisa, siempre quedaban fuera —las invitaban a un helado o a una pizza—, y solamente estaban en casa un par de minutos.

Al cabo de un tiempo, no les quedó más remedio que regresar a Savannah. Ahora a veces venían los fines de semana. Cuando lo hacían, Travis intentaba mantenerse alejado del hospital. Se decía que lo hacía con el fin de darles tiempo para estar a solas con su hija, y en parte era cierto. Lo que no le gustaba admitir era que también se mantenía alejado porque ellos continuamente, y sin querer, le recordaban que él era el responsable de que Gabby estuviera en el hospital.

Sus amigos habían actuado tal y como esperaba. Allison, Megan y Liz se turnaron para prepararles la cena durante las seis primeras semanas. A lo largo de los años, se habían hecho buenas amigas de Gabby, y a veces parecía como si tuviera que ser Travis quien les infundiera ánimos. Se presentaban con los ojos rojos y una sonrisa forzada, con fiambreras llenas hasta el borde de lasaña o carne guisada, diversos entrantes y todos los postres imaginables. Nunca se olvidaban de mencionar que habían puesto pollo en lugar de carne roja, para asegurarse de que Travis comería.

Se portaron particularmente bien con las niñas. Al principio, las consolaban cuando lloraban y Christine se encariñó mucho de Liz. Ella le trenzaba el pelo, le ayudaba a montar pulseras con cuentas de colores y normalmente se pasaba por lo menos media hora con Christine pegando patadas al balón de fútbol. Cuando entraban en casa, se ponían a cuchichear tan pronto como Travis abandonaba la estancia. Él se preguntaba de qué hablaban. Conociendo a Liz, estaba seguro de que si ella consideraba que se trataba de algo importante se lo diría, pero normalmente le contestaba que Christine sólo tenía ganas de hablar. Con el paso de los días, Travis se sintió simultáneamente agradecido por su presencia y celoso de su relación con su hija.

Lisa, por otro lado, sentía más apego por Megan. Las dos se ponían a dibujar y a pintar en la mesa de la cocina o a ver la tele, sentadas una al lado de la otra; a veces Travis veía que Lisa se acurrucaba encima de Megan de la misma forma que lo hacía con Gabby. En esos momentos, parecían casi madre e hija y, por un brevísimo instante, Travis podía sentir como si la familia estuviera reunida de nuevo.

Allison, por otro lado, era la que se aseguraba de que las niñas comprendieran que, a pesar de su tristeza y su angustia, todavía tenían responsabilidades. Les recordaba que tenían que ordenar la habitación, las ayudaba en los deberes escolares y siempre les pedía que llevaran los platos al fregadero. Lo hacía con dulzura, pero a la vez con firmeza, y a pesar de que sus hijas a veces se olvidaban de sus obligaciones algunas noches cuando Allison no venía, cada vez sucedía con menos frecuencia de lo que Travis habría esperado. Inconscientemente, parecían darse cuenta de que sus vidas requerían cierto orden y estructura y Allison era exactamente lo que necesitaban.

Entre ellas y la madre de Travis —que acudía cada tarde y prácticamente todos los fines de semana—, casi nunca se quedó a solas con sus hijas las semanas que siguieron al accidente, y las cuatro asumieron la función de madres de un modo que él no habría podido. Y realmente ahora lo valoraba. Durante las primeras semanas, a duras penas conseguía reunir fuerzas para levantarse de la cama por las mañanas, y durante casi todo el día sólo tenía ganas de llorar. El peso de la culpabilidad lo asfixiaba y no simplemente por el accidente. No sabía qué hacer o qué se suponía que tenía que hacer. Cuando estaba en el hospital, deseaba estar en casa con sus hijas; cuando estaba en casa con sus hijas, deseaba estar con Gabby en el hospital. Nada le parecía correcto.

Después de seis semanas de tirar enormes cantidades de comida a la basura, Travis acabó pidiendo a sus amigas que no le preparasen más la cena, aunque eso no significaba que no pudieran pasar a visitarlos. Tampoco deseaba que pasaran cada día. Por entonces, con visiones de Kenneth Baker pululando constantemente en su mente, sabía que tenía que asumir el control de lo que quedaba en su vida. Debía volver a ser el padre que había sido una vez, el padre que Gabby quería que fuera, y, poco a poco, lo consiguió. No fue fácil, y aunque todavía había días en que Christine y Lisa parecían echar de menos la atención que les brindaban los amigos de sus padres, Travis se puso las pilas para encargarse de ellas. Tampoco se trataba de que, de repente, todo volviera a la normalidad, pero ahora que ya habían transcurrido tres meses, sus vidas eran tan normales como podría esperarse. Al asumir la responsabilidad del cuidado de sus hijas, Travis a veces pensaba que se había salvado a sí mismo.

Por el lado negativo, desde el accidente apenas le quedaba tiempo para compartirlo con Joe, Matt y Laird. Si bien ellos todavía se dejaban caer de vez en cuando para tomar una cerveza con él cuando las niñas ya se habían acostado, sus conversaciones eran forzadas. La mitad del tiempo, todo lo que decían parecía ser… «incorrecto», en cierto modo. Cuando le preguntaban por Gabby, él no se sentía de humor para hablar de ella. Cuando intentaban hablar sobre otro tema, Travis se preguntaba por qué intentaban desviar la atención de Gabby. Sabía que no estaba siendo justo, pero el rato que pasaba con ellos no podía evitar pensar en las diferencias entre sus vidas y la suya. A pesar de su amistad y su paciencia, a pesar de su afabilidad, no podía evitar pensar que al cabo de poco rato, Joe se iría a su casa para estar con Megan y que conversarían plácidamente acurrucados en la cama; cuando Matt le ponía la mano en el hombro, Travis se preguntaba si Liz estaría contenta de que Matt hubiera ido a verlo o si lo necesitaba para que hiciera alguna cosa en casa. Su relación con Laird era exactamente la misma y, muy a su pesar, a menudo se sentía exasperado en su presencia, sin poder explicar el porqué. Mientras que él estaba obligado a vivir constantemente con lo impensable, ellos podían conectar y desconectar de aquella tragedia y, por más que lo intentaba, no podía escapar a la ira que lo invadía por la injusticia de toda aquella situación. Anhelaba lo que ellos tenían y sabía que ellos jamás podrían comprender su pérdida, por más que lo intentaran. Se detestaba a sí mismo por pensar de aquel modo e intentaba ocultar su furia, pero tenía la impresión de que sus amigos se daban cuenta de que las cosas habían cambiado, a pesar de que no supieran exactamente lo que sucedía. Gradualmente, sus visitas se acortaron y empezaron a ser menos frecuentes. Travis se odiaba a sí mismo por ello, y también por el muro que estaba erigiendo entre ellos, pero no sabía cómo arreglarlo.

En los momentos de soledad, se preguntaba cómo era posible que sintiera rabia hacia sus amigos y que, en cambio, únicamente sintiera gratitud hacia sus esposas. Se sentaba en el porche a reflexionar sobre esa cuestión. Entonces, un día se quedó ensimismado contemplando la luna creciente y por fin aceptó lo que había sabido desde el principio. La diferencia tenía que ver con que Megan, Allison y Liz centraban su apoyo en sus hijas, mientras que Joe, Matt y Laird centraban su apoyo en él. Sus hijas lo merecían.

Él, en cambio, merecía ser castigado.

20

Sentado con Gabby, Travis echó un vistazo al reloj. Ya casi eran las dos y media y normalmente a esa hora se preparaba para despedirse de su mujer para estar en casa cuando las niñas regresaran de la escuela. Ese día, sin embargo, Christine había quedado en ir a casa de una amiga y Lisa iba a una fiesta de cumpleaños en el acuario en Pine Knoll Shores, así que ninguna de las dos llegaría a casa hasta después de cenar. Era una suerte que sus hijas tuvieran planes aquel día ya que él necesitaba quedarse más rato. Más tarde, había quedado con el neurólogo y el administrador del hospital.

Sabía cuál iba a ser el tema que iban a tratar y no le quedaba la menor duda de que se mostrarían implacables, eso sí, con tonos moderados y de apoyo. El neurólogo le diría que en el hospital ya no podían hacer nada más por Gabby y que no quedaba otra opción que trasladarla a una residencia. Le aseguraría que, puesto que su condición era estable, el riesgo sería mínimo y que un médico pasaría a verla una vez a la semana. Además, probablemente le diría que el personal que trabajaba en esas residencias era absolutamente profesional y que le brindaría todos los cuidados que ella requería a diario. Si Travis se mostraba disconforme, el administrador probablemente intervendría y le diría que, a menos que Gabby estuviera en la Unidad de Cuidados Intensivos, su seguro médico sólo cubría tres meses de estancia en el hospital. Quizá también se encogería de hombros y mencionaría que puesto que el hospital tenía que estar al servicio de la comunidad local, no disponían de suficientes habitaciones para mantener a un paciente a largo plazo, por más que dicha paciente hubiera trabajado previamente en el hospital. Travis sabía que no podría hacer nada. Esencialmente, la intención de reunirse los dos a la vez con él era asegurarse de que lo convencían.

Lo que ninguno de los dos esperaba era que la decisión no era tan simple. Bajo la superficie acechaba la realidad de que, mientras Gabby estaba en el hospital, todos asumían que despertaría pronto, ya que por eso se quedaban allí los pacientes en estado de coma temporal. Éstos necesitaban disponer de médicos y de enfermeras cerca para supervisar rápidamente los cambios en el monitor que podían significar la mejora que sabían que se produciría. En una residencia, en cambio, todos asumirían que Gabby nunca iba a despertar. Travis no estaba preparado para aceptar aquella opción, pero, por lo visto, no le iban a dejar tomar una decisión.

Sin embargo, Gabby sí que había tomado una decisión, y al final, la decisión de Travis no iba a estar basada en lo que el neurólogo o el administrador le dijeran, sino en lo que pensaba que su mujer habría querido.

Al otro lado de la ventana, la paloma alzó el vuelo y Travis se preguntó si iba a visitar a otros pacientes, como un doctor que hacía su ronda, y en el caso de que lo hiciera, si los otros pacientes se fijaban en la paloma del mismo modo que lo hacía él.

—Siento mucho haberme puesto a llorar antes —susurró Travis. Mientras contemplaba a Gabby, observó cómo su pecho subía y bajaba con cada respiración—. No he podido evitarlo.

Esta vez no tenía la ilusión de escuchar nuevamente su voz. Sólo sucedía una vez al día.

—¿Sabes lo que me gusta de ti? Bueno, sabes que me gusta casi todo. —Travis forzó una sonrisa—. Pero lo que más me gusta es cómo te comportas con *Molly*. Ella está bien, por cierto. Sus caderas todavía aguantan su peso, y le sigue gustando tumbarse sobre la hierba crecida siempre que puede. Cuando la veo hacerlo, pienso en esos primeros años que estábamos juntos. ¿Te acuerdas de cuando solíamos sacar los perros a pasear por la playa? ¿Cuando salíamos temprano, para poder soltarlos del collar y dejar que corretearan libremente? Eran unas mañanas tan… plácidas, y me encantaba verte reír mientras perseguías a *Molly* en círculos, intentando darle una palmadita en el trasero. *Molly* se ponía loca cuando lo conseguías y se quedaba mirándote con ojos traviesos y la lengua colgando, esperando a que reaccionaras y empezaras a perseguirla de nuevo.

Hizo una pausa, y se quedó sorprendido al ver que la paloma había vuelto. Decidió que a lo mejor le gustaba escuchar su voz.

—Por eso deduje que serías una madre fantástica. Por cómo te comportabas con *Molly*. Incluso aquella primera vez, cuando nos conocimos... —Sacudió la cabeza, y los recuerdos fluyeron nuevamente en su mente—. Lo creas o no, siempre me ha gustado que te presentaras hecha una furia en mi casa aquella noche, y no sólo porque acabamos casándonos. Eras como una mamá osa protegiendo a su cría. Es imposible que alguien se enfade tanto, a menos que sea capaz de amar profundamente, y después de ver cómo te comportabas con *Molly* (con tanto amor y atención, con tanta preocupación, teniendo en cuenta que no hay nadie en el mundo capaz de jugar y pasarlo tan bien con ella), supe que serías exactamente igual con los niños.

Travis deslizó un dedo por su brazo.

—¿Sabes lo mucho que eso ha significado para mí? ¿Saber cuánto has querido a nuestras hijas? No tienes ni idea de qué tranquilidad me ha dado a lo largo de los años.

Él se inclinó hacia su oreja.

—Te quiero, Gabby, más de lo que nunca llegarás a saber. Eres todo lo que he querido en una esposa. Eres cada esperanza y cada sueño que he tenido, y me has hecho más feliz de lo que cualquier hombre podría llegar a ser. No quiero perder todo eso. ¿Lo comprendes?

Esperó a recibir una respuesta, pero no la obtuvo. Nunca llegaba, como si Dios le estuviera diciendo que el amor que sentía por ella no fuera suficiente. Sin apartar los ojos de Gabby, súbitamente se sintió viejo y cansado. Le alisó la sábana, sintiéndose solo y alejado, consciente de que era un marido que había fracasado a la hora de amar a su esposa.

—Por favor —susurró—. Tienes que despertarte, amor mío. Por favor. Se nos acaba el tiempo.

ϒ

—Hola —lo saludó Stephanie.

Su hermana, ataviada con unos pantalones vaqueros y una camiseta informal, no se parecía en absoluto a la ejecutiva triunfadora en la que se había convertido. Vivía en Chapel Hill, y se encargaba de gestionar proyectos de gran envergadura en una firma de biotecnología que estaba en rápida expansión, pero en los últimos tres meses se había pasado tres o cuatro días a la semana en Beaufort. Desde el accidente, era la única persona con la que Travis podía realmente hablar. Ella era la única que conocía sus secretos.

—Hola —la saludó Travis.

Stephanie atravesó la habitación y se inclinó por encima de la cama.

—Hola, Gabby —dijo, al tiempo que la besaba en la mejilla—. ¿Cómo estás?

A Travis le gustaba el modo en que su hermana trataba a Gabby. A excepción de Travis, ella era la única que siempre parecía cómoda en presencia de su mujer.

Stephanie cogió otra silla y la colocó justo al lado de la de Travis.

—¿Y qué tal estás tú, hermanito mayor?

—Bien —contestó él.

Stephanie lo miró con ojo crítico.

—Pues tienes un aspecto deplorable.

—Gracias.

—Me parece que no estás comiendo mucho. —Agarró su bolso y sacó una bolsa de cacahuetes—. Anda, cómetelos.

—No tengo hambre. Acabo de comer.

—A ver, ¿qué has comido?

—Lo que necesitaba.

—¡Anda ya! ¿Me tomas por tonta? —Ella usó los dientes para rasgar la bolsa—. Mira, cómete esto y te prometo que me callaré y que no volveré a molestarte más.

—Cada vez que vienes, dices lo mismo.

—Eso es porque tu aspecto sigue siendo deplorable. —Ladeó la cabeza hacia Gabby—. Me apuesto lo que quieras a que ella te ha dicho lo mismo, ¿eh? —Nunca cuestionaba los alegatos de Travis de que podía oír la voz de Gabby, o si lo hacía, su tono no demostraba ninguna preocupación por ello.

—Sí, lo ha hecho.

Stephanie le ofreció la bolsa.

—Entonces coge los cacahuetes.

Travis aceptó la bolsa y la colocó sobre su regazo.

—Ahora métete algunos en la boca, luego mastica y traga.

Hablaba igual que su madre.

—¿Te han dicho que a veces te pasas de mandona?

—Cada día. Y créeme, tú necesitas una mandona en tu vida. Tienes suerte de tenerme a tu lado. En cierta manera, soy como una bendición para ti.

Por primera vez en todo el día, Travis soltó una carcajada espontánea.

—Si tú lo dices… —Se echó un puñado de cacahuetes en la boca y empezó a masticarlos—. ¿Qué tal te va con Brett?

Stephanie llevaba dos años saliendo con Brett Whitney. Era uno de los financieros de fondos de inversión libre con más éxito en el país; era increíblemente rico, apuesto, y muchos lo consideraban el soltero de oro de los estados del sur.

—Todavía salimos.

—¿Problemas en el paraíso?

Stephanie se encogió de hombros.

—Me volvió a pedir que me casara con él.

—¿Y qué le contestaste?

—Lo mismo que la vez anterior.

—¿Cómo se lo tomó?

—Bien. Bueno, primero volvió a montar el numerito de «me siento ofendido y enfadado», pero al cabo de un par de días ya se le había pasado. El fin de semana estuvimos en Nueva York.

—¿Por qué no te casas con él?

Ella se encogió de hombros otra vez.

—Probablemente lo haga.

—Bueno, por algo se empieza. Ahora sólo tienes que decirle que sí cuando te lo pida.

—¿Por qué? Si seguirá pidiéndomelo.

—Pareces muy segura.

—Lo estoy. Y le diré que sí cuando tenga la certeza de que realmente quiere casarse conmigo.

—Te lo ha pedido tres veces. ¿Qué otras pruebas necesitas?

—Creo que simplemente piensa que quiere casarse conmigo. Brett es la clase de chico al que le gustan los retos y, en este momento, yo soy un reto. Mientras siga como reto, él continuará pidiéndomelo. Y cuando sepa que él está realmente preparado, entonces le diré que sí.

—No sé...

—Confía en mí —dijo ella—. Conozco a los hombres, y tengo mis encantos. —Sus ojos brillaron maliciosamente—. Él sabe que no lo necesito y no puede soportar esa idea.

—No. Desde luego, no lo necesitas —convino Travis.

—Y cambiando de tema, ¿cuándo piensas volver al trabajo?

—Pronto —murmuró él.

Stephanie agarró la bolsa de cacahuetes y se echó un par en la boca.

—Eres consciente de que papá ya no es un pimpollo lleno de energía, ¿verdad?

—Lo sé.

—Entonces..., ¿la semana que viene?

Cuando Travis no contestó, Stephanie entrelazó las manos sobre su regazo.

—Muy bien. Esto es lo que harás, puesto que es obvio que todavía no te has decidido. Empezarás a dejarte caer por la clínica y, como mínimo, te quedarás cada día hasta por lo menos la una de la tarde. Será tu nuevo horario. Ah, y puedes cerrar la consulta el viernes a las doce. De ese modo, papá sólo tendrá que ir cuatro tardes a la semana.

Él achicó los ojos y la miró sin parpadear.

—Por lo visto, le has estado dando vueltas al tema.

—Alguien tiene que hacerlo, ¿no? Y para que lo sepas, no lo hago sólo por papá. Necesitas volver al trabajo.

—¿Y qué pasa si pienso que todavía no estoy listo?

—Que lo siento mucho. Lo harás de todos modos. Si no lo haces por ti, hazlo por Christine y por Lisa.

—¿De qué estás hablando?

—Tus hijas. ¿Te acuerdas de ellas?

—Ya sé que son mis hijas...

—Y las quieres, ¿verdad?

—¿Por qué me lo preguntas?

—Entonces, si las quieres —prosiguió ella, ignorando la

pregunta—, tienes que empezar a actuar como un padre otra vez. Y eso significa que tienes que volver al trabajo.

—¿Por qué?

—Porque tienes que demostrarles que, a pesar de todas las desventuras que pasan en la vida, hay que seguir adelante. Ésa es tu responsabilidad. ¿Quién más puede enseñarles esa noción?

—Steph...

—No digo que sea fácil; lo que digo es que está decidido. Después de todo, no has dejado que ellas cambien su ritmo, ¿no? Van a la escuela, las obligas a hacer los deberes, ¿no?

Travis no dijo nada.

—Así que, si les pides que asuman sus responsabilidades (y sólo tienen seis y ocho años), entonces has de asumir las tuyas. Ellas necesitan ver que retomas la normalidad, y el trabajo forma parte de esa normalidad. Lo siento. Así es la vida.

Travis sacudió la cabeza, al tiempo que notaba una creciente exasperación.

—No lo entiendes.

—Lo comprendo completamente.

Él se llevó los dedos al puente de la nariz y se lo pellizcó.

—Gabby es...

Cuando Travis no continuó, Stephanie puso una mano sobre su rodilla.

—¿Apasionada? ¿Inteligente? ¿Dulce? ¿Honesta? ¿Divertida? ¿Tolerante? ¿Paciente? ¿Todo lo que siempre imaginaste en una esposa y en una madre? En otras palabras, ¿casi perfecta?

Él alzó la vista, sorprendido.

—Lo sé —dijo su hermana lentamente—. Yo también la quiero. Siempre la he querido. No sólo ha sido la hermana que nunca tuve, sino también mi mejor amiga. A veces me daba la impresión de que era como una gran amiga de la infancia. Y tienes razón, ha sido maravillosa contigo y con las niñas. Has tenido mucha suerte. ¿Por qué crees que continúo viniendo al hospital? No es sólo por ella, o por ti. Es por mí. Yo también la echo de menos.

Al no saber qué responder, Travis optó por no decir nada. En el silencio, Stephanie suspiró.

—¿Has decidido lo que vas a hacer?

Él tragó saliva.

—No, todavía no —admitió.

—Ya han pasado tres meses.

—Lo sé.

—¿Cuándo tienes la reunión con los médicos?

—De aquí a media hora, más o menos.

Stephanie observó a su hermano.

—De acuerdo. Hagamos un trato. Te dejaré que consideres mi propuesta unos días más —aceptó ella—. Ahora me pasaré por tu casa, para ver a las niñas.

—No están, pero llegarán más tarde.

—¿Te importa si las espero?

—En absoluto. La llave está...

Ella no lo dejó acabar.

—¿Debajo de la rana de yeso en el porche? Sí, lo sé. Y sólo para que lo sepas, estoy segura de que a la mayoría de los ladrones también se les ocurriría buscarla allí debajo.

Travis sonrió.

—Te quiero, Steph.

—Yo también te quiero, hermanito. Y sabes que puedes contar conmigo para lo que necesites, ¿verdad?

—Sí, lo sé.

—Siempre. A cualquier hora.

—Lo sé.

Stephanie se lo quedó mirando fijamente, hasta que al final asintió con la cabeza.

—Te esperaré, ¿vale? Quiero saber cómo va la reunión.

—De acuerdo.

Ella se puso de pie, cogió el bolso y se lo colgó en el hombro. Le dio un beso a su hermano en la parte superior de la cabeza.

—¿Nos vemos luego, vale, Gabby? —dijo ella, sin esperar respuesta. Estaba a medio camino de la puerta cuando oyó de nuevo la voz de Travis.

—¿Hasta dónde llegarías en nombre del amor?

Stephanie sólo se giró a medias.

—Ya me habías hecho esa pregunta antes.

—Lo sé. —Travis vaciló—. Pero te estoy preguntando qué crees que debería hacer.

—Sólo tú puedes decidir lo que hay que hacer.

—Pero ¿qué significa eso?

Su hermana lo miró con una expresión de impotencia.

—No lo sé, Trav. ¿Qué crees que significa?

21

Hacía menos de dos años que Gabby había visto a Kenneth Baker por casualidad en uno de aquellos atardeceres de verano por los que Beaufort era célebre. Con música en vivo y docenas de barcas amarradas en el muelle en una noche de verano, a Travis le había parecido el momento perfecto para llevar a Gabby y a las niñas a la zona comercial para tomar un helado. Mientras estaban haciendo cola con las niñas, Gabby mencionó sin darle demasiada importancia que había visto una bonita litografía en una de las galerías de arte por las que habían pasado. Travis sonrió. Por entonces, ya se había acostumbrado a las indirectas que ella le lanzaba.

—¿Por qué no la compras? —sugirió él—. Yo me quedaré aquí con las niñas. Anda, ve.

Ella tardó en regresar más de lo que él había esperado, y cuando lo hizo, su expresión mostraba cierto malestar. Más tarde, cuando regresaron a casa y las niñas ya estuvieron acostadas, Gabby se sentó en el sofá, visiblemente preocupada.

—¿Estás bien? —le preguntó él.

Gabby se movió inquieta en el sofá.

—He visto a Kennet Baker mientras os estabais tomando el helado —admitió.

—¿Ah, sí? ¿Cómo está?

Ella suspiró.

—¿Te das cuenta de que su esposa lleva seis años en estado de coma? ¡Seis años! ¿Puedes imaginar lo que eso debe suponer para él?

—No, no puedo —contestó Travis.

—Ha envejecido muchísimo.

—Estoy seguro de que yo también envejecería. Ese hombre está pasando un calvario.

Ella asintió, con la expresión todavía angustiada.

—Pero además está como amargado. Como resentido con ella. Dice que sólo la va a visitar de vez en cuando. Y sus hijos… —Absorta en sus pensamientos, Gabby pareció perder el hilo de la frase.

Travis la miró fijamente.

—¿Por qué te obsesiona tanto esa cuestión?

—¿Tú vendrías a verme? ¿Si me pasara algo parecido?

Por primera vez, él sintió un escalofrío de miedo recorrerle todo el cuerpo, a pesar de que no sabía el porqué.

—Por supuesto.

La expresión de Gabby era muy triste.

—Pero después de un tiempo ya no irías a verme con tanta frecuencia.

—No digas eso. Iría cada día.

—Ya, pero con el tiempo, te sentirías resentido conmigo.

—No, eso nunca.

—Kenneth está resentido con Eleanor.

—Yo no soy Kenneth. —Sacudió la cabeza—. ¿Por qué estamos hablando de este tema?

—Porque te quiero.

Él abrió la boca para responder, pero ella alzó la mano.

—Déjame acabar, ¿vale? —Hizo una pausa, como si pretendiera ordenar sus pensamientos—. Cuando Eleanor ingresó en el hospital, era obvio que Kenneth la quería muchísimo. Eso era lo que detectaba cada vez que hablábamos y, durante aquellos meses, supongo que él me contó toda la historia (cómo se habían conocido en la playa el verano después de acabar los estudios; que la primera vez que él le pidió para salir, ella le dijo que no, pero que al final consiguió que le diera su número de teléfono; que la primera vez que se le declaró fue el día en que los padres de Eleanor celebraban su treinta aniversario de boda). Pero Kenneth no sólo se limitaba a narrarme anécdotas, era como si las reviviera constantemente, una y otra vez. En cierto modo, me recordaba a ti.

Gabby le cogió la mano.

—Tú haces lo mismo, ¿lo sabías? ¿Sabes cuántas veces te he oído contarle a alguien cómo nos conocimos? No me malinterpretes, me encanta que lo hagas. Me encanta que mantengas esos recuerdos vivos en tu corazón y que signifiquen tanto para ti como para mí. Y la cuestión es que..., cuando lo haces, noto que te vuelves a enamorar de mí. En cierto modo, es la cosa más conmovedora que haces por mí. —Hizo una pausa—. Bueno, eso y limpiar la cocina cuando estoy demasiado cansada.

A pesar de la sensación de malestar que se había apoderado de él, Travis se echó a reír. Gabby no pareció fijarse en su mueca divertida.

—Hoy, sin embargo, he visto a Kenneth muy... amargado, y cuando le he preguntado por Eleanor, he tenido la impresión de que deseaba que estuviera muerta. Y cuando lo comparo con lo que él sentía por su esposa, y lo que les ha pasado a sus hijos... es terrible.

Su voz se apagó y Travis le estrujó la mano.

—Pero eso no nos pasará a nosotros...

—Ésa no es la cuestión. La cuestión es que no puedo vivir sabiendo que no he hecho lo que debería.

—¿De qué estás hablando?

Ella le pasó el dedo pulgar por encima de la mano.

—Te quiero mucho, Travis. Eres el mejor esposo y la persona más buena que jamás he conocido. Y quiero que me hagas una promesa.

—Lo que quieras.

Ella lo miró directamente a los ojos.

—Quiero que me prometas que si, por desgracia, me pasa algo grave, tú me dejarás morir.

—Ya hemos hecho el testamento —replicó él—. Hicimos un testamento en vida y un poder notarial.

—Lo sé, pero el notario se retiró a vivir a Florida, y por lo que tengo entendido, nadie más que nosotros tres lo sabe, y no quiero que mi vida se prolongue en el caso de que yo no pueda tomar mis propias decisiones. No sería justo ni para ti ni para las niñas alargar una pesadilla así, porque con el tiempo, el resentimiento sería inevitable. Tú sufrirías y nuestras hijas también. Al ver a Kenneth hoy me he convencido de eso, y no quiero que nunca os invada la amargura por nada de lo que hemos compartido. Os quiero demasiado para permitir que eso suceda. La muerte siempre es triste, pero también es inevitable, y por eso firmé el testamento en vida. Porque os quiero mucho a los tres. —Su tono se suavizó, en cambio su firmeza se acrecentó—. Y la cuestión es… que no tengo ganas de contarles a mis padres o a mis hermanas la decisión que tomé. La decisión que tú y yo tomamos. Y tampoco quiero tener que buscar otro notario y volver a redactar los documentos. Deseo tener la seguridad de que puedo confiar en ti, de que, si llega el momento, harás lo que yo quiero. Y por eso te pido que me prometas que harás que se cumpla mi voluntad.

A Travis la conversación le parecía surrealista.

—Sí…, claro —dijo.

—No, no de ese modo. Quiero que me lo prometas. Quiero que hagas un juramento.

Él tragó saliva.

—Prometo hacer exactamente lo que tú quieres. Lo juro.

—¿Por más dura que sea la decisión?

—Por más dura que sea la decisión.

—Porque me quieres.

—Porque te quiero.

—Sí —concluyó ella—. Y porque yo también te quiero.

El testamento en vida que Gabby había firmado en el despacho del notario era el documento que Travis había llevado al hospital. Entre otras cosas, especificaba que le quitaran la alimentación e hidratación artificial después de doce semanas. Aquél era el día en que Travis tenía que tomar una decisión.

Sentado al lado de Gabby en el hospital, Travis recordó la conversación que había mantenido con su mujer aquella noche; recordó el juramento que él le había hecho. En las últimas semanas había rememorado aquellas palabras cien veces, y a medida que se acercaba la fecha límite de los tres meses, lo había ido invadiendo un creciente desasosiego, a la espera de que Gabby se despertara. Igual que Stephanie, que por ese motivo lo estaba esperando en casa. Seis semanas antes, le había confesado la promesa que le había hecho a Gabby; la necesidad de compartir el secreto con alguien había llegado a ser insoportable.

Las siguientes seis semanas pasaron sin consuelo. Gabby no sólo no movió ni un dedo, sino que tampoco demostró ninguna mejora en sus funciones cerebrales. A pesar de que él intentaba ignorar lo obvio, el reloj seguía avanzando y ahora había llegado la hora de tomar una decisión.

A veces, durante sus conversaciones imaginarias con ella, Travis había intentado convencerla para que cambiara de opinión. Argumentaba que aquella promesa no había sido justa; que la única razón por la que él había aceptado era que las posibilidades de que sucediera algo parecido eran impensables, que nunca creyó que eso llegara a pasar. Le confesó que, si hubiera sido capaz de predecir el futuro, habría despedazado los documentos que ella había firmado ante el notario, porque aunque Gabby perdiera todas sus facultades, él seguiría sin poder imaginar una vida sin ella.

Él nunca sería como Kenneth Baker. No sentía el menor resentimiento hacia Gabby, ni nunca lo sentiría. La necesitaba, precisaba el rayo de esperanza que lo asaltaba cada vez que estaban juntos. Sacaba fuerzas para ir a visitarla al hospital. Un poco antes, aquel mismo día, se había sentido exhausto y aletargado; pero a medida que pasaba la jornada, su sentido del compromiso se había ido consolidando cada vez más, hasta que tuvo la certeza de que sería capaz de volver a reír con sus hijas, que sería capaz de ser el padre que Gabby quería que fuera. Durante tres meses había funcionado y sabía que podría hacerlo toda la vida. Lo que no sabía era cómo podría seguir adelante si sabía que Gabby ya no estaba con él. Por más extraño que pareciera, había encontrado una reconfortante rutina predecible en su nueva vida.

Al otro lado de la ventana, la paloma se paseaba arriba y abajo y le daba la impresión de que estaba ponderando la decisión con él. Algunas veces, Travis sentía una extraña relación con ese pájaro, como si éste estuviera intentando enseñarle algo, a pesar de que no tenía ni idea de qué se trataba. En cierta ocasión, trajo un poco de pan para dárselo, pero entonces cayó en la cuenta de que la pantalla evitaba que pudiera tirar las migas a la repisa. Desde el otro lado del cristal, la paloma vio el pan en su mano y empezó a arrullar suavemente. Un momento más tarde, alzó el vuelo, pero al cabo de un rato regresó y se quedó en la repisa el resto de la tarde. Después de aquel día, ya no mostró ningún temor hacia él. Travis podía dar golpecitos en el cristal y la paloma no se movía de sitio. Era una situación curiosa que le proporcionaba algo más en qué pensar mientras permanecía sentado en la habitación silenciosa. Lo que quería preguntarle a la paloma era: ¿tendré que actuar como un verdugo?

A ese punto angustioso era adonde lo llevaban inevitablemente sus pensamientos y era lo que lo diferenciaba del resto de las personas de las que se esperaba que llevaran a cabo las voluntades especificadas en los testamentos en vida. Ellos cumplían con su deber; sus decisiones partían de la compasión. Para él, sin embargo, la decisión era diferente, aunque sólo fuera por razones lógicas. Sabía que A y B daban C. Pero si no fuera por su implicación en un error tras otro, no habría habido ningún accidente de tráfico; sin accidente, no habría habido ningún estado de coma. Él era el principal causante del estado de Gabby, pero ella no había muerto. Y ahora, con los documentos legales que le quemaban en el bolsillo, no podía rematar el trabajo. De un modo u otro, él podía acabar siendo el responsable de su muerte. Aquello le revolvía el estómago; y cada día que pasaba, a medida que se acercaba el momento de tomar una decisión, él perdía más el apetito. En ocasiones tenía la impresión de que Dios no sólo quería que Gabby muriera, sino que su intención era también que Travis fuera consciente de que él era el único culpable.

Tenía la certeza de que Gabby lo negaría. El accidente era simplemente eso, un accidente. Y ella, no él, había tomado la decisión sobre cuánto tiempo deseaba que la alimentaran artificialmente. Sin embargo, Travis no podía soportar el tremendo peso de su responsabilidad, por el mero hecho de que nadie, aparte de Stephanie, sabía lo que Gabby quería. Al final, la decisión estaba en sus manos.

La luz gris de la tarde confería a las paredes un aspecto melancólico. Travis todavía se sentía paralizado. Para ganar tiempo, quitó las flores de la repisa de la ventana y las llevó hasta la cama. Mientras las colocaba sobre el pecho de Gabby y volvía a sentarse a su lado, Gretchen apareció en el umbral. Entró lentamente en la habitación; mientras revisaba el monitor y el goteo, no abrió la boca. Escribió algo en la ficha y sonrió levemente. Un mes antes, cuando él estaba realizando la tabla de ejercicios con Gabby, ésta le había «mencionado» que estaba segura de que Gretchen sentía algo por él.

—¿Se irá del hospital? —oyó que Gretchen le preguntaba.

Travis sabía que se refería a si se llevarían a Gabby a una residencia; en el pasillo, Travis había oído a las enfermeras susurrar que ya no tardarían en trasladarla. Pero la pregunta implicaba algo más de lo que Gretchen podía posiblemente comprender y él no conseguía reunir el valor para contestar.

—La echaré de menos —se lamentó ella—. Y también te echaré de menos a ti.

La expresión de la enfermera estaba desencajada por la compasión.

—En serio. Llevo más años que Gabby trabajando aquí y deberías haber oído cómo hablaba ella de ti. Y de las niñas también, por supuesto. Era obvio que aunque adoraba su trabajo, siempre estaba contenta cuando llegaba la hora de irse a casa al final del día. No era como el resto de nosotras, que nos poníamos muy contentas cuando acababa nuestro turno. No, ella se alegraba de poder ir a casa, para estar con su familia. Realmente admiraba esa faceta suya, que tuviera una vida tan plena.

Travis no sabía qué decir.

Ella suspiró, y a Travis le pareció ver el brillo de las lágrimas en sus ojos.

—Me parte el corazón verla así. Y a ti también. ¿Sabes que todas las enfermeras en este hospital sabemos que le enviabas un ramo de rosas cada año, en el aniversario de vuestra boda? Estoy segura de que cada una de nosotras deseábamos que nuestro marido o nuestro novio fuera tan atento. Y luego, después del accidente, la forma en que la tratas... Sé que estás triste y enfadado, pero he visto cómo realizas la tabla de ejercicios con ella. He oído lo que le dices, y... es como si tú y ella tuvierais una conexión única y especial, imposible de romper. Es conmovedor y a la vez hermoso. Y me siento muy mal al ver lo que estáis pasando. Cada noche rezo por vosotros dos.

Travis notó que se le tensaba el nudo en la garganta.

—Supongo que lo que intento decir es que habéis conseguido convencerme de que el amor verdadero existe. Y que ni las horas más negras pueden arrebataros eso.

Se detuvo un instante. Su expresión revelaba que sentía profundamente lo que decía, y se dio la vuelta. Un momento más tarde, cuando ella estaba a punto de salir de la habitación, Travis notó el tacto de su mano en el hombro. Era cálido y ligero, y apenas lo rozó un instante; al cabo de unos segundos, Gretchen ya no estaba, y Travis se quedó solo con su decisión, una vez más.

Era la hora. Al mirar el reloj, Travis supo que no podía esperar más. Los otros lo aguardaban. Cruzó la habitación para bajar las persianas. La costumbre lo empujó a encender la tele. A pesar de que sabía que las enfermeras la apagarían más tarde, no quería que Gabby se quedara sola tumbada en una habitación más silenciosa que una tumba.

A menudo se imaginaba a sí mismo intentando explicar cómo había sucedido. Podía verse sacudiendo la cabeza con incredulidad mientras se hallaba sentado a la mesa de la cocina con sus padres.

—No sé cómo, pero se despertó. —Se oía a sí mismo decir—. Lo único que sé es que no existe una respuesta mágica. Todo estaba igual que el resto de las veces que había ido a verla…, excepto que ella abrió los ojos.

Podía imaginar a su madre llorando de alegría, podía verse a sí mismo llamando por teléfono a los padres de Gabby para comunicarles la noticia. A veces era tan real para él como si realmente hubiera sucedido, y entonces Travis contenía la respiración, viviendo y experimentando aquel sentimiento desbordante.

Sin embargo, ahora dudaba de que aquello llegara a suceder y, desde la otra punta de la habitación, la miró fijamente. ¿Quiénes eran, Gabby y él? ¿Por qué su historia había tenido que acabar de aquel modo? Hubo una época en la que él habría podido dar unas respuestas razonables a aquellas preguntas, pero de eso hacía ya mucho tiempo. Sin embargo, últimamente ya no acertaba a comprender nada. Por encima de ella, la luz del fluorescente zumbaba ruidosamente y Travis se preguntó qué era lo que iba a hacer. Todavía no lo sabía. Lo único que sabía era que ella aún estaba viva, y donde había vida, había esperanza. La escrutó sin parpadear, preguntándose cómo era posible que alguien tan cercano y tan presente pudiera estar tan lejos.

Aquél era el día en que debía tomar una decisión. Decir la verdad significaba que Gabby moriría; mentir significaba que la voluntad de Gabby no se cumpliría. Travis quería que ella le dijera qué tenía que hacer y, desde algún lugar lejano, podía imaginar su respuesta.

«Ya te lo he expresado claramente, amor mío. Sabes lo que tienes que hacer.»

No obstante, él quería alegar que la decisión había estado basada en unas falsas premisas. Si Travis pudiera retroceder en el tiempo, nunca habría hecho esa promesa y se preguntó si, dadas las circunstancias, ella habría llegado incluso a pedírselo. ¿Habría tomado la misma decisión si hubiera sabido que él sería el causante de su coma? ¿O si hubiera sabido la tortura insoportable que supondría para él ver cómo le retiraban el tubo de alimentación artificial y verla morir lentamente de hambre? ¿O si él le decía que creía que podría ser mejor padre si ella continuaba viva, aunque nunca se recuperara?

Era más de lo que podía soportar y Travis notaba que su mente empezaba a gritar: «¡Por favor, despiértate!». El eco parecía sacudir cada uno de los átomos de su cuerpo. «Por favor, amor mío. Hazlo por mí. Por nuestras hijas. Te necesitan. Te necesito. Abre los ojos antes de que me marche, mientras todavía hay tiempo...»

Y por un momento, le pareció ver un leve movimiento. Habría jurado que había visto que Gabby se movía. Se quedó demasiado aturdido para hablar, pero, como siempre, la realidad se reafirmó con inclemencia y Travis supo que había sido una ilusión. En la cama, ella no se había movido ni un centímetro, y al observarla a través de las lágrimas, Travis sintió que su alma empezaba a morirse.

Tenía que marcharse, pero antes había una última cosa que debía hacer. Como todo el mundo, conocía el cuento de Blancanieves, del beso del príncipe que conseguía romper el maleficio. Eso era lo que pensaba cada día, cuando se iba a casa y dejaba a Gabby, pero ahora era diferente. Era su última oportunidad. A pesar de su estado de desconsuelo, sintió una levísima esperanza ante el pensamiento de que, de algún modo, esta vez sería diferente. Aunque su amor por ella siempre había estado allí, la finalidad de ese beso no, y quizá la combinación constituía la parte que faltaba en la fórmula mágica. Se puso de pie y avanzó hacia la cama, intentando convencerse de que esta vez sí que funcionaría. Aquel beso, a diferencia de todos los otros, llenaría sus pulmones de vida. Ella suspiraría en una momentánea confusión, pero se daría cuenta de lo que él estaba haciendo. Gabby sentiría que él le estaba insuflando vida. Notaría la inmensidad de su amor por ella y, con una desbordante pasión que lo sorprendería, empezaría a besarlo también.

Travis se inclinó más, su cara se iba acercando lentamente a la de Gabby y podía notar el calor de su aliento mezclándose con el de él. Cerró los ojos frente al recuerdo de mil besos más y rozó los labios de Gabby con los suyos. Notó una especie de chispa y, de repente sintió que ella respondía lentamente al estímulo. Ella era su brazo de apoyo en los momentos de apuro, ella era el susurro en la almohada a su lado por las noches. Travis pensó que el hechizo estaba surtiendo efecto, sí, estaba funcionando…, y mientras el corazón le empezaba a latir aceleradamente en el pecho, finalmente se dio cuenta de que nada había cambiado.

Al retirarse, sólo le quedaron ánimos para trazar suavemente el contorno de su mejilla con un dedo. Con la voz entrecortada y ronca, apenas acertó a susurrar:

—Adiós, amor mío.

22

¿Hasta dónde debe llegar una persona en nombre del amor?

Travis continuaba dándole vueltas a la cuestión cuando aparcó al lado de su casa, aunque ya había tomado una decisión. Vio el coche de Stephanie aparcado, pero a excepción de la sala, el resto de la casa estaba a oscuras. En esos momentos, no habría soportado entrar en una casa vacía.

Al salir del coche notó la dentellada del frío y se protegió cruzándose la chaqueta por encima del pecho. La luna todavía no había salido y las estrellas empezaban a brillar sobre su cabeza; si se concentraba, sabía que todavía podría recordar los nombres de las constelaciones que Gabby le había señalado una vez. Sonrió levemente al recordar aquella noche. El recuerdo era tan claro como el cielo que se extendía sobre él, pero hizo un esfuerzo para alejarlo de su mente, consciente de que no tenía fuerzas para hurgar en más recuerdos. Aquella noche no.

La hierba resplandecía con la humedad y prometía una tupida capa de escarcha durante la noche. Se recordó que tenía que sacar los guantes y las bufandas de sus hijas para no perder tiempo por la mañana buscándolos. Pronto llegarían a casa y, a pesar de su fatiga, las echaba de menos. Hundió las manos en los bolsillos y enfiló hacia los peldaños del porche.

Stephanie se giró cuando lo oyó entrar. Travis podía notar que ella intentaba leer su expresión. Se puso de pie y se dirigió hacia él.

—Travis.

—Hola, Steph. —Se quitó la chaqueta, y mientras lo hacía cayó en la cuenta de que no recordaba el trayecto de vuelta a casa en coche.

—¿Estás bien?

Él necesitó un momento para contestar.

—No lo sé.

Ella lo rodeó con un brazo. Su voz era suave.

—¿Quieres que te traiga algo para beber?

—Sí, por favor, un vaso de agua.

Ella parecía aliviada de poder ser útil.

—Vuelvo en un segundín.

Travis se sentó en el sofá y apoyó la cabeza en el respaldo, sintiéndose tan exhausto como si hubiera pasado el día en el océano, luchando contra las olas. Stephanie regresó y le pasó el vaso.

—Ha llamado Christine. Dice que se retrasará un poco. Lisa ya está de camino.

—Gracias. —Asintió levemente con la cabeza antes de centrar la atención en el retrato de familia.

—¿Quieres que hablemos de ello?

Él tomó un sorbo de agua y al hacerlo constató que tenía la garganta absolutamente reseca.

—¿Has pensado en la pregunta que te hice antes? ¿Sobre hasta dónde debe llegar una persona en nombre del amor?

Ella consideró la pregunta por un momento.

—Creía que ya te había contestado.

—Sí. En cierto modo.

—¿Qué? ¿Me estás diciendo que mi respuesta no ha sido completamente satisfactoria?

Él sonrió, agradecido de que Stephanie todavía fuera capaz de hablar con él de la misma forma que lo había hecho siempre.

—Lo que realmente quería saber era lo que tú habrías hecho si estuvieras en mi lugar.

—Ya sé lo que querías —lo atajó ella, sin mostrarse del todo segura—. Pero… no lo sé, Trav. De verdad, no lo sé. No puedo imaginar tener que tomar esa clase de decisión y, con toda franqueza, no creo que nadie pueda hacerlo —resopló—. A veces desearía que no me lo hubieras contado.

—Probablemente no debería haberlo hecho. No tenía ningún derecho a cargarte con ese peso.

Ella sacudió la cabeza.

—No lo decía en ese sentido. Sé que tenías que desahogarte con alguien y me alegro de que lo hicieras conmigo. Sólo es que me sentí fatal al saber lo que estabas pasando. El accidente, tus propias heridas, las preocupaciones por tus hijas, tu esposa en coma..., y, para colmar el vaso, tener que tomar una decisión acerca de si cumplir o no la voluntad de Gabby. Son demasiadas penalidades para una sola persona.

Travis no dijo nada.

—He estado muy preocupada por ti —añadió ella—. Desde que me lo contaste, apenas he logrado pegar ojo por las noches.

—Lo siento.

—No te disculpes. Debería ser yo la que me disculpara. Debería haberme instalado aquí tan pronto como sucedió. Debería haber visitado a Gabby más a menudo. Debería haber estado cerca cada vez que necesitaras hablar con alguien.

—No pasa nada. Me alegro de que no dejaras tu trabajo. Has luchado mucho por conseguirlo y Gabby lo sabía. Además, has estado aquí muchas más veces de lo que habría imaginado.

—De verdad, siento tanto todo lo que estás pasando.

Travis deslizó el brazo alrededor de ella.

—Lo sé —dijo.

Juntos, se sentaron en silencio. A su espalda, Travis oyó que se encendía el piloto de la calefacción mientras Stephanie suspiraba.

—Quiero que sepas que sea cual sea tu decisión, me tendrás a tu lado, ¿de acuerdo? Sé, más que el resto de la gente, cómo amas a Gabby.

Travis se giró hacia la ventana. A través del cristal, podía ver las luces en las casas de sus vecinos brillando en la oscuridad.

—No he podido hacerlo —dijo finalmente.

Intentó ordenar sus pensamientos.

—Pensé que podría, e incluso había ensayado las palabras que diría cuando les pidiera a los médicos que le retirasen la alimentación artificial. Sé que eso es lo que Gabby quería, pero... al final no pude hacerlo. Aunque me pase el resto de la vida a su lado en la residencia, todavía creo que es una alternativa mejor que pasarme la vida con otra persona. La quiero demasiado para perderla.

Stephanie le dedicó una sonrisa apagada.

—Lo sé. Lo he leído en tu cara cuando has entrado por la puerta.

—¿Crees que he hecho lo que debía?

—Sí —contestó ella, sin dudar.

—¿Para mí... o para Gabby?

—Para los dos.

Él tragó saliva.

—¿Crees que se despertará?

Stephanie lo miró a los ojos.

—Sí. Siempre lo he creído. Los dos..., no sé, hay algo indescriptible en la forma en que os amáis. Lo digo de verdad..., en cómo os miráis, en cómo ella se relaja cuando apoyas la mano en su espalda, en cómo los dos parecéis saber lo que el otro está pensando. Siempre me ha parecido extraordinario. Ésa es otra razón por la que sigo aplazando la decisión de casarme. Sé que quiero algo parecido a lo que vosotros dos compartís y no estoy segura de haberlo encontrado todavía. Ni tampoco estoy segura de si algún día lo encontraré. Y con un amor tan poderoso... dicen que todo es posible, ¿no? Tú amas a Gabby y ella te ama, y no puedo imaginar un mundo en el que no estéis juntos. Juntos de la forma que se supone que tenéis que estar.

Travis asimiló lentamente sus palabras.

—Entonces, ¿cuál es el siguiente paso? —quiso saber ella—. ¿Necesitas ayuda para quemar el testamento?

A pesar de la tensión, él se echó a reír.

—Quizá más tarde.

—¿Y el notario? No vendrá a buscarte para denunciarte, ¿no?

—Hace años que no sé nada de él.

—¿Lo ves? Otra señal de que has hecho lo que debías.

—Supongo que sí.

—¿Y en cuanto a la residencia?

—La trasladarán la semana que viene. Así que tengo que decidirme por una.

—¿Necesitas ayuda?

Travis se dio un masaje en las sienes, sintiéndose terriblemente cansado.

—Sí, no me vendría mal.

—Oye, has tomado la decisión correcta. —Stephanie lo zarandeó levemente—. No te sientas culpable. Has hecho lo único que podías hacer. Ella desea vivir. Quiere una oportunidad para regresar junto a ti y vuestras hijas.

—Lo sé, pero...

Travis no pudo acabar la frase. El pasado quedaba atrás y el futuro aún era incierto. Además, sabía que tenía que centrarse en su vida en el presente. Sin embargo, el día a día se le antojaba, de repente, sin fin e insoportable.

—Estoy asustado —admitió finalmente.

—Lo sé —dijo ella, a la vez que lo abrazaba con fuerza—. Yo también estoy asustada.

Epílogo

Junio, 2007

El paisaje apagado de invierno había dado paso a una explosión de colores al final de la primavera, y mientras Travis permanecía sentado en el porche de la parte trasera de la casa, podía oír el canto de los pájaros. Docenas, quizá cientos de ellos, trinaban sin parar, y de vez en cuando una bandada de estorninos alzaba el vuelo desde los árboles, volando en formaciones que casi parecían coreografiadas.

Era un sábado por la tarde y Christine y Lisa todavía estaban jugando en el columpio que su padre les había montado con una rueda y una cuerda que había atado a un árbol la semana previa. La intención de Travis había sido montarles uno que fuera diferente a los columpios normales, que les permitiera a sus hijas columpiarse formando un amplio arco, por eso había cortado algunas de las ramas más bajas del árbol antes de asegurar la cuerda en una de las ramas más elevadas. Aquella mañana se había pasado una hora columpiándolas y escuchando cómo sus hijas gritaban y reían entusiasmadas; cuando se dijo que ya no podía más, tenía la camiseta empapada de sudor y pegada a la espalda. Las niñas todavía le pedían que continuara columpiándolas.

—Me parece que papi necesita unos minutos de descanso —jadeó él—. Papá está cansado. ¿Por qué no os columpiáis un ratito vosotras solas? Una se monta y la otra empuja, y luego al revés.

El desánimo, patente en sus caritas y en la forma en que dejaron caer desmayadamente los hombros, duró sólo unos momentos. Al cabo de unos minutos ya volvían a chillar entusiasmadas. Travis las contempló mientras se columpiaban y su boca se curvó en una leve sonrisa. Le encantaba el sonido musical de sus carcajadas y se le henchía el pecho al verlas jugar tan bien juntas. Esperaba que siempre siguieran tan unidas como entonces. Le gustaba creer que si seguían los pasos de Stephanie y los suyos, a medida que pasaran los años aún se harían más amigas. Por lo menos, ésa era su esperanza. Había aprendido que la esperanza era a veces todo lo que una persona tenía y, en los últimos cuatro meses, había aprendido a convivir con ella.

Desde que había tomado aquella decisión, su vida había vuelto gradualmente a una especie de normalidad. O, por lo menos, a un estado similar. Había ido a ver media docena de residencias con Stephanie. Antes de aquellas visitas, él pensaba que todas las residencias eran unos tugurios oscuros y malolientes donde los pacientes, desorientados y sin parar de gimotear, deambulaban por los pasillos en plena noche o estaban a todas horas vigilados por enfermeras medio psicóticas. Sin embargo, descubrió que ninguno de esos prejuicios era cierto. Por lo menos, no en las residencias que Stephanie y él visitaron.

En vez de eso, se encontró con que la mayoría disponía de unas instalaciones luminosas y ventiladas, dirigidas por profesionales de mediana edad, hombres o mujeres sensatos y serios, que se esforzaban hasta límites dolorosos para demostrar que sus instalaciones eran más higiénicas que la mayoría de las casas y que el personal era cordial, humanitario y profesional. Mientras que Travis se pasaba todo el rato que duraba la visita preguntándose si Gabby se sentiría feliz en un espacio como aquél o si sería la paciente más joven en la residencia, Stephanie se encargaba de realizar las preguntas más delicadas. Se interesaba por la experiencia previa de los empleados y por los procedimientos de emergencia que seguían, se preguntaba en voz alta con qué rapidez resolvían las quejas y, mientras recorría los pasillos, dejaba claro que estaba bien informada de todas las normas y regulaciones recogidas por la ley. Planteaba situaciones hipotéticas que podían suceder y preguntaba cómo las afrontarían el personal y el director; preguntaba cuántas veces cambiarían a Gabby de posición durante el día, para prevenir que se le llagara la piel. A veces, Travis tenía la impresión de que su hermana era como un fiscal que intentaba declarar a alguien culpable de un delito y, a pesar de que logró incomodar a más de un director, Travis le estaba agradecido por su actitud perseverante y supervisora. Él se sentía tan desbordado que apenas era capaz de pensar, pero al menos se daba cuenta de que ella estaba realizando todas las preguntas pertinentes.

Al final, trasladaron a Gabby en ambulancia a una residencia dirigida por un hombre que se llamaba Elliot Harris, a tan sólo un par de manzanas del hospital. Harris no sólo había impresionado a Travis, sino también a Stephanie, y ésta había rellenado casi todo el papeleo en el despacho del director. Ella había insinuado —Travis no sabía si era cierto— que conocía a gente influyente en el cuerpo legislativo del estado y consiguió que a Gabby le dieran una bonita habitación privada con vistas a un parque. Cuando Travis iba a verla, arrastraba la cama hasta la ventana y le alzaba las almohadas para que ella quedara un poco incorporada. Imaginaba que su esposa disfrutaba de los sonidos provenientes del parque, donde los amigos y los familiares se congregaban bajo la agradable luz del sol. Una vez Gabby se lo había dicho mientras él le flexionaba la pierna. También le había dicho que comprendía y apreciaba su decisión. O, para ser más precisos, él había imaginado que ella se lo decía.

Después de ingresarla en la residencia y de pasar prácticamente otra semana más con ella mientras ambos se aclimataban a aquel nuevo espacio, Travis volvió al trabajo. Aceptó la sugerencia de Stephanie y empezó a trabajar hasta primera hora de la tarde cuatro días a la semana; su padre lo sustituía por la tarde. No se había dado cuenta de cuánto echaba de menos la interacción con otra gente y, el día en que finalmente almorzó con su padre, fue capaz de acabarse casi toda la comida. Por supuesto, trabajar cada día significaba que tenía que modificar su horario con Gabby. Después de despedirse de sus hijas cuando se iban al colegio, iba a la residencia y se pasaba una hora allí; después del trabajo, pasaba otra hora con Gabby antes de que las niñas volvieran a casa. Los viernes, se quedaba en la residencia prácticamente todo del día, y durante los fines de semana, habitualmente iba a verla unas horas, en función de los planes de sus hijas, que sabía que era lo que Gabby habría deseado que hiciera. A veces, algunos fines de semana ellas querían ir a la residencia con él, pero casi siempre se negaban o no les quedaba tiempo porque tenían partido de fútbol o debían ir a alguna fiesta o a patinar. En cierto modo, ahora que Travis no sentía el asfixiante peso de tener que asumir la decisión sobre si Gabby debía vivir o morir, estar separado de ella ya no le importaba tanto como antes. Sus hijas estaban haciendo lo necesario con el fin de recuperarse y seguir adelante, igual que él. Había vivido lo suficiente como para saber que todo el mundo lidiaba con sus penas de diferentes modos, y poco a poco, cada uno de ellos parecía aceptar su nueva vida. Entonces, una tarde, cuando ya habían transcurrido nueve semanas desde su ingreso en la residencia, la paloma apareció en la ventana de Gabby.

Al principio, Travis no podía creerlo. Para ser absolutamente sinceros, tampoco estaba seguro de si se trataba del mismo pájaro. ¿Quién podía saberlo? Grises, blancas y negras con unos ojos pequeños, redondos y oscuros —y, había que admitirlo, como en casi todos los pueblos y ciudades, una verdadera plaga—, todas las palomas eran muy parecidas. Sin embargo, al observarla con más atención…, Travis supo que era el mismo pájaro. Tenía que serlo. La paloma continuó paseándose de un lado a otro de la repisa sin mostrar ningún temor hacia Travis cuando éste se acercó al cristal y, su arrullo le pareció…, en cierta manera familiar. Seguramente todos le dirían que estaba loco, y en parte él reconocería que tenían razón, pero, sin embargo…

Era la misma paloma, por más insólito que pareciera.

La observó sorprendido, extasiado, y al día siguiente, llevó consigo unas rebanadas de pan y esparció migas por la repisa. A partir de entonces, miraba con frecuencia hacia la ventana, esperando que volviera a aparecer la paloma, pero nunca lo hizo. En los días que siguieron a aquella única aparición, Travis se sintió deprimido por su ausencia. A veces, en momentos en que dejaba volar la imaginación, le gustaba pensar que la paloma había venido simplemente para saber cómo estaban y para confirmar que Travis todavía cuidaba de Gabby. Se decía que, o bien ése era el motivo, o bien había acudido para anunciarle que no perdiera la esperanza; que, al final, su decisión había sido correcta.

Sentado en el porche, recordando aquel momento, se maravilló de tener todavía la capacidad de contemplar a sus hijas felices y de poder experimentar tanta alegría él mismo. Ya casi no reconocía aquella sensación de bienestar, de sentir que todo iba bien en el mundo. ¿Acaso la aparición de la paloma había sido una premonición de los cambios que se avecinaban en sus vidas? Supuso que era absolutamente comprensible preguntarse tales cosas y pensó que se pasaría el resto de su vida contando el resto de la historia.

Lo que sucedió fue lo siguiente: un día, a media mañana, transcurridos seis días después de la aparición de la paloma, Travis estaba trabajando en la clínica veterinaria. En una sala había un gato enfermo; en otra, un cachorro de doberman que necesitaba una vacuna. En la tercera sala, Travis estaba cosiendo a un perro —un cruce entre labrador y golden retriever— que se había hecho un corte profundo al cruzar una alambrada. Acabó de darle el último punto de sutura, hizo el nudo y se disponía a explicarle al dueño los cuidados que debía seguir para evitar que la herida se infectara cuando una empleada entró en la sala sin llamar a la puerta. Travis se giró sorprendido ante tal interrupción.

—Es Elliot Harris —anunció ella—. Dice que necesita hablar con usted.

—¿Puedes tomar nota del mensaje? —le pidió Travis, mirando al perro y a su dueño.

—Dice que no puede esperar. Es urgente.

Travis se disculpó con el cliente y le pidió a la empleada que acabara de atenderlos. Se dirigió hacia su despacho y cerró la puerta. En el teléfono destacaba una luz intermitente que indicaba que Harris permanecía a la espera.

Ahora, rememorando aquel instante, Travis recordó que no estaba seguro de qué esperaba oír. Sintió, sin embargo, un siniestro presagio mientras se llevaba el auricular a la oreja. Era la primera vez —y la última— que Elliot Harris lo llamaba a la clínica. Intentó mantener la calma, entonces pulsó el botón.

—Hola, soy Travis Parker —dijo.

—Doctor Parker, soy Elliot Harris —dijo el director. Su voz

era sosegada y no denotaba ningún estado anímico en particular—. Creo que será mejor que venga ahora mismo a la residencia.

En el corto silencio que siguió, un millón de pensamientos atravesaron la mente de Travis: que Gabby había dejado de respirar, que su estado había empeorado, que ya no quedaba esperanza. En aquel instante, agarró el teléfono con los dedos crispados, como si intentara prepararse para lo que le iban a comunicar a continuación.

—¿Está bien Gabby? —preguntó, con la voz entrecortada.

Hubo otra pausa, probablemente sólo un segundo o dos. Una pausa insignificante para cualquiera y, sin embargo, una eternidad para él; así describiría después aquella pausa, pero al oír las dos palabras que sonaron a continuación, el teléfono se le cayó de las manos.

Estaba completamente sereno cuando salió del despacho. Por lo menos, eso es lo que los empleados le dirían más tarde: que su semblante no transmitía ninguna pista de lo que había sucedido. Le dijeron que lo vieron abrirse paso hasta el mostrador del vestíbulo y que era evidente que no se daba cuenta de que todos lo estaban mirando. Todo el mundo, desde el personal de la clínica veterinaria hasta los dueños que habían llevado sus animales a la clínica, sabía que la esposa de Travis estaba en la residencia. Madeline, que tenía dieciocho años y trabajaba de recepcionista, se lo quedó mirando con los ojos abiertos como un par de naranjas cuando él se le acercó. En aquel momento, casi todo el mundo en la clínica sabía que había recibido una llamada desde la residencia. En ese tipo de pequeñas localidades, las noticias corren de forma casi instantánea.

—¿Puedes llamar a mi padre y decirle que venga? —le pidió Travis—. Tengo que ir a la residencia.

—Sí, claro —contestó Madeline. Luego titubeó—. ¿Va todo bien?

—¿Te importaría llevarme en coche? No creo que esté en condiciones de conducir.

—Claro —respondió ella, mirándolo asustada—. Antes permítame que llame a su padre, ¿de acuerdo?

Mientras marcaba el número, Travis se quedó plantado delante de ella, paralizado. La sala de espera se había quedado en silencio; incluso parecía como si los animales se dieran cuenta de que pasaba algo. Travis oyó que Madeline hablaba con su padre como si lo hiciera a distancia; de hecho, apenas era consciente de dónde estaba. Sólo cuando Madeline colgó el teléfono y le dijo que su padre no tardaría en llegar, Travis pareció reconocer el lugar que lo rodeaba. Vio el miedo en la cara de Madeline. Quizá porque era joven y no sabía cómo debía comportarse ante tales circunstancias, se atrevió a hacer la pregunta que todo el mundo parecía querer formular.

—¿Qué ha pasado?

Travis detectó la preocupación y la angustia en todas las caras. Casi todos los que se hallaban presentes lo conocían desde hacía muchos años; algunos desde que era un chiquillo. Unos pocos —la mayoría, empleados— conocían bien a Gabby y, después del accidente, habían pasado un periodo que casi se podría definir de luto. No era de su incumbencia; no obstante, sí que sentían que les incumbía, porque las raíces de Travis estaban allí. Beaufort era el hogar de todos ellos y, al mirar a su alrededor, reconoció en la curiosidad de cada una de aquellas personas un acto de amistad y de consideración hacia él. Sin embargo, no sabía qué decirles. Había imaginado aquel día miles de veces, pero ahora se había quedado completamente en blanco. Podía oír su propia respiración. Si se concentraba mucho, creía que incluso podría escuchar los latidos de su propio corazón; pero sus pensamientos eran demasiado inextricables para hurgar en ellos y aún menos para expresarlos con palabras. No estaba seguro de qué pensar. Se preguntó si había oído correctamente lo que Harris le había comunicado o si todo había sido un sueño; se preguntó si era posible que lo hubiera entendido mal. En su mente, volvió a repasar la conversación, buscando significados ocultos, intentando averiguar la realidad que se escondía detrás de las palabras, pero por más que lo intentaba, parecía incapaz de concentrarse durante el tiempo necesario como para incluso sentir la emoción que se suponía que debía sentir. El terror le paralizaba la mente por completo. Más tarde, describiría su estado como el de un robot diseñado para sentir la máxima felicidad en un extremo y la más terrible sensación de pérdida en el otro, que se había quedado encallado en el medio, con las piernas a ambos lados, pensando que un simple movimiento erróneo en cualquier dirección podría derribarlo y hacerlo rodar por los suelos.

En la clínica veterinaria, Travis apoyó la mano en el mostrador para mantenerse firme. Madeline rodeó el mostrador con las llaves del coche tintineando en la mano. Él miró a las personas que llenaban la sala de espera, luego a Madeline, y por último fijó la vista en el suelo. Cuando alzó los ojos, sólo pudo repetir exactamente lo que había oído en el teléfono unos momentos antes:

—Ha despertado.

Doce minutos más tarde, después de cambiar de carril treinta veces y de pasarse tres semáforos en ámbar —o quizás incluso en rojo—, Madeline detuvo el coche en seco delante de la entrada de la residencia. Travis no había abierto la boca en todo el trayecto, pero le sonrió en señal de agradecimiento mientras abría la puerta del coche.

El trayecto en automóvil no le había servido para aclarar las ideas. Se sentía completamente eufórico, desbordado de esperanza; sin embargo, al mismo tiempo, no podía zafarse de la sensación de que quizás había interpretado mal el mensaje. Quizá Gabby se había despertado por un instante y ahora volvía a estar en coma; tal vez alguien había interpretado mal la información. Puede que Harris se hubiera referido a alguna condición médica oscura que regeneraba la función cerebral, en vez de lo que parecía más obvio. Cuando se encaminó hacia la entrada, la cabeza le daba vueltas vertiginosamente, vacilando entre la esperanza y la desesperación.

Elliot Harris lo estaba esperando y parecía más sereno de lo que Travis podía llegar a imaginarse a sí mismo el resto de su vida.

—Ya he llamado al médico y al neurólogo, y llegarán en cualquier momento. ¿Por qué no sube a la habitación?

—Gabby está bien, ¿verdad?

Harris, un hombre al que Travis apenas conocía, le puso la mano en el hombro y le dio un empujoncito hacia delante.

—Suba a verla —contestó—. No ha dejado de preguntar por usted.

Alguien abrió la puerta por él —por más que lo intentaba, no conseguía recordar si había sido un hombre o una mujer— y Travis entró en el edificio. Las escaleras estaban al doblar la esquina, justo a la derecha de la puerta, y las subió a grandes zancadas, sintiéndose cada vez más mareado. Al llegar al segundo piso, abrió la puerta y vio a una enfermera y a una empleada de la limpieza que parecían estar esperándolo. A juzgar por sus expresiones emocionadas, Travis dedujo que debían de haberlo visto llegar y querían contarle lo que sucedía, pero no se detuvo y lo dejaron pasar. Al dar el siguiente paso, notó que le flaqueaban las piernas. Se apoyó un momento en la pared para recuperar la compostura, luego dio otro paso hacia la habitación de Gabby.

Era la segunda habitación a la izquierda y la puerta estaba abierta. Cuando se acercó, oyó el murmullo de la gente que hablaba. En la puerta, vaciló un instante, deseando por lo menos haberse peinado, aunque sabía que ese detalle era irrelevante. Entró en la habitación, y la cara de Gretchen se iluminó.

—Estaba en el hospital con el doctor cuando se lo han comunicado, y no he podido evitarlo... Tenía que venir a verla...

Travis apenas la oyó. En lugar de eso, únicamente podía concentrarse en la visión que se abría ante sus ojos: Gabby, su esposa, estaba sentada en la cama del hospital, con el aspecto visiblemente debilitado. Parecía desorientada, pero su sonrisa al verlo le expresó todo lo que necesitaba saber.

—Sé que tenéis muchas cosas que contaros... —Gretchen se retiró a un lado.

—¿Gabby? —susurró Travis.

—Travis —carraspeó ella. Su voz sonaba diferente, rasposa y ronca a causa de la falta de uso, pero, no obstante, era la voz de Gabby.

Travis avanzó despacio hacia la cama, sin apartar los ojos de los de ella, sin darse cuenta de que Gretchen había empezado a retroceder hasta que finalmente había cerrado la puerta tras ella.

—¿Gabby? —repitió, todavía sin dar crédito a lo que veían sus ojos. En su sueño, o en lo que pensaba que era un sueño, vio que ella movía la mano desde la cama y la colocaba sobre su vientre, como si ese gesto requiriera todas las fuerzas que tenía.

Se sentó en la cama, a su lado.

—¿Dónde estabas? —le preguntó ella con un tono acuoso, pero, sin lugar a dudas, cargado de amor y, sin lugar a dudas, lleno de vida. Un tono despierto—. No sabía dónde estabas.

—Ahora estoy aquí —dijo Travis, y en aquel instante se desmoronó y empezó a llorar, con unos incontrolables y potentes sollozos.

Se inclinó hacia ella, deseando que lo abrazara y, cuando sintió su mano en la espalda, redobló su llanto. No estaba soñando. Gabby lo estaba abrazando; sabía quién era él y lo mucho que ella significaba para él. Lo único que acertó a pensar fue: «Es real. Esta vez. Es real…».

Puesto que Travis no quería separarse de Gabby, su padre lo sustituyó en la clínica durante los siguientes días. En los últimos tiempos había retomado un horario que se podía considerar ya prácticamente de jornada completa y, en momentos como aquél, con sus hijas correteando y riendo a carcajadas en el patio y Gabby en la cocina, no podía evitar quedarse ensimismado rememorando los detalles del último año. El recuerdo de los días que había pasado en el hospital empezaba a difuminarse, cada vez más borroso, como si apenas hubiera estado un poco más consciente que su mujer.

Gabby no había salido de su estado de coma completamente ilesa, por supuesto. Había perdido mucho peso, sus músculos se habían atrofiado y, le había quedado un desagradable hormigueo en toda la parte izquierda del cuerpo. Todavía tuvieron que pasar bastantes días antes de que pudiera sostenerse de pie sola, sin ayuda. La terapia resultaba excesivamente lenta; incluso ahora, pasaba un par de horas cada día con el fisioterapeuta y, al principio, solía mostrar su frustración al no poder hacer cosas sencillas que antes del accidente daba por sentado. Odiaba su aspecto desgarbado en el espejo y en más de una ocasión comentó que parecía que hubiera envejecido quince años. En esos momentos, Travis siempre le aseguraba que estaba tan guapa como siempre, y que nunca había estado más seguro de ello.

Christine y Lisa necesitaron un tiempo para adaptarse. La tarde en que Gabby despertó, Travis le pidió a Elliot Harris que llamara a su madre para que fuera a recoger a las niñas a la escuela. La familia se reunió una hora más tarde, pero cuando entraron en la habitación, ni Christine ni Lisa quisieron acercarse a su madre. En vez de eso, se escondieron detrás de Travis y ofrecieron respuestas monosilábicas a todas las preguntas que Gabby les hizo. Tuvo que pasar media hora antes de que Lisa finalmente se encaramase a la cama y se acurrucara junto a su madre. Christine no se relajó hasta el día siguiente, e incluso entonces mantuvo sus sentimientos a raya, como si acabara de conocer a Gabby. Aquella noche, después de que la trasladaran de nuevo al hospital y Travis llevara a sus hijas a casa, Christine le preguntó «si mami ya se había puesto buena del todo, o si se volvería a quedar dormida». A pesar de que los médicos le aseguraron que tenían casi la absoluta certeza de que no se volvería a dormir, no podían estar totalmente seguros, por lo menos durante los primeros días. Los temores de Christine reflejaban los suyos y cuando Travis encontraba a Gabby durmiendo o simplemente descansando después de una intensiva sesión de terapia, notaba una creciente angustia en el pecho. Empezaba a respirar nervioso y la sacudía con cuidado, mientras su pánico iba en aumento al ver que ella no abría los ojos. Y cuando finalmente ella se movía, no podía ocultar su alivio y gratitud. A pesar de que al principio Gabby aceptó sus inquietudes —ahora admitía que ella también estaba asustada—, el nerviosismo que mostraba Travis en tales situaciones la sacaba de quicio. La semana previa, con una maravillosa luna llena que brillaba en el cielo y los grillos cantando sin parar, Travis empezó a zarandearla por el brazo mientras ella estaba tumbada a su lado. Gabby abrió los ojos y al fijarlos en el despertador vio que apenas eran las tres de la madrugada. Un momento más tarde, se sentó en la cama y se lo quedó mirando con el ceño fruncido.

—¡Tienes que parar con esta manía! ¡Necesito dormir! ¡Unas horas seguidas, sin que me molesten! ¡Como cualquier persona en el mundo! ¡Estoy exhausta! ¿No lo comprendes?

¡Me niego a pasarme el resto de mi vida soportando que me despiertes a cada hora!

Hasta allí llegó su comentario airado; ni tan sólo podía calificarse de pelea, puesto que él no tuvo tiempo de responder antes de que ella se volviera a tumbar y le diera la espalda, murmurando algo para sí misma, pero a Travis le pareció tan... genuino de Gabby que soltó un suspiro de alivio. Si a ella ya no le preocupaba volver a caer en estado de coma otra vez —y le había asegurado que no—, entonces a él tampoco debería preocuparle. O, como mínimo, la dejaría dormir. Si era sincero consigo mismo, se preguntaba si aquel temor acabaría alguna vez por desaparecer completamente. Pero en ese momento, en plena noche, se limitó a escucharla respirar y, cuando percibió diferencias en su pauta respiratoria, finalmente fue capaz de darse la vuelta y volverse a dormir.

Todos se estaban ajustando y Travis sabía que eso requeriría tiempo. Mucho tiempo. Todavía tenían que hablar de su decisión de no haber respetado su voluntad, tal y como se especificaba en el testamento, y se preguntó si algún día serían capaces de abordar ese tema. Aún tenía que contarle con todo detalle las conversaciones imaginarias que ella había mantenido con él mientras estaba en el hospital, y en cambio Gabby no tenía mucho que contar sobre su estado en coma. No recordaba nada: ni los aromas, ni los sonidos de la televisión, ni las caricias de Travis.

—Es como si el tiempo simplemente se hubiera... «desvanecido».

Pero no pasaba nada. Todo era exactamente tal y como debería ser. A su espalda, Travis oyó el chirrido de la puerta que se abría y se dio la vuelta. A lo lejos, podía ver a *Molly* tumbada sobre la hierba crecida, a un lado de la casa; *Moby*, que ahora ya estaba muy viejo, dormía plácidamente en un rincón. Travis sonrió mientras Gabby espiaba a sus hijas, al ver su expresión satisfecha. Mientras Christine empujaba a Lisa en el columpio de la rueda, las dos se reían sin parar. Gabby tomó asiento en la mecedora, al lado de Travis.

—La comida ya está lista —anunció—. Aunque creo que las dejaré jugar unos minutos más. Lo están pasando tan bien...

—Sí. Han conseguido acabar con todas mis fuerzas.

—¿Te apetece que más tarde, quizá cuando venga Stephanie, vayamos todos juntos al acuario? ¿Y a comer una pizza después? Me muero de ganas de comer pizza.

Él sonrió, pensando que le gustaría que ese momento durara para siempre.

—Me parece una idea genial. Ah, sí, y eso me recuerda... Había olvidado decirte que tu madre ha llamado antes, mientras te estabas duchando.

—Ya la llamaré después. Y tengo que hacer otra llamada para que vengan a arreglar la bomba de calor. Anoche no refrigeraba bien el cuarto de las niñas.

—Quizá yo pueda arreglarlo.

—Será mejor que no. La última vez que intentaste arreglarla, tuvimos que comprar una nueva unidad entera, ¿recuerdas?

—Recuerdo que no me diste bastante tiempo.

—Sí, claro —bromeó ella. Luego le guiñó el ojo—. ¿Quieres que comamos dentro o fuera?

Travis fingió que se debatía entre el sí y el no, aunque sabía que eso no era relevante. Aquí o allí, los cuatro comerían juntos. Travis estaba con la mujer y con las hijas que amaba, ¿quién podía necesitar o desear nada más? El sol brillaba en el cielo, las plantas florecían y el día pasaría con el tacto de una caricia que habría sido imposible imaginar el invierno anterior. Sólo era un día normal y corriente, un día más. Pero, por encima de todo, era un día en que todo era exactamente tal y como debería ser.

Agradecimientos

Aunque me cueste admitirlo, a veces me parece difícil escribir estas páginas de agradecimiento por la simple razón de que en mi faceta de autor he tenido la inmensa suerte de alcanzar una especie de estabilidad profesional que, en cierto modo, me sorprende, teniendo en cuenta los tiempos que corren. Cuando pienso en mis primeras novelas y leo nuevamente las páginas de agradecimiento de, pongamos, *El mensaje* o *El rescate*, veo nombres de gente con la que todavía sigo trabajando. No sólo he tenido a la misma agente literaria y a la misma editora desde que empecé a escribir, sino que además he trabajado con los mismos publicistas, agente cinematográfico, abogado, diseñadora de cubiertas y distribuidores. ¡Ah!, y con la misma productora en tres de las cuatro adaptaciones de mis guiones a la gran pantalla. A pesar de que me parezca un hecho memorable, en cierta manera tengo la sensación de repetirme como un disco rayado a la hora de expresarles mi reconocimiento. Sin embargo, cada uno de ellos merece, sin excepción, mi más profunda gratitud.

Por supuesto, quiero empezar —como siempre— por darle las gracias a Cat, mi esposa. Llevamos dieciocho años casados y hemos compartido un sinfín de vivencias: cinco hijos, ocho perros (aunque no todos a la vez), seis casas diferentes en tres estados distintos, tres funerales tristísimos de diversos miembros de mi familia, doce novelas y una obra de no ficción. Desde el inicio, nuestra vida ha sido como un torbellino, y no podría imaginar haber pasado por las mismas experiencias con nadie más.

A mis hijos —Miles, Ryan, Landon, Lexie y Savannah—, que crecen lenta pero inexorablemente, quiero decirles que los quiero y que estoy muy orgulloso de cada uno de ellos.

A Theresa Park, mi agente en Park Literary Group, que no sólo es una de mis mejores amigas, sino también una excelente agente. Inteligente, solícita y adorable, es una de las bendiciones mi vida, y me gustaría expresarle mi gratitud por todo lo que ha hecho.

A Jamie Raab, mi editora en Grand Central Publishing, gracias por todo. Lápiz en mano, se enfrenta a cada uno de mis manuscritos con el afán de exprimir todo el jugo posible, y soy muy afortunado de tener acceso a su sagacidad intuitiva en las novelas. Y lo que es más importante, me considero también muy afortunado de poder decir que es una buena amiga.

A Denise Di Novi, la magnífica productora de *Un paseo para recordar, El mensaje* y *Noches de tormenta,* mi mejor amiga en Hollywood. Siempre es un placer asistir a uno de los rodajes, simplemente por el gusto de poder ir a visitarla.

A David Young, el nuevo director ejecutivo de Grand Central Publishing (bueno, quizá ya no exactamente tan nuevo, supongo), que no sólo se ha convertido en un apreciado amigo, sino que además es una persona a la que deseo expresar toda mi gratitud, aunque sólo sea por aguantar mi insoportable tendencia a entregar los manuscritos en el último momento posible. Lo siento.

Jennifer Romanello y Edna Farley, dos grandes amigas del Departamento de Publicidad; ha sido un placer contar con vuestra colaboración desde que en 1996 se publicó *El cuaderno de Noah*. ¡Gracias por vuestro magnífico trabajo, chicas!

Harvey-Jane Kowal y Sona Vogel, también del Departamento Editorial, a los que estoy sumamente agradecido por detectar los «pequeños errores» que inevitablemente afloran en mis novelas.

Muchas gracias a Howie Sanders y a Keya Khayatian en UTA, por la buena suerte que he tenido en las adaptaciones de mis guiones al cine. Aprecio mucho todo lo que hacéis.

A Scott Schwimer, que siempre cuida de mí, y al que he llegado a considerar un buen amigo. ¡Gracias, Scott!

Muchas gracias a Marty Bowen, el productor de *Querido John*. Me muero de ganas de ver el resultado.

Gracias también a Flag por otra maravillosa cubierta.

Y para terminar, mil gracias a Shannon O'Keefe, Abby Koons, Sharon Krassney, David Park, Lynn Harris y Mark Johnson.

Este libro utiliza el tipo Aldus, que toma su nombre
del vanguardista impresor del Renacimiento
italiano Aldus Manutius. Hermann Zapf
diseñó el tipo Aldus para la imprenta
Stempel en 1954, como una réplica
más ligera y elegante del
popular tipo
Palatino

***

**

*

En nombre del amor
se acabó de imprimir
en un día de verano de 2010,
en los talleres de Brosmac,
carretera Villaviciosa de Odón
(Madrid)

***

**

*